U0943079

黑塞与中国文化

HESSE AND CHINESE CULTURE

乐黛云/主编 ◎ 马剑/著

首都师范大学出版社
CAPITAL NORMAL UNIVERSITY PRESS

图书在版编目(CIP)数据

黑塞与中国文化 / 马剑著. —2 版. —北京 ：首都师范大学出版社，2019.12

(中学西渐丛书 / 乐黛云主编)

ISBN 978-7-5656-4141-1

Ⅰ.①黑… Ⅱ.①马… Ⅲ.①黑塞(Hesse，Hermann 1877—1962)—文学思想—影响—中华文化—研究 Ⅳ.①I516.065②K203

中国版本图书馆 CIP 数据核字(2018)第 028403 号

中学西渐丛书
HEISAI YU ZHONGGUO WENHUA
黑塞与中国文化
马 剑 著

项目统筹 杨林玉 责任编辑 来晓宇 杨林玉
责任设计 王征发
首都师范大学出版社出版发行
地 址 北京西三环北路 105 号
邮 编 100048
电 话 68418523(总编室) 68982468(发行部)
网 址 http://cnupn.cnu.edu.cn
印 刷 中煤(北京)印务有限公司
经 销 全国新华书店
版 次 2019 年 12 月第 2 版
印 次 2019 年 12 月第 1 次印刷
开 本 710mm×1000mm 1/16
印 张 14 插页 2
字 数 205 千
定 价 48.00 元

黑塞（Hermann Hesse）

（1877–1962）

谨以此书献给我博士论文的两位指导老师

北京大学外国语学院德语系范大灿教授

德国斯图加特大学德语文学系 Prof. Dr. Rainer Schönhaar

总 序

乐黛云

经历了20世纪的两次世界大战，经历了原子弹轰炸广岛，经历了"古拉格群岛""文化大革命"等无可言状的精神苦难，人类曾梦想21世纪将是一个和平发展的美好的世纪；然而没有想到头一年就发生了"9·11"这样的恐怖袭击。战乱、暴动、屠杀仍然随处可见。为什么会如此？原因当然多种多样，然而，深刻的文化冲突不能不说是众多原因中很重要的一个方面。目前，"文化霸权主义"和"文化割据主义"的冲突无疑已给世界带来了严重的灾难。前者企图以强大军事力量为后盾，强行推广他们的意识形态，以图覆盖甚至泯没其他民族文化；后者则采取文化隔绝封闭的孤立政策，不惜以恐怖灭绝手段，维护其停滞与不变，并与一切和他们的看法相悖的力量拼死抗争。随着高科技发展所带来的日益增强的武器杀伤力及其对自然生态无可挽回的破坏，这种冲突所带来的灾难还会越来越严重。

目前，全世界的有识者都在考虑如何才能化解这一场有可能将人类引向毁灭的冲突。法国前总理米歇尔·罗卡尔(Michel Rocard)曾指出：策划和平要比策划战争困难得多。同样，实行引向战争的"对抗"，也比实行引向和平的"对话"困难得多！事实告诉我们："文化霸权主义"和"文化割据主义"的"死硬派"，恐怕是很难对话，也不大可能"化干戈为玉帛"的。但是，希望仍在于两者之间的、极其广大的、不同层次的反对战争、要求和平的人民。他们对文化冲突的遏制和对文化共存的自觉将决定世界的前程。

西方已有学者提出必须在经济全球化和科技全球化之外，寻求另一种全球化，即文化多元共生的全球化。“共生”不是“融合”，也不是简单的和平共处，而是各自保持并发扬自身的特点，相互依存，互相得益。多元文化共生的全球化，反对以一种文化打压或覆盖另一种文化，主张多种文化保持“共生”互利的状态，以收和平共处、相得益彰之效。多元文化共生的前提就是各民族对自身的文化有充分的自觉。

近世以来，西方文化始终处于强势文化的地位，西方的文化自觉首先表现在审视自己文化发展中的弱点和危机方面。早在20世纪初奥斯瓦尔德·斯宾格勒在《西方的没落——世界历史的透视》一书中已相当全面地开始了对西方文化的反思和批判，到了21世纪，这种反思和批判达到了更加深刻的程度。例如，法国著名思想家、高等社会科学院研究员埃德加·莫兰(Edgar Morin)指出，西方文明的福祉正好包藏了它的祸根：它的个人主义包含了自我中心的闭锁与孤独；它的盲目的经济发展给人类带来了道德和心理的迟钝，造成各领域的隔绝，限制了人们的智慧，使人们在复杂问题面前束手无策，对根本的和全局的问题视而不见；科学技术促进了社会进步，同时也带来了对环境、文化的破坏，造成了新的不平等，以新式奴役取代了老式奴役，特别是城市的污染和科学的盲目，给人们带来了紧张与危害，将人们引向核灭亡与生态死亡。① 波兰社会学家齐格蒙特·鲍曼在《现代性与大屠杀》一书中更是强调，在西方，高度文明与高度野蛮其实是相通的和难以区分的……现代性是现代文明的结果，而现代文明的高度发展超越了人所能调控的范围，导向高度的野蛮！

有的学者不仅对上述以贪欲和聚敛为核心的文明进行了深入的反思，还进一步指出以物质为基础的现代发展观本身即将受到修正。可持续性的全球经济之目标应该是：通过将人类的生产和消费与自然界的能力联系在一起，通过废品利用和资源的重新补充，不断再生产出高质量的生活。在这样的生活中，重要的并非个人的物质积累，而是自我修养；并非聚敛财富，而是精神的提升；并非拓宽疆土，而是拓宽人类的同情(empathy)。② 可以说这是西方更深入、更触及精神方面的文化自觉。

---

① 参见《超越全球化发展：社会世界还是帝国世界?》见乐黛云：《迎接新的文化转型时期》，202页，上海，上海文化出版社，2005。

② ［美］J. 里夫金：《欧洲梦：欧洲梦是如何悄悄地使美国梦黯然失色》，杨治宜译，重庆，重庆人民出版社，2006。

如果说西方文化数百年来处于强势地位，其文化自觉在文化多元发展的大趋势下更多地倾向于审视自己文化的危机和弱点；那么，中国文化近百年来，作为一种弱势文化，不断受到西方文化的轻视和压抑，当代中国的文化自觉，首先就是与本民族文化复兴的强烈愿望结合在一起。正如我国著名的社会学家、人类学家、民族学家费孝通所说：中国的文化自觉首先是要了解自身文化的种子(基因)，也就是民族繁衍生息的最基本的特点；其次，必须创造条件，对这些基本特点加以现代解读，这种解读融会古今中外，让原有的文化基因继续发展，使其在今天的土壤上，向未来展开一个新的起点；另外，还要将中国文化置于全球化的语境之中，研究它与其他文化的关系，使其成为正在进行的全球文化多元建构的一个组成部分。这是我们过去从未遭遇，也全无经验的一个崭新的领域。

近年来，西方文化显示了对他种文化的强烈兴趣，特别是对中国文化的兴趣。他们首先把中国文化作为一个新的参照系，即新的“他者”，以之作为参照，重新反观自己的文化，找到新的认识角度和新的诠释。法国学者弗朗索瓦·于连(Francois Jullien)写了一篇题为《为什么我们西方人研究哲学不能绕过中国?》[①]的著名文章！他认为，要全面认识自己，必须离开封闭的自我，从外在的不同角度来考察。在他看来，“穿越中国也是为了更好地阅读希腊”，他认为，“我们对希腊思想已有某种与生俱来的熟悉，为了了解它，也为了发现它，我们不得不暂时割断这种熟悉，构成一种外在的观点”，而中国正是构成这种“外在观点”的最好参照系，因为“中国的语言外在于庞大的印欧语言体系，这种语言开拓的是书写的另一种可能性；中国文明是在与欧洲没有实际的借鉴或影响关系之下独自发展的、时间最长的文明……中国是从外部正视我们的思想——由此使之脱离传统成见——的理想形象”[②]。他强调指出：“我选择从一个如此遥远的视点出发，并不是为异国情调所驱使，也不是为所谓比较之乐所诱惑，而只是想寻回一点儿理论迂回的余地，借一个新的起点，把自己从种种因为身在其中而无从辨析的理论纷争之中解放出来。”[③]

---

① 参见乐黛云：《迎接新的文化转型时期》，566页，上海，上海文化出版社，2005。

② 参见[法]于连：《迂回与进入》前言，杜小真译，3页，北京，生活·读书·新知三联书店，1998。

③ 参见[法]于连：《道德奠基：孟子与启蒙哲人的对话》，宋刚译，北京，北京大学出版社，2002。

其次，不但是作为参照，还要从非西方文化中吸收新的内容。2004年里查·罗蒂访问复旦大学哲学系时说：“我隔了20年再次来到上海，中国的变化简直可以用奇迹来形容。这个奇迹不是改变了我的思考，而是进一步印证和强化了我已有的看法，那就是中国是未来世界的希望。”[①]在北京大学比较文学与比较文化研究所举办的“多元之美”国际学术讨论会上，法国比较文学大师巴柔(Daniel-Henri Pageaux)教授特别提出：“弗郎索瓦·于连对于希腊文化与中国文化的研究是一个很好的例子，它正好印证了我已经讲过的经由他者的‘迂回’所体现出来的好处。”他还强调说：“从这次研讨会的提纲中，我看到‘和谐’(‘和实生物，同则不继’)概念的重要性……中国的‘和而不同’原则定将成为重要的伦理资源，使我们能在第三个千年实现差别共存与相互尊重。”[②]一些美国汉学家的著作也体现了这种认识论的改变，如安乐哲(Roger Ames)和大卫·霍尔(David Hall)合作的《通过孔子而思》(*Thinking Through Confucius*)、斯蒂芬·显克曼编撰的《早期中国与古代希腊——通过比较而思》等。类似观点的著作还很多。

另外，改变殖民心态，自省过去的西方中心论，理顺自己对非西方文化排斥、轻视的心理，这一点也很重要。意大利罗马大学的尼兹教授认为克服西方中心论的过程是一种困难的“苦修”过程。他把比较文学这一学科称为“非殖民化学科”。在《作为非殖民化学科的比较文学》一文中，他说：“如果对于摆脱了西方殖民的国家来说，比较文学学科代表一种理解、研究和实现非殖民化的方式；那么，对于我们所有欧洲学者来说，它却代表着一种思考、一种自我批评及学习的形式，或者说是从我们自身的殖民意识中解脱的方式。……它关系到一种自我批评以及对自己和他人的教育、改造。这是一种苦修(askesis)！”[③]没有这种自省的“苦修”，总是以殖民心态傲视他人，多元文化的共存也是不可能的。

总之，许多先进的西方知识分子提出人类需要的不是一个单极统治的帝国世界，而是一个多极均势的“社会世界”，一个文明开化、多元发展的联盟。要达到这个目的，人类精神需要发生一次“人类心灵内在性的巨大

---

① 载《文汇周报》2004年7月27日。

② [法]巴柔(Daniel-Henri Pageaux)：《文化还是文化间性：从形象学到媒介》，载2001年4月“多元之美”大会文献。

③ [意]阿尔蒙多·尼兹：《作为非殖民化学科的比较文学》，载《中国比较文学通讯》，1996(1)，5页。

提升”，它表达的是对另一个全球化的期待，这就是全球的多极均衡，多元共存，也就是一个“基于生活质量而非个人无限财富积累的可持续性的文明”。从这种认识出发，他们一方面回归自身文化的源头，寻求重新再出发的途径；另一方面广泛吸收非西方文化的积极因素，并以之作为“他者”，通过反思，从不同视角更新对自己的认识。这些新发展构成了与过去的汉学(中国学)很不相同的“新汉学”。

反观中国，有关中西文化关系研究的著作日益增多，特别是汉学(中国学)研究更是蓬勃发展。新世纪以来，出现了《20世纪西方哲学东渐史》14卷(首都师范大学出版社)《跨文化沟通个案研究丛书》15卷(文津出版社)等系统总结性的大型综合丛书，引起了广泛关注，前者还获得了国家图书大奖。但总的说来，显然研究西方对中国的影响的著作较多，从反方向研究中国文化对西方文化影响的专著却相对较少，尤其缺少这方面的综合性系统研究。特别是对于西方主流文化中的中国文化因素，更是几乎付诸阙如！事实上，中国文化正是通过伏尔泰、莱布尼茨、荣格、白璧德、庞德、奥尼尔、色加楞、米肖等主流文化的哲学家、思想家、文学家的融会贯通，包括误读和改写，才真正进入西方文化的。这些西方主流文化的大家并不全面熟悉中国文化，也并不精通汉语，但却从中国文化汲取了至关重要的灵感和启迪。这是一个十分复杂的过程，包括误读、改写、吸收和重建，这种研究不是一般通行的汉学研究所能代替的。这个过程的目的首先都是为了寻找一个外在的视角，以便更好地审视和更深刻地了解自己。但要真正“外在于自己”却并不容易。人，几乎不可能脱离自身的处境和文化框架，他们对“异文化”的研究和吸取也就往往决定于其自身的处境和条件。当他们感到自身比较强大而自满自足的时候，他们在异文化中寻求的往往是与自身相似的东西，以证实自己所认同的事物或原则的正确性和普适性，也就不免将异文化纳入本文化的意识形态而忽略异文化的真正特色；反之，当他们感到本文化暴露出诸多矛盾，而对现状不满时，他们又往往将自己的理想寄托于异文化，将异文化构建为自己的乌托邦。从意识形态到乌托邦构成一道光谱，显示着西方文化主流学者对中国文化理解和吸收的不同层面。

本丛书意在对这个充满着误读、盲点和过度诠释，同时又闪耀着创意、灵性和发展的非常复杂的过程进行饶有兴味的探索，比较全面、系统地梳理中国文化进入世界文化主流的历史现象，对在这方面有重大贡献的代表性历史人物，进行系统研究。首先是对相关资料进行全面收集，其次是对于误读、吸收和重建等文化现象进行分析，最后上升到对两种文化相遇时所产生的种种理论问题进行探讨和总结。

本丛书现包括以下5种：《莱布尼茨与中国文化》《白璧德与中国文化》《卡夫卡与中国文化》《史耐德与中国文化》《庞德与中国文化》。如有可能，我们将在此基础上，继续推出相关学术著作，以期更加完善、充实。

2006年10月6日于北京大学朗润园

2006年起我们推出了中学西渐丛书第一辑5种，第一辑出版后在海内外产生了广泛影响。在此基础上，我们又着手推动丛书的后续著作出版事宜，策划了《中国禅与美国文学》《黑塞与中国文化》《伏尔泰与中国文化》《荣格与中国文化》《布莱希特与中国文化》，并根据读者的反馈对第一辑予以修订。此次一共推出10种，欢迎广大读者批评指正。

2019年9月4日

目　录

CONTENTS

我们不能也不可能成为中国人，而在内心当中，我们也根本不想这样做。我们不能在中国和在任何一种往昔中寻找生活的理想和最完美的形象，否则我们就会迷失方向，并将自己禁锢在一种模式之中。我们必须在自身当中发现中国，或者说发现中国对于我们的意义，并将它们保持下去。

——赫尔曼·黑塞(1921 年 3 月日记)[①]

自　序

一

迄今为止，我已经不知被多少人问过一个相同的问题——我为什么要把德国作家赫尔曼·黑塞(Hermann Hesse)及其作品当作我近十年来最主要的研究对象？如果要严肃地回答这个问题，必须讲一讲我与黑塞的一段“缘分”。

其实，对于凡是在大学学习期间学习过德国文学史或者德国文学作品选读课程的德语系学生来说，赫尔曼·黑塞这个名字都不应该感到陌生。但是，真正全面地了解这位作家、细致地阅读他的作品并能够对其进行有创造性的解读，绝不是德语专业本科学业能够完成的任务。1998 年，我当

① Michels, Volker (Hrsg.): Materialien zu Hermann Hesses „Siddhartha“. Erster Band. Texte von Hermann Hesse. Frankfurt am Main 1976. S. 26.

时正在北京大学西方语言文学系德语语言文学专业（现北京大学外国语学院德语系）攻读硕士学位，我的导师马文韬教授为我联系到了一个出国学习的机会——德国以出版文学作品和学术著作而声名显赫的苏尔坎普出版社（Suhrkamp Verlag）的出版人西格弗里德·翁塞尔德先生（Dr. Siegfried Unseld）许诺由下属的彼德·苏尔坎普基金会（Peter Suhrkamp-Stiftung）向我提供为期半年的奖学金资助我赴德国研修，而其唯一的"条件"就是希望我的研究项目与版权隶属于该出版社的一位作家有关。于是，在我向苏尔坎普基金会提交研修报告时，我就必须从其"旗下"很多作家中"挑选"出一个来。我现在已经记不太清楚为何最终选择了赫尔曼·黑塞，但其中的一个理由是，那时只是读过他的一部分作品的我对他颇有好感，我记得我那时手中有一本他的《经典短篇小说集》（Meistererzählungen），收录了他一部分小说名篇，加之我手中还有一本夏瑞春（Adrian Hsia）教授撰写的《赫尔曼·黑塞与中国》（Hermann Hesse und China），虽然也没有全部读完，但一位德国作家能够有书中介绍的如此不同寻常的思想经历的确对我产生了很大的吸引力。所以，在我当时提交的研修报告中，我大胆地提出了一个计划——希望能够在未来的研究成果中探讨黑塞与中国哲学思想的关系，没想到，当年的这样一个计划今天才得以真正实现。而另一方面，我在1997年北京大学举行的国际海涅研讨会上结识的德国斯图加特大学德语文学系的赖纳·舍恩哈尔教授（Professor Dr. Rainer Schönhaar）在得知此事后马上向我发出了邀请，邀请我到斯图加特大学去进行这次研修，于是，1999年3月我得以成行。苏尔坎普出版社首先安排我在法兰克福与负责编辑出版赫尔曼·黑塞作品的编辑福尔克尔·米歇尔斯（Volker Michels）夫妇见面，他们向我赠送了大量黑塞的书籍，然后，我才前往斯图加特，在舍恩哈尔教授的帮助下开始我的研究工作。从那时起，我便与黑塞结下了不解之缘，因为随着研究的不断深入，我越来越深切地感受到自己对这位作家的喜爱之情。但是同时，因为赫尔曼·黑塞的作品实在太过丰富，研究资料更是不计其数，因此，在从一种欣赏角度阅读其作品的过程中，在翻阅大量研究成果的过程中，我也越来越强烈地感觉到一种压力——如何才能在此基础上从全新的角度、特别是从中国人的视角解读黑塞的作品。半年的时间匆匆过去，回国后我便开始着手撰写我的硕士论文，在马文韬教授的帮助下，我将硕士论文的研究重点放在了黑塞在 20 世纪 20 年代创作的著名作品《悉达多——一部印度作品》(Siddhartha. Eine indische Dichtung)上面，从黑塞反思“自我”问题的角度对这部小说进行了解读，最后的题目是《寻求“自我”之路——论赫尔曼·黑塞的〈悉达多〉》，后来，这篇论文在经过部分删节后发表于《外国文学评论》2000 年第四期上。① 在这篇论文中，我也已经开始尝试从新的视角探讨黑塞与中国文化，尤其是中国哲学的关系。

从 2000 年 9 月起，我开始在北京大学外国语学院德语系攻读德语语言文学专业博士学位，在博士论文题目的选择上，我自然希望能够将对黑塞的研究继续下去。2002 年，我通过申请和考核获得了德意志学术交流中心(DAAD)的联合培养奖学金，舍恩哈尔教授也愿意和我的中方导师范大灿教授一道共同指导我的论文，于是，我再次前往德国斯图加特大学，在那里开始撰写我的博士论文。时隔三年后再次赴德，最大的变化便是对黑塞作品理解的加深，终于，在两位导师的精心指导下，2004 年，我的博士论文 Untersuchungen zur „Ich“-Problematik bei Hermann Hesse(《赫尔曼·黑塞“我”的问题研究》)完成并通过答辩。2007 年，经过修改和补充后，这篇论文以“Stufen des Ich-Seins. Untersuchungen zur „Ich“-Problematik bei Hermann Hesse im europäisch-ostasiatischen Kontext”(《“我在”的境界——在欧洲和东亚语境中赫尔曼·黑塞“我”的问题研究》)为题由德国柏林的逻各斯出版社(Logos Verlag Berlin)出版。自然，博士论文的篇幅要远远大于硕士论文，而其中的一部分也与黑塞对中国文化的接受有些许关联。到此，我对黑塞的研究也告一段落，但蓦然回首，八年的光阴已倏忽而逝。

二

赫尔曼·黑塞，这位 1946 年诺贝尔文学奖的获得者到底是一位怎样的作家？又是一个怎样的人？我想，最能够让人了解他的莫过于他的文学作

① 可参看马剑：《寻求“自我”之路——论赫尔曼·黑塞的〈悉达多〉》，载于《外国文学评论》，2000 年第四期，第 101 至 110 页，北京，2000 年。

品和其他各种形式的文字。就文学创作的体裁而言，黑塞创作的主要是小说、诗歌和散文，但同时，他又是一位文学和思想评论家，一位编辑，曾经撰写了大量关于文学、哲学和文化的书评与杂文，此外，他的另一个与众不同之处在于，自称过着"局外者"生活的他是一位非常喜欢写信的人，据不完全统计，他一生写下了大约四万多封书信，而其中相当一部分都是与家人、亲戚、朋友、其他作家、文化界名流和读者探讨各种各样问题的信函，因此，至少有几千封甚至上万封信在今天看来对于了解黑塞的创作和思想，甚至是对于了解那个时代的文化思想都具有很高的学术价值，近年来，黑塞与一些著名作家和社会名流的书信也开始陆续结集出版。于是，走进赫尔曼·黑塞的文字世界时，读者会感到仿佛置身于一个人生的万花筒，黑塞使用语言文字所谈论的主题之多、所描述的情景之广泛，都令人叹为观止——从个体到群体，从日常生活到社会事件，从人的成长到道德修养，从文学创作到哲学思辨，从民族精神到文化交融，从慷慨陈词到嬉笑怒骂，使人无时无刻不会感觉到作家所特有的异常活跃的精神脉动；走进赫尔曼·黑塞的文字世界，读者会感到仿佛乘上了一辆回到20世纪上半叶的时光快车，是黑塞的笔墨把今天的我们重新带回到了那个一方面动荡而又充满了生气，一方面狂躁而又不乏宁静，另一方面迷惘而又闪动着睿智的时代；走进赫尔曼·黑塞的文字世界，读者会感到字里行间所饱含的充沛情感，那既有"谁言寸草心，报得三春晖"一般的亲情，有"士为知己者死"一般的友情，有缠绵悱恻的爱情，还有对于时局"横眉冷对千夫指"一般的愤懑之情，对于时代精神充满忧患的责任感，更有孤立无助、无人喝彩时的忧郁感伤，对未来饱含热切期盼的憧憬；走进赫尔曼·黑塞的文字世界，读者会感到进入了一座书籍的宝库、一个思想的家园，虽然很少有人会把黑塞与纯粹的哲学思辨联系在一起，但在他的文字中，读者分明会读到作家用简洁的语言描绘的自己的思维过程，细细读来，才会发现这样一位作家一生的努力与其说是文学创作上的精益求精，毋宁说首先是一个个体自身精神和思想的奋斗。可能没有哪个作家会像赫尔曼·黑塞那样，从他数不胜数的文字中，读者可以如此真切地了解作家一生丰富的经历，可以如此贴近地倾听作家的心声，可以如此直接地阅读到他在不同时期、不同境遇下的感受和思想。尽管黑塞创作的大量文学作品，包括那些脍炙人口的佳作语言明白晓畅、娓娓道来，在很多用德语写作的作家的作品中经常出现的那种不易解读的晦涩的语言描写、离奇的不合常理的情节在黑塞作品中相对较少，但由于其对生命的深刻洞察、由于其对创作的不懈追求，更由于其深邃的思想内涵，他的很多看似内容简单的作品解读起来却并非易事，而和他的文学作品不同的是，在黑塞的书信和评论文章中，其文字不再具有那么多的矫饰和刻画，不用再去披上什么掩饰的外衣，而是可以直抒胸臆，于是，我们可以看到一个更加真实的作家、看到一个一方面和所有普通人一样过着日常生活、拥有正常人的七情六欲而且并非逃避现实的个体，一个在另一方面又卓尔不群、令人高山仰止的人中的智者。

三

因此，在研究一位像赫尔曼·黑塞这样的作家时，研究者首先遇到的问题便是：一方面如何以语言文字为基础看懂黑塞的作品，最起码要了解其中的情节和内容、继而当然是其思想内涵，另一方面在试图解读作品时如何寻找到一条甚至几条能够贯穿其创作的主线。于是，按照这一思路，在我的研究中，我便越来越强烈而清晰地感觉到一条主线的存在——那就是黑塞对作为个体的人的问题的探索。由于个人的境遇，探索个体如何在人生进程中克服周围环境和他人制造的障碍，寻找和走上一条真正属于自己的、与众不同的发展自我的道路并从而赋予生命一个属于自己的意义，可以被看作黑塞全部文学创作的主题。而在这基础上，我又在研究中不断发现，黑塞所探究和描述的这条所谓个体的人的发展道路一方面固然与现实的生活有关，但另一方面则更多地是从作为主体的个人出发对自我和世界展开的思考。正因为如此，我在我的博士论文中才把这些内容的出发点高度概括到了“我”这个概念上，即德语中的“Ich”这个词上，这里的“我”，既是作为行为主体的个人，又是作为认识主体的个人，同时它也代表了人精神和思想的本质核心，这个“我”在黑塞的全部思考中发挥着极其重要的作用、占据着至关重要的地位，换句话说，在黑塞的文学作品中，描述了一个作为认识主体的“我”如何看待作为客体的自身和周围的世界，因为一个个体要想发展自我，首先要意识到自身的存在并对自己——无论是作为人还是作为个体——有彻底的了解和认识，在这里，在西方哲学认识论中占据重要地位的自我意识(Selbstbewusstsein)这个概念自然引起了我的高度重视；另一方面，和很多德国作家一样，黑塞从青年时代起就研读了大量西方哲学，尤其是德国哲学的著作，受到了古代和近代乃至现代哲学思想的深刻影响，以至于他最终阐述出一种属于自身的“哲学信仰”，由此，在探讨“我”的问题时，黑塞绝非凭着主观臆断或者靠着情绪的一时冲动，而是更多地把自己围绕着这一问题所展开的富于理性的深刻思考用文学作品的语言和方式记录下来。因此，我最终决定从哲学认识论的角度出发去解读黑塞的作品和其中蕴含的思想，也就是说，把黑塞关于“我”的思想置于其哲学思考的基础之上并将其哲学思考置于西方哲学和思想发展史的大的框架之中。于是，其文学作品和文字的思想内涵，尤其是关于“我”的问题的睿智思考便成为了我的研究重点——赫尔曼·黑塞在我心目中既是一位伟大的作家也是一位了不起的思想者。而恰恰在这一点上，研究黑塞便会比研究其他很多作家多出了一个维度——由于家庭的影响和个人的经历，黑塞先是接触到了印度文化和佛教思想的很多内容，继而把其关注的目光投向了遥远的中国，在半个多世纪的时间里，他阅读了大量翻译成德语的中国古代哲学和文学作品以及近代文人的著作，并深深为之吸引，写出了很多评论文章，而最关键的是，他把从中国文化中吸收的养分也写入了其文学作品。于是，在我的研究中，我反复思考的问题便是——第一，为什么黑塞会对遥远而陌生的中国、会对与西方文化截然不同的中国文化情有独钟，甚至把它看作自己的一片精神的家园？第二，中国文化在多大程度上影响了黑塞的思考、影响了他的创作，尤其是是否和在多大程度上影响到了他对“我”的问题的思考。

但是另一方面，随着研究的不断深入，我却又越来越深切地感受到，黑塞对中国文化的接受和吸收与那些国外汉学家的接受又有着本质上的区别。原因很简单，黑塞并非汉学家，不认识汉字，不会讲汉语，也从未到过中国。他阅读的中国著作都是德国汉学家们由中文，甚至是从英语、法语翻译的作品。所以，黑塞对于中国、中国人和中国文化的理解一定有他自身的特点，也就是说，无论汉学家们的译著多么接近原文，黑塞所理解的中国文化一定与我们中国人，尤其是我们这些今天的中国人理解的中国文化有很大的差别。因此，在撰写我的博士论文时，我从一开始就决定不把研究重点放在黑塞对中国文化的接受问题上，而是以研究其“我”的问题为主线，把这个问题放在东西方文化，尤其是思想史的大的语境下去探讨。一方面，我认为黑塞对“我”的问题的关注和探讨既与个人的经历有关，但也深受西方哲学史发展和时代精神的影响。这里，在舍恩哈尔教授的提示和建议下，我在德国20世纪著名哲学家、存在哲学的代表人物卡尔·雅斯贝斯(Karl Jaspers，1883～1969)的思想中发现了与黑塞思想的许多相似之处；另一方面，我认为黑塞将个体发展分成若干层次和阶段的思想和与他几乎同时代的中国现代著名哲学家、新儒学的重要代表冯友兰(1895～1990)关于人生境界的思想也有许多相近的表述。从这个视角出发，我从三个方面，即作为个体的“我”、作为社会存在的“我”和作为思维主体的“我”分析和解读了黑塞笔下的“我”。其中尤其是在第三部分里，通过把黑塞的思想放在东西方思想史发展的对照中，可以清晰地看到黑塞关于“我”的思考是何其的深刻而睿智。

之所以写这些，我首先当然是想向读者介绍我迄今为止对这位作家及其作品的研究状况，由此可以清晰地看到，我此前所从事的研究、采取的研究角度与方法和现在要撰写的这本《赫尔曼·黑塞与中国文化》一书既有联系又有很大的差别。如上所述，在我那本用德语写作和出版的专著中，我更多地是把黑塞的文本和思想放在中西方思想史的比较语境中加以解读，于是，这与本书的内容至少存在着以下几个区别：第一，我没有详尽地记述和评论赫尔曼·黑塞接受中国文化的过程；第二，我几乎没有评论和分析黑塞作品中的所谓中国元素；第三，我也很少做出这样的结论，即明确地断言黑塞的某部作品、某个思想来自中国文化，即使下这样的结论，我也必须拿出足够而充分的论据。然而，恰恰是这些区别倒成为了我写作这本书的动力，成为了我接受这本书写作任务的理由，因为这本书恰好给了我对上述内容进行研究和梳理的机会。

另一方面，我此前的研究无疑也会对本书的写作产生重要的影响，一个直接的表现就是我坚决地认为不能够脱离黑塞的思想和创作孤立地探究他与中国文化的关系。因此，在本书的第一部分中，我希望用尽量简短的篇幅概述黑塞的生平和创作，一方面分析他接受中国文化的各种主客观原因，另一方面在他的思想和创作与中国文化之间搭起一座联系的桥梁。

在本书的第二部分中，我主要根据现有的资料，评述了黑塞与中国文化的接触和对中国文化的评价，从篇幅上看，这一部分占据了本书相当大的一部分。迄今为止，在德国出版的关于赫尔曼·黑塞与中国关系的学术成果中，加拿大籍华裔教授夏瑞春先生的《赫尔曼·黑塞与中国》一书[①]虽然已问世了近30年，但仍然具有相当高的学术价值，其中一个重要的原因就是因为他在这本书中搜集到了大量关于黑塞接受中国文化的第一手资料，提供了大量有益的线索，我在撰写本书第二部分时曾多次从中受益，虽然该书中也有不详尽之处或者错误，但毕竟给出了足够的参照，因此在这里也向夏瑞春教授表示由衷的谢意和敬意！而同时，我在为这部分内容搜集资料时也发现，由于已出版的黑塞的文字数量巨大，因此，对于同样的资料，各种不同的版本提供的信息之间甚至都有出入。对于这一部分，我的目的有两个，一是揭示黑塞接触和了解中国文化的真实过程；二是根据我对其思想和作品的理解，把重点放在他对中国文化典籍的阅读和评价上。这就是说，在这一部分中提到的文献并非面面俱到，并不是一个黑塞谈论中国文化的资料汇编；但另一方面，我又希望把手头掌握的资料尽量全面地展现给读者，由于这些文献的绝大部分此前都未曾译成中文，所以在写作这一部分时，我希望能通过我的努力使读者真实而详细地了解到中国和中国文化所带给黑塞的感触和启迪，这里，对文献的来源出处也力求准确详尽。

而本书的第三部分则在前两部分的基础上分析和解读黑塞思想和创作中中国文化的影响。由此可以清楚地看到，黑塞对中国文化的接受绝不是一个简单的由好奇到逐渐喜爱的过程，而是为了摆脱自身精神的危机所进行的思想探索，是为了从异域文化思想中汲取有益的营养，是为了在其他优秀民族的思想中找到自身思考的证明和诠释，是在打着鲜明的西方思想烙印的文学创作主旨下探求一条超越民族、超越种族、超越个体的智慧之路。

---

① Hsia, Adrian: Hermann Hesse und China. Darstellung, Materialien und Interpretationen. Erste Auflage 1981. Erweiterte Neuausgabe 2002. Frankfurt am Main 2002.

四

2008 年 6 月，也就是在本书开始写作后不久，我应米歇尔斯先生的邀请赴瑞士的西尔斯·玛丽亚(Sils Maria)参加了第 9 届西尔斯黑塞国际研讨会(9. Silser Hesse-Tage)并在大会上宣读了介绍和评价我国，尤其是改革开放以来译介和研究黑塞作品的情况的论文，因此，我也将这篇用德语撰写的论文和在写作这篇论文时搜集到的关于国内近 30 年来研究黑塞的学术论文目录附在本书的正文之后，供相关研究者查阅。

本书所有的译文均由笔者从黑塞的原作译出，这中间也参考了一些前辈译者的翻译，在此也向他们表示感谢！

最后，向本套丛书的主编乐黛云教授和首都师范大学出版社表达由衷的谢意！

假如这本书能给读者些许有益的启发和收获，在我便已是莫大的快乐！

马 剑

2009 年 4 月于北京大学畅春园

光阴荏苒，转眼距离本书的上次出版已经过去十年了。本次修订主要在附录二中加入了搜集到的近十年来的一些研究成果的目录，由此也可见黑塞研究在国内学界方兴未艾，而且研究的视角越来越多样化，对很多细节的阐述也越来越有深度。

本书能够修订并且重新排版，令我感到非常荣幸！再次对首都师范大学出版社编辑们的辛勤劳动致以最诚挚的敬意！

马 剑

2019 年 12 月于北京大学外国语学院

第一章　生平与创作简述

在我的发展过程中，我从来没有逃避过现实问题，也从来没有……生活在象牙塔里——但是，我的问题中占首要位置和最迫切的从来都不是国家、社会或者教会，而是个人、个性、唯一的独特的个体。

——赫尔曼·黑塞《关于〈彼德·卡门青〉》①

第一节　“做你自己”和“自身的意义”

在近代行将结束之时，在中世纪开始复归的前夕，在爱神的光芒照耀和保护下我来到了人间。我诞生在七月温暖的一天的黄昏时分，我出生时的气温正是我毕生所不自觉地喜爱和追求的，缺少了它，我定会感到痛苦。……我是虔诚的双亲的孩子，我温顺地爱他们，假如人们不是很早就使我了解了第四诫，我会更加温顺地爱他们。但是，遗憾的是，告诫总是对我产生致命的影响，尽管它们如此正确又如此带有善意——生性像绵羊又如肥皂泡一般易于管教的我却针对任何形式的告诫——尤其是在我的青年时代里——始终进行着倔强的反抗。我只要一听到“你应当”，

① Hesse, Hermann: Über„Peter Camenzind“, Gruß an die französischen Studenten zum Thema der diesjährigen Agrégation (1951). In: Gesammelte Werke in zwölf Bänden. Elfter Band. Schriften zur Literatur I. Über das eigene Werk. Aufsätze über seine Verleger. Einführung zu Sammelrezensionen. Eine Bibliothek der Weltliteratur. Frankfurt am Main 1987. S. 26. 以下引用简称 Über„Peter Camenzind“.

一切在我心里就都变了样，我变得顽固不化。人们可以想象，这种个性给我的学生时代造成了巨大的不利影响。我们的老师们虽然向我们传授他们称为世界历史的有趣的课程，告诉我们世界始终是由某些人统治、操纵和改变的，这些人制定他们自己的法律以区别于过去遗留下来的法律，我们被告知，这些人是值得尊敬的。但是，就连这些也和所有其他课程一样都是骗人的，因为当我们当中的一个人不管是出于好意还是恶意胆敢抗议任何一条告诫或者仅仅是一种愚蠢的习惯或者时尚，那么他就不仅得不到尊重，而且也不会被推荐成为我们的榜样，而是会遭到惩罚和嘲笑，并且被教师们卑鄙的强权所压制。

我很幸运早在学生时代开始之前就已经学到了对于生活有重大意义和价值的东西。我有我可以信任的清醒、细致和敏锐的感觉，从中我得以获取许多乐趣，即使当我后来受到形而上学的吸引、无可救药地沉湎于其中时，甚至当我偶尔忽略和冷落我的感官时，我依然始终相信一种精巧地形成的感官特质的氛围，尤其是当与视觉和听觉有关的时候，并且这种氛围还生动地渗透到我的即使看似抽象的思想世界中。①

以上的文字就是本书的主人公，于1877年7月2日出生于德国符腾堡(Württemberg)的小镇卡尔夫(Calw)的赫尔曼·黑塞创作于1925年的散文《我的传略》的开头。尽管两段文字分别向读者透露了作家性格的两个特点——一方面是特立独行、反抗权威的带有叛逆性的鲜明性格，另一方面是对自身感觉的准确而细致的把握，但这两个特点归纳到一起便是一种超乎常人的强烈的自我意识(Selbstbewusstsein)。正是这种与生俱来的强烈的自我意识使黑塞很早就确立了自己人生的轨迹：

事情是这样的——从我十三岁开始有一件事对我来说就已经明白无误，我要么成为(werden)一名诗人，要么就一事无成。但

① Hesse, Hermann: Kurzgefasster Lebenslauf. In: Gesammelte Werke in zwölf Bänden. Sechster Band. Märchen. Wanderung. Bilderbuch. Traumfährte. Frankfurt am Main 1987. S. 391-411; hier S. 391. 以下引用简称 Kurzgefasster Lebenslauf.

是，针对这种明白无误，渐渐地却出现了另一种尴尬的认识。人可以成为教师、牧师、医生、工匠、商人、邮政官员，也可以变成音乐家、画家或者建筑师，对于世界上所有职业来说都有一条路，都有先决条件，都有一所为初学者准备的学校和一门课程。唯独对于诗人，这些都没有！做一名诗人(ein Dichter zu sein)是被允许的，甚至被看作一种荣耀——就是说作为诗人功成名就，可遗憾的是，往往到那时诗人就已经死去了。但是，成为一名诗人，这是不可能的，正如我很快就知晓的那样，想要成为一名诗人是一件可笑而羞耻的事情。我迅速地学到了应该从那时的情势中学到的东西——人只能做诗人，但却无法成为诗人。而且，对于文学创作的兴趣和自身的文学才华在老师们那里会引起怀疑，为此，不是受到猜忌就是遭到嘲讽，甚至常常是受尽侮辱。诗人和英雄是完全一样的，和所有的坚强或者美好、乐观而非同寻常的形象和追求相同——过去他们精彩而崇高，所有的教科书都写满了对他们的赞颂，然而在当前和现实中，人们却憎恨他们，也许那些老师们受指使和训练正是为了尽可能地阻碍出色而自由的人的成长和阻止伟大而卓越的行为的发生。

于是，在我和我遥远的目标之间我看到的只是深渊，一切对于我来说都变得不确定，一切都失去了价值，只有一件事没有改变——我想要成为诗人，不管容易还是困难，不管可笑还是光荣。①

十三岁，对于普通人来说，通常还是从童年向少年的过渡时期，然而，对于一个像黑塞这样具有非同寻常自我意识的人来说，在这个年龄上却已经为自己的人生做出了抉择。这段记述给人留下深刻印象的，或者说最能够让读者感受到黑塞执着个性的是他对两个德语动词“sein”(是、存在)、意为一种固有的、静止不变的状态和“werden”(成为)、意指一种发展变化过程的巧妙使用，也就是说，从通常的观点看来，诗人似乎应当是一个人与生俱来的天禀，而并不能够成为一个人追求以期实现的目标，但黑塞却偏

① Kurzgefasster Lebenslauf. S. 393f.

偏要把成为一名诗人当作终生奋斗的目标；而另一方面，黑塞从那时起就已经知晓，无论是对于他本人还是从由来已久的事实来看，即使是做一位诗人也绝非轻而易举，而是一条荆棘密布的道路。但是，就是在这样的情况下，黑塞仍然毅然决然地坚持走自己的道路，正因为如此，才发生了在学生时代与学校、家庭之间激烈的矛盾冲突，正因为如此，才有了在坎坷的谋生路上不断向自身目标奋斗的艰苦甚至痛苦的经历。而历经这一切的赫尔曼·黑塞也不断把自己的切身感受记录下来。

1919 年 1 月，黑塞用两天两夜的时间完成了他的政治性传单暨散文《查拉图斯特拉的归来——一个德国人致德国青年的一封信》(Zarathustras Wiederkehr. Ein Wort an die deutsche Jugend von einem Deutschen)并匿名由伯尔尼的施泰姆普夫利出版社(Verlag Stämpfli, Bern)出版，[①] 其中他借用尼采笔下的查拉图斯特拉这个虚构的形象向读者，尤其是青年读者讲出了自己关于人生的心得体验。在“改善世界”(Weltverbesserung)一节中，查拉图斯特拉对青年们这样说道：

> 世界不是为了被改善而存在的，你们也不是为了被改善而存在的，你们生存是为了做你们自己。你们生存，是为了世界因为这样一种声响、这样一种腔调、这样一道阴影而变得更加丰富。做你自己(Sei du selbst)，那么世界就既丰富又美好！做不了你自己，而做说谎者和胆小鬼，那么世界就很贫瘠，在你看来就需要改善。[②]

“做你自己”，这个看起来似乎与相传为古希腊哲人苏格拉底留下的警句“认识你自己”(Nosce te ipsum，德语译为 Erkenne dich selbst)相仿的句子——在德语中，它由对于第二人称“你”(du)的命令式写成——，由于使用的是“sein”这个动词，从而更多地具有了本体论而非认识论的含义。37 年后的 1956 年 2 月 10 日，在给来自莱茵河畔的 M. A. 小姐的信中，黑塞写下了同样意味深长的话语：

---

① 可参看 Hesse, Hermann: Ausgewählte Briefe. Erweiterte Ausgabe. Zusammengestellt von Hermann und Ninon Hesse. Frankfurt am Main 1974. S. 584. 以下引用简称 Ausgewählte Briefe.

② Hesse, Hermann: Zarathustras Wiederkehr (1919). In: Gesammelte Werke in zwölf Bänden. Zehnter Band. Betrachtungen aus den Gedenkblättern, Rundbriefe, Politische Betrachtungen. Frankfurt am Main 1987. S. 466-496; hier S. 489. 以下引用简称 Zarathustras Wiederkehr.

> 我的回答也许是您所期待的。对于每个人来说，除了尽可能地展现自身的天性之外并没有另外一条发展和实现满足的道路。“做你自己”(Sei Du Selbst)是理想的法则，至少是对于年轻人来说，除此之外没有另外一条通向真理和发展的途径。①

由此可见，“做你自己”不仅可以被看作黑塞本人一生朝着自己的理想追求和奋斗当中的一条基本原则，而且也是在他看来适合于每个人的人生准则，尤其是对于那些追求“发展和实现满足”的人而言。那么，“做你自己”这句格言式的语句在黑塞眼中又包含着哪些含义呢?

首先，“做你自己”无论如何意味着对人的生命和存在的绝对肯定，因为假如没有每个个人的现实存在，也就是说人活在这个世界上，“做你自己”就根本无从谈起。人的现实存在是一个人实现自我的最重要的前提条件。也就是说，“做自己”首先意味着做人(Menschsein)，因此这里的“你”也就首先代表着人的生命，也只有人才能够感知到自身的现实存在，这也是人有别于动物成为万物之灵的根本原因。

其次，由于“你”代表了人的生命，代表了人在世界上的现实存在，那么，对于每个个人来说，其生命过程就首先意味着对人的存在和人性的了解与认识、意味着将人的存在和人性变成现实，或者用黑塞的话说，把它们“展现”出来。因此，“做自己”不仅是做人，而且也包括成为人(Menschwerden)的含义。“展现自身的天性”的前提是展现普遍的人性，换句话说，在每个个人的生命过程中，他都同时有意识或者无意识地在发展着人的本质。黑塞深信，人具有一种普遍的本质法则，或者说是一种普遍有效的人格。而且，通过人的存在和人之所以成为人的本质法则，个人才能够越来越多地、越来越深刻地认识和发展自己，认识和发展自身的本性。同时，这也使人能够更加深刻地理解黑塞尽管“人只能做诗人”但仍然“要成为诗人”这一人生抉择的内涵——“做自己”不仅是一条“法则”，而且也意味着一个持续不断的发展过程。

---

① Ausgewählte Briefe. S. 462. 另外，这里需要注意的是，黑塞在这里把 du 和 selbst 两个词都大写了，显然是强调之意，也就是说无论在 Sei du selbst 还是在 Erkenne dich selbst 中，selbst 一词都是做副词使用，和下文将要论述的大写的名词 das Selbst 完全不同。

在做人和成为人的基础上，在现实的生命进程中自我认识(Selbsterkenntnis)不断增加的情况下——这里的德语词 Selbst(自我)当然意为人自身的内在本质——，“做你自己”才表达出其第三个特殊的含义——个体的唯一性和特殊性使每个人得以追求其自我的实现(Selbstrealisierung)。黑塞认为，每个人来到这个世界上成为一个人是一个完全偶然的现象，如他在一封信中所说，“每个形式和每个个体”都是“一个奇迹，是在世界流淌的变化中唯一真正存在的和可以被感知的东西”。[①] 每个人与其他所有的人之间最大的区别就在于他能够在生命中实现其自身的个性和特点。这一看法黑塞在 1930 年 7 月 21 日给 G. D. 小姐的信中表述得非常清楚：

> 因为你就是如此，所以，你既不应当因为他人与你不同而心怀嫉妒，也不应该轻视人家，你不应当追问你的个性的“正确性”，而是应该像接受你的躯体、你的姓名和你的出身等等一样地接受你的灵魂和你的需求——把它们看作现成的事物、看作无法摆脱的事物，对此，人应当说“是”，人必须为此承担责任，即使整个世界都对此表示反对。[②]

在黑塞看来，除了做人的全部本质之外，对于每个独立的个体存在来说，还存在着独一无二的本质原则，认识、接受和无条件地实现这种独特的个性、实现完全属于自己的人格，这被黑塞看作人生的首要任务。而他自己不仅是这样认为的，也在事实上将这一切变成了现实——他全身心地为了实现自己成为一名诗人的人生目标而奋斗，把成为一名诗人不仅看作一个未来谋生的职业，而且也把它当作人生的一项任务，这一任务的完成恰恰体现出做人和做自己的意义。在其创作生涯的顶峰时期，1930 年 1 月，黑塞在给一位青年诗人的信中再次强调了这种双重意义的重要：

> 您赋予诗人的那些崇高的特征、任务和目标，那种对自身的

---

① Hesse，Hermann：Gesammelte Briefe. Erster Band 1895-1921. In Zusammenarbeit mit Heiner Hesse. Hrsg. von Ursula und Volker Michels. Frankfurt am Main 1973. S. 148. 以下引用简称 Gesammelte Briefe. Erster Band 1895-1921.

② Ausgewählte Briefe. S. 34.

信赖，那些对自然的敬畏，那种从未对自己感到满意的责任感，为了成功地写下一句话，为了一行结构恰当的诗句而付出彻夜不眠的代价——所有这些美德（如果我们想要如此称呼它们的话）无论如何不仅仅是真正的诗人的特征。它们绝对是真正的人的特点，是没有被奴役的、没有被剥夺自由的人的特点，无论他的职业是什么。①

由这两段话可以看出，黑塞年少时所做出的人生选择绝非心血来潮，相反，他给个体的自我发展也赋予了一种责任感，也就是说，尽管他一再强调实现自我、发挥个性，但这并不意味着个体可以为所欲为，无论是做人还是做诗人，黑塞都强调了这种“责任感”，这一点对理解黑塞的人生观是非常重要的。但无论如何，黑塞最为看重的还是一个人如何在信赖自身的基础上发展自己的个性。为了表达要将做诗人这项个人的事业作为人生目标进行到底的坚定信念和坚强的决心，黑塞在1919年写下了散文《Eigensinn》，这个词在德语中本来是一个贬义词，本义为固执、顽固、执拗，从构词法上看，它是由形容词“eigen”（自身的、自己的）和“Sinn”（意义）两部分组成的，而在这篇散文中，黑塞创造性地对这个词的词义进行了全新的阐释：“有一种我非常喜爱的唯一的美德，它叫作‘固执己见’（Eigensinn）……谁‘固执己见’（eigensinnig——Eigensinn的形容词），谁就听命于自己内心中另一种法则，一种唯一的、绝对神圣的法则，也就是‘自身的意义’（‘Sinn’ des ‘Eigenen’）。”②于是，经过黑塞这样的诠释，不仅一个贬义词没有了其消极的含义，而且其固有的意义在新的词义基础上更是被赋予了更加深刻的内涵——人必须“固执己见”地，也就是会执著地义无反顾地追求和实现其“自身的意义”。在这篇散文的结尾，黑塞再次热情称赞了这种被他如此看重的美德：

---

① Hesse，Hermann：Gesammelte Briefe. Zweiter Band 1922 - 1935. In Zusammenarbeit mit Heiner Hesse. Hrsg. Von Ursula und Volker Michels. Frankfurt am Main 1979. S. 140. 以下引用简称Gesammelte Briefe. Zweiter Band 1922-1935.

② Hesse，Hermann：Eigensinn（1919）. In：Gesammelte Werke in zwölf Bänden. Zehnter Band. Betrachtungen aus den Gedenkblättern. Rundbriefe. Politische Betrachtungen. Frankfurt am Main 1987. S. 454-460；hier S. 454. 以下引用简称 Eigensinn.

> 我们是人。对于人来说，只有一个自然的立场，只有一个自然的标准。那就是固执己见者的标准。……对于他来说，唯一存在的是自身心中那宁静的、确切无疑的法则，遵守这种法则对于循规蹈矩的人来说难于登天，而这对于固执己见者来说却意味着命运和神性。①

如果说“做你自己”被黑塞理解为一种对生命的态度，那么实现“自身的意义”就是黑塞人生的准则。两者的共同之处在于，一方面极大地突出了每个人的个体性，将个体的地位提升到一种前所未有的高度，另一方面，它们却都暗含着一个重要的因素——无论是要实现“做你自己”还是“自身的意义”，个体都必须认识自己和周围的世界。因为假如个人不认识自己，就无从谈起什么“自身的意义”；假如个人不认识周围的世界，他也就无法认识到自身与他人的区别。这一点对于具有强烈自我意识的黑塞来说尤为重要，在《查拉图斯特拉的归来》“关于命运”这一节中他这样写道：

> 查拉图斯特拉对我们如是说：
>
> 人被赋予了一样使他成为神的东西，一样使他想到他是神的东西，那就是认识(erkennen)自己的命运。
>
> 因为我认识了查拉图斯特拉的命运，所以我是查拉图斯特拉。因为我过着他的生活，所以我是查拉图斯特拉。没有几个人认识他们的命运。没有几个人过着他们的生活。你们学着过你们的生活吧！你们学着认识你们的命运吧！
>
> ……
>
> 你们要学会，命运并不来自神祇，你们也终究会学到，不存在神祇和上帝！就像一位妇女体内的婴儿，命运也在每一个人的体内成长，或者如果你们愿意的话，你们也可以说：在每个人的思想中或者灵魂里。命运都是同一个。
>
> ……
>
> 谁的命运来自外部，谁就会被命运降服，就像弓箭降伏野兽

① Eigensinn. S. 460.

> 一样。谁的命运来自内心，来自其自身最与众不同的地方，命运就会使谁变得强大并把他变成神。命运把查拉图斯特拉变成了查拉图斯特拉——它也会把你变成你自己！
>
> 谁认识了命运，谁就从来都不想要改变命运。……遭受到的、始终生疏的命运都是痛苦，都是毒药，都意味着死亡。但是，每个行为，人世间每种善良、欢乐和创造都是被经历的命运，都是变成"我"(Ich)的命运。[①]

这段话里至少有三个地方是发人深思的：首先当然是上述的个体认识自身的问题，如果说十三岁的黑塞无比深切地感受到自己想要也必须成为一名诗人还要归因于他"清醒、细致和敏锐的感觉"的话，那么黑塞在这里所讲的"认识"就是一个人对自身的全面而理性的了解和把握，因为他在这里多次使用的德语动词"erkennen"的本义是指掌握所经历的事实、状态和过程的思想意义和内容，以便达到获取知识、找出真理的目的，一方面，在这个概念中无论如何都涉及到一个认识主体(Erkennenssubjekt)和一个认识客体(Erkennensobjekt)，另一方面，"erkennen"又不仅仅是认识主体对认识客体简单的感知(Wahrnehmung)，而是一个通过理性思考、将感官直接获取的内容进行理智加工的过程。[②] 也就是说，这里所说的对"命运"即上述"自身的意义"的认识是以人的认识能力作为前提的，正如黑塞 1961 年给一位十四岁的异常早熟的日本读者的信中所写道的那样："我们……始终是一小部分有能力和有责任过一种个人的独特生活的人，我们超过普通人的地方就在于更敏锐的感觉和更强大的思维能力"。[③] 这里的特殊之处只是，认识主体和认识客体恰恰是相同的，那就是每个作为个体存在的人，由此，自我意识便会由一种自我感知(Selbstwahrnehmung)发展成为一种

---

① Zarathustras Wiederkehr. S. 473f.

② 关于这一解释可参看 Philosophisches Wörterbuch. Begründet von Heinrich Schmidt. Achtzehnte Auflage neu bearbeitet von Georgi Schischkoff. Stuttgart 1969. S. 145. 以下引用简称 Philosophisches Wörterbuch; Metzler Philosophie Lexikon. Begriffe und Definitionen. 2. erweiterte und aktualisierte Auf-lage. Hrsg. von Peter Prechtl und Franz-Peter Burkard. Stuttgart, Weimar 1999. S. 144f. 以下引用简称 Metzler Philosophie Lexikon; Handbuch philosophischer Grundbegriffe. Herausgegeben von Hermann Krings, Hans Michael Baumgartner und Christoph Wild. Studienausgabe. München 1973. S. 397f. 以下引用简称 Handbuch philosophischer Grundbegriffe.

③ Ausgewählte Briefe. S. 543.

自我认识(Selbsterkenntnis)。第二，无论在这里还是在上面的引文中黑塞都提到了个人与“神”、与“神性”的关系。第三，在这段的最后一句话中，他又论及了“我”这个概念。关于这三个问题下文还有详细的阐述。

但是，接下来的一个问题便是：难道一个人在实现“自身的意义”过程中一定要“固执己见”吗？换句话说，难道一个人“自身的意义”就一定与周围的环境格格不入，就一定与他人的想法背道而驰吗？当然，这不会是发生在每个人身上的事情，但如果说上面引用的《我的传略》中描述的对于文学创作兴趣的嘲讽和侮辱还只是来自学校的阻碍的话，那么，在当时黑塞周围的社会和家庭环境中，他本人在追求其独特的人生理想的实际过程中所遇到的阻力和困难则要严重得多，以至于他内心承受过无数的痛苦，无数次感到身边危机四伏，甚至精神已面临着崩溃和绝望，以至于他一生都在苦苦地探究这种绝望与痛苦的根源，以便把自己从危机和困苦中解放出来。这直接导致了两个结果——一方面这使黑塞走上了一条孤独的“通向内心之路”，另一方面，他通过对思想史的研究使自身的思考变得越来越深邃。

> 一种个性，成为一个独一无二的人并非每个人的使命，通向那里的道路充满危险和苦痛；但它也会带来旁人不了解的幸福和慰藉。
>
> ——赫尔曼·黑塞 1953 年 10 月致一少女的信[①]
>
> 然而，语言、思考方式和艺术的历史却在每个阶段上都充满了美丽而可爱的图景和精华。
>
> ——赫尔曼·黑塞 1958 年 8 月 5 日致库尔特·普法伊弗尔(Curt Pfeiffer)的信[②]

① Ausgewählte Briefe. S. 408.

② Ausgewählte Briefe. S. 485.

第二节　孤独的“通向内心之路”与思想史研究

建议（Rat）
（1898 年）

不，少年，独自寻找
你的道路，让我继续前行！
我的道路宽广而艰辛
穿越荆棘、夜晚和不幸。

你最好和其他人前往那里！
那条道路顺畅而多为坦途，
而我要在我的孤独中
即使今后也孤独地祷告。

如果你看到我站在山巅，
不要嫉妒我的羽翼！
你误以为我高高在上、贴近苍穹——
而我却看到，山峰不过是一小丘。①

即使从这样一首黑塞在其文学创作生涯早期撰写的小诗中也可以感受到作家在追求“自身的意义”过程中的那份执著、那份勇气，但同时，或许是从这种努力的一开始就面临着重重阻力，黑塞对眼前这条道路上等待他去克服的困难还是有着清楚的认识，正如他在上面题记中所引用的书信里感叹的那样。显然，只有走上这条道路的人，才会遇到荆棘和痛苦，也只有走上这条道路的人，才能够体会到伴随而来的幸福和安慰。而在这众多艰辛和困难中黑塞体会最深刻的莫过于“孤独”（Einsamkeit）。正如他在

① Hesse, Hermann: Die Gedichte. Neu eingerichtet sowie um eine Auswahl der nachgelassenen Gedichte Hermann Hesses und um ein Nachwort erweitert von Volker Michels. Frankfurt am Main 1992. Fünfte Auflage 1998. S. 44. 以下引用简称 Die Gedichte.

1933年致约瑟夫·恩勒特(Josef Englert)的信中所承认的那样："无论作为诗人还是作为一个极其'内向'的人，最早从少年时代起，我就一直生活在某种孤独和对世界的回避中。"[①]如果说由"内向"带来的孤独感是天性使然的话，那么显然，黑塞的孤独则更多地与他想要成为一名诗人的人生使命与意义有着密切的关系。如上所述，黑塞一方面认为一个诗人具备的特征就是一个"真正的人的特点"，但另一方面，他将以"做你自己"为标志的成为诗人的道路看作一条通向独立人格的道路，以便"与普通人相比，将个体化(Individuation)的发展道路推动得更远更高"，[②] 因为"诗人与普通人的主要区别就在于，他比后者具有强烈得多的个体性"。[③] 正如在1929年8月9日给T. G. M. 先生的一封信中，黑塞对自己的人生道路所做的概括：

> 如您所知，在我的一生中始终都关涉到对生活的向往，向往一种真正个人的内容丰富的，而非标准化、机械化的生活。……于是随着时间的流逝，我的诗人的职业不仅变成了一条帮助我接近我生命理想的道路，而且还几乎变成了一种目的本身。[④]

而恰恰是这种被诗人黑塞"不顾常规及其屈从的要求"[⑤]而全力追求的个体化却与当时的时代精神(Zeitgeist)格格不入，正如他在1930年1月的一封信中所断言的那样：

> 如今，"个性"(Persönlichkeit)这个词已不再总是被看作一种如同在歌德时代时那样的理想。无论从市民还是从无产阶级的角度来看，独立的个性今天都被作为自身目的而被拒之门外——人们不去尝试培养天才的个体，而是培养合格的、健康的、干练的普通人。[⑥]

---

① Gesammelte Briefe. Zweiter Band 1922-1935. S. 397.

② Gesammelte Briefe. Zweiter Band 1922-1935. S. 241.

③ Hesse, Hermann: Gesammelte Briefe. Dritter Band 1936-1948. In Zusammenarbeit mit Heiner Hesse. Hrsg. von Ursula und Volker Michels. Frankfurt am Main 1982. S. 132. 以下引用简称Gesammelte Briefe. Dritter Band 1936-1948.

④ Ausgewählte Briefe. S. 29.

⑤ Gesammelte Briefe. Dritter Band 1936-1948. S. 132.

⑥ Gesammelte Briefe. Zweiter Band 1922-1935. S. 241.

凡是读过黑塞早年成名作《在轮下》(Unterm Rad)的人，都应该对他的这番话深有体会。值得注意的是，黑塞的这一论断不仅出自自己的切身感受和观察，而且还是由将当时的时代精神与一个往昔时代做比较而得出的，由于黑塞以一个过往的关于独立个性的理想做参照，因此，他对时代精神、对时代状况、对时代时尚的不满也就更加强烈。正因为如此，当他不遗余力而毫不动摇地坚持着这种个体化的时候，他便一再陷入与周围环境的矛盾之中，陷入“我”与外部世界、自身意义与对外界屈从、自我实现与人的异化的冲突所导致的孤独之中。大约写于1905年的诗歌《诗人》(Der Dichter)恰如其分地表达了成为诗人所必须付出的精神代价——孤独：

诗　　人

无尽的星光在夜间
只为我这个孤独者照耀，
石砌的喷泉只为我一个人，
唱它充满魔力的歌曲。
行云多彩的阴影
只为我这个孤独者
像梦一样掠过原野。
没有房舍、没有农田、
没有森林、狩猎和手艺适合我，
只有不属于任何人的，才是我的，
森林幕后的奔涌的小溪是我的，
丰饶的大海是我的，
嬉戏的孩子们发出的鸟儿般的叫声是我的，
傍晚时孤独的恋人的眼泪和歌声是我的。
各位神祇的寺庙也是我的，还有
往昔的令人敬畏的小树林。
同样，未来的
明朗的苍穹就是我的故乡——

我的灵魂常常展开憧憬的翅膀飞升，
观看幸福的人类的未来，
爱，战胜法规的爱，民族与民族之间的爱。
我再次发现所有人都是它高贵的化身——
农夫、国王、商人、勤勉的船员、
牧人和园丁，他们全都
感激地庆贺未来的世界佳节。
唯独诗人不见踪迹，
他，孤独的洞观者，
他，人类憧憬的负载者和苍白的化身，
未来不再需要他，世界的完满不再需要他。
在他的墓畔，
许多花冠正在凋谢，
对他的记忆却已消逝。[①]

显然，通过时间的变化（现在与未来），这首诗可以被分成前后两个部分。仅仅开头的几行，一个形只影单的诗人形象就出现在读者面前，而他之所以茕茕孑立、形影相吊的原因，恰恰在于现实生活中许多普通人应该拥有的东西与他，尤其是他的精神格格不入，因为与后者心有灵犀的只有那“无尽的星光”、“充满魔力的歌曲”和“梦一样”“多彩的阴影”。于是，诗人的卓尔不群便被无限地突出出来，一句“只有不属于任何人的，才是我的”便在“我”与他人之间划出了一道巨大的无法逾越的鸿沟。在诗的后半部分中，这种“我”与他人的距离一直持续到了未来，黑塞在这里勾勒出了一个想象中的带有浓重唯美主义色彩的情景，所有的人都赶去庆祝世界佳节，而恰恰曾经与这个世界上的万物息息相通的诗人却已经逝去。从这样一番看似凄美的描绘中不难看出黑塞矛盾的心境——一方面是曲高和寡的孤独，是面对现实的无可奈何，另一方面又是一种可以被看作内心中自我安慰的幻想——难道世界的完满真的不需要观看幸福的世界未来的诗人吗？

① Die Gedichte. S. 280.

黑塞对成为诗人的另一个理解就是他把诗人看作一个富于思想的知识分子。早在 1919 年 6 月 19 日，他便在致埃米尔·莫尔特(Emil Molt)的信中描述了自己作为诗人的任务和使命：

> 我的任务在于精神方面，而非实践，更不是政治。我越来越多地在时局与我早在战争之前就进行的关于欧洲思想和欧洲没落的思考之间看到关联。我的思考探究着这一轨迹。……无论如何，我再次确信我的任务和方向，并且知道，我走在为我自己确定的道路上。①

因此，对于黑塞这样一个如此看重精神和思想——在德语里这是 Geist 一词的两个基本含义，对此下文还要详细阐述——的知识分子来说，他随时感受到的世纪之交的时代精神、他在其中从事文学创作和反思的当时的文化状况和思想氛围便愈发地令他失望。比如，在 1926 年写给《东方年鉴》编辑部(Redaktion des Ostwart-Jahrbuchs)的信中，他就这样表达着这种失望的情绪："问题是，欧洲是否还拥有一种文化、一种风气、一个思想的核心，对这个问题我不得不予以否定。无论我们的文化是不是基督教文化，它都不复存在了。"②又比如在 1921 年撰写的对与歌德同时代的德国小说家让·保尔(Jean Paul)的评论中，黑塞再次借机对当前的时代进行了批判：

> 无论市民秩序的维护者想要如何绝望地否认，我们的时代却已经处于混乱的状态中。"西方的没落"的的确确发生了，只是并非如此极具戏剧性，像市侩们所想象的那样。由于每个个人——只要他不属于垂死的世界——在内心当中发现了一种混乱，发现了一个并非由写满法律的石板所治理的世界，其中善与恶、美与丑、明与暗都不再泾渭分明，所以这种没落便发生了。重新区分它们是今天每个人的事情。因此，在我们今天的艺术和文学创作中便到处再次出现混乱和造物主，因为在混乱将自身置于新的秩

---

① Gesammelte Briefe. Erster Band 1895-1921. S. 403f.

② Gesammelte Briefe. Zweiter Band 1922-1935. S. 148.

序之中以前，它希望被人承认，希望被人经历。[1]

如果说黑塞的文学创作生涯可以被看作他付诸实践的个体化的行动，那么这种行动由于在他看来时代思想核心的缺失，由于时代精神秩序的混乱，由于“西方的没落”便失去了其精神的支撑点，失去了其思想的滋养抑或至少失去了其导向的辅助。而在写于 1927 年 4 月并发表在同年 8 月 21 日《文学世界》(Literarische Welt)上的文章《诗人》(Der Dichter)当中，黑塞明确指出了这种时代与作为精神和思想代表的诗人之间的矛盾，这篇文章后来经过修改后又以《诗人的自白》(Bekenntnis des Dichters)为题发表在 1929 年《德累斯顿新闻》(Dresdner Neue Nachrichten)第 301 期上：[2]

> 在我们的时代中，诗人作为富于精神的人的最纯粹的典型，在机器世界和才智活跃的世界之间仿佛被挤进了一个真空的空间，并注定会被扼杀。因为诗人恰恰是人的那些力量和需求的代表及捍卫者，而我们的时代已经狂热地向这些力量和需求宣战。
>
> 但因此而抱怨这个时代却是愚蠢的。这个时代并不比其他任何时代更好，也不比其他任何时代更差。对于那种能够分享其目标和理想的人来说，这个时代是一个天堂，而对于那种必须与这些目标和理想背道而驰的人来讲，这个时代便是一座地狱。对于我们诗人来说它就是地狱。当诗人想要对他的出身和使命保持忠诚的时候，他就既不能与工业和组织统治生活的沉醉于成就的世界为伍，又无法融入如今控制我们的大学的理性化的智慧世界。相反，因为诗人唯一的任务就是做精神的侍者、捍卫者和骑士，所以在眼前的世界的瞬间里，他看到自己注定要变得孤独，注定要经受磨难，那绝不是每个人的事情。……
>
> 我们承受苦难——却并不是为了抗议和谩骂。我们在周围机器世界和野蛮生计的我们无法呼吸的空气中窒息而死，但是，我

---

① Hesse, Hermann: Über Jean Paul. In: Gesammelte Werke in zwölf Bänden. Zwölfter Band. Schriften zur Literatur 2. Eine Literaturgeschichte in Rezensionen und Aufsätzen. Herausgegeben von Volker Michels. Frankfurt am Main 1987. S. 203-213; hier S. 213.

② 可参看 Hesse, Hermann: Die Welt der Bücher. Betrachtungen und Aufsätze zur Literatur. Zusammengestellt von Volker Michels. Frankfurt am Main 1977. S. 371.

> 们却没有使自己脱离全体，我们将这种扼杀和受苦作为我们参与世界命运来接受，作为我们的使命、我们的考验来接受。我们不相信这个时代的任何理想……但是我们相信，人是不朽的，他的形象能够从任何扭曲中再次恢复，能够从任何地狱中浴火重生。我们没有尝试解释我们的时代，没有尝试改善我们的时代，没有尝试教育我们的时代，而是我们尝试着通过揭开我们自己的困苦和梦想为这个时代一再打开形象的世界、敞开精神的世界。……我们不隐瞒人类的精神正在危险之中、接近毁灭。但我们却也不能隐瞒，我们相信人类的不朽。①

由此可见，一方面，在黑塞心中，作为诗人和作家的他与周围的现实和精神世界的冲突已经到了近乎无法调和的程度，但另一方面，尽管承受着巨大的精神痛苦，但是，在面对这些痛苦时，至少黑塞本人却展现出一种更加积极的态度，究其原因，就是因为黑塞对"人"的相信，相信"人是不朽的"，这句话究竟有何内涵，下文还要详细论述。

除了他自身的精神危机之外，1914 年第一次世界大战的爆发也作为一个外在因素对黑塞产生了巨大的影响，用他自己的话说，他第一次如此清楚地观察到了自己周围的世界并做出了判断，因此，虽然黑塞从来没有"生活在象牙塔里"并在战争期间从事了一些有益于他人的社会工作，但是，他对现实的观察和思考却导致了另一个结果，正如他 1917 年 6 月 7 日在信中向费利克斯·布劳恩(Felix Braun)所描述的那样："战争把我像每个人一样带入了与世界的新的关系中，但却并未将我政治化。与此相反。在我看来，外在世界和内心世界的区别比平时还要强烈，令我感兴趣的仅仅是内心世界。"②

为了"去除或者削弱那种深深的孤独和不为人理解的感觉"，③ 为了摆脱抑郁的情绪，1916 年 4 月底，黑塞前往卢塞恩(Luzern)，开始接受著名心理学家荣格(C. G. Jung)的学生约瑟夫·伯恩哈德·朗格(Josef Bernhard

---

① Hesse, Hermann: Bekenntnis des Dichters. In: Gesammelte Werke in zwölf Bänden. Elfter Band. Schriften zur Literatur I. Über das eigene Werk. Aufsätze über seine Verleger. Einführung zu Sammelrezensionen. Eine Bibliothek der Weltliteratur. Frankfurt am Main 1987. S. 243f.

② Gesammelte Briefe. Erster Band 1895-1921. S. 349.

③ Gesammelte Briefe. Erster Band 1895-1921. S. 159.

Lang)医生的心理治疗，直到当年的11月，这样的治疗一共进行了大约60次。于是黑塞亲身体验了从1914年起他便开始了解并逐渐熟悉的心理分析学说，[①] 这次切身的接触以及黑塞对西格蒙德·弗洛伊德(Sigmund Freud)和荣格著作的仔细研读对黑塞产生了深刻的影响，尤其是这些著作向黑塞提供了"衡量自身和评价适应生活的必要动力"，使得他在通向内心世界的道路上越来越多地达到"自我认识和最终更深刻的自我实现"，[②] 正如1918年2月8日创作的诗歌《通向内心之路》(Weg nach innen)所描绘的那样：

通向内心之路

谁找到了通向内心之路，
谁在热情的凝神中
曾经预感到智慧的核心——
他的感官仅仅将上帝和世界
作为影像和比喻挑选：
一切行动和思考都会变成
与他自身灵魂的对话——
世界和上帝早已包容其中。[③]

凝神看似平静，实际上却是热情的心理运动；世界并非不是现实存在，但是真正的智慧一定来自于自身的灵魂，正是通过与自身灵魂的对话，人才能够不断认识世界和自身。就自我认识而言，如上所述，对于黑塞来说，此时的认识早已不是简单地凭借"清醒、细致和敏锐的感觉"达到对自身的直观感知和了解，而是真正意义上的"认识你自己"，即上文所说的建立在感知基础上的一种凭借知性深入思考的过程，于是，这也就要求黑塞必须

① 可参看 Mileck, Jesoph: Hermann Hesse. Dichter, Sucher, Bekenner. Biographie. Titel der amerikanischen Originalausgabe: *Hermann Hesse*: *Life and Art*. 1978 bei The Regents of the University of California. Die deutsche Erstausgabe erschien 1979 im C. Bertelsmann Verlag, München. Aus dem Amerikanischen von Jutta und Theodor A. Knust. Frankfurt am Main 1987. S. 108f. 以下引用简称 Hermann Hesse. Dichter, Sucher, Bekenner.

② Hermann Hesse. Dichter, Sucher, Bekenner. S. 71.

③ Die Gedichte. S. 433.

具备相应的认知能力，而这种能力对于任何人来说都无论如何不是靠天赋，而是需要通过后天培养获得的，在这方面，黑塞的家庭为他提供了得天独厚的条件，使他从很早开始便通过阅读书籍接触到了文学和哲学作品，显然，前者能够极大地满足他与生俱来的对文学创作的浓厚兴趣和强烈愿望，而后者则毫无疑问向他敞开了通向另一个精彩世界的大门，以至于他“受到形而上学的吸引、无可救药地沉湎于其中”。还是在《我的传略》中，黑塞如此回忆了这段家庭给他带来的影响：

> 十五岁时，正当我辍学的时候，我开始自觉地、精力充沛地进行自学，我的幸福和快乐在于，在父亲那里保存着外祖父丰富的藏书，一间大厅里全都是旧书，其中包括18世纪所有的德国文学和哲学的作品。从十六岁到二十岁，我不仅在大量纸张上写满了我最初尝试创作的作品，而且在那几年中，我还阅读了世界文学中半数的作品，并凭借顽强的毅力努力钻研艺术史、各种语言和哲学，这份毅力即使对于一段正常的大学学业都是绰绰有余的。[①]

一方面，正因为如此博览群书，才使得黑塞能够把书籍中，尤其是哲学书籍中记载的往昔的思想世界与当前的时代精神进行比较，从而越来越强烈地对现实感到失望，越来越强烈地向往历史上曾经的思想辉煌的时代；另一方面，历史上伟大的哲学著作，尤其是德国古典哲学的著作——从黑塞后来所撰写的书评和书信来看，他阅读哲学著作的范围绝不仅仅局限于德国古典哲学，既有古代神学和宗教的经典作品又有诸如伏尔泰(Voltaire)、狄德罗(Diderot)这样的思想家的著作，当然也少不了叔本华(Schopenhauer)、克尔恺郭尔(Kierkegaard)、尼采(Nietzsche)、柏格森(Bergson)这些西方近代和现代哲学史上的风云人物，他甚至还阅读过卡尔·马克思(Karl

---

① Kurzgefasster Lebenslauf. S. 395f.

Marx)的《资本论》[①]——无疑是人类智慧的结晶，黑塞对这些著作的研读甚至感到痴迷既再次证明了他对人的思维、对人类思想发展的高度重视，同时也自然会提高和完善他自身的思考能力、认识能力，并为其精神找到一片聊以慰藉的家园，如同他在 1942 年给卢塞纳基金会(Stiftung Lucerna)董事会的信中所描述的那样：

> 哪怕是在尝试着融入到集体的最原始的一种形式中，我都完全没有这个能力，越是如此，我便越发依赖于对往昔宗教和哲学的研究，以便最终获得这样的信仰——尽管我是一个独来独往的人，但是我在内心中仍然与人类的全体保持着联系。[②]

这段自白式的阐述一方面再次清楚地说明，黑塞尝试着借助思想史研究将自己由其精神危机中解放出来，另一方面也透露给读者他的一种信念——个人的思想能够以某种完全属于自己的方式得到升华——“在内心中”与“人类的全体保持着联系”，关于这一点，下文还要进行更详细的阐述。

无论如何一个不容否定的事实是，和每个正常人一样，随着年龄的增长和借助所接受的教育，黑塞的思维也从简单的感性认识逐渐上升到了理性认知，而且，如上所述，由于黑塞个人的天秉和后天的遭遇以及家庭的影响，他在思维能力上又远远地超过了普通人。这既为他能够写出那些惊世骇俗、思想深邃的作品创造了前提条件，也不断丰富着他的思想世界、提升着他的精神境界。其中，对于本书的研究格外重要的一点是：无论是早年对自身个性和天赋的感知，还是后来对“自身的意义”的认识，无论是对自己周围的人和环境的感受，还是对欧洲动荡时局的关注、对时代精神的反思，无论是作为诗人还是个体的赫尔曼·黑塞都是作为认识主体去认识客体，也就是说，黑塞的思维始终处于在西方哲学，尤其是认识论中占

---

① 详细内容可参看 Hesse, Hermann: Gesammelte Werke in zwölf Bänden. Elfter Band. Schriften zur Literatur I. Über das eigene Werk. Aufsätze über seine Verleger. Einführung zu Sammelrezensionen. Eine Bi-bliothek der Weltliteratur. Frankfurt am Main 1987. S. 41f, S. 47; Ders: Gesammelte Werke in zwölf Bänden. Zwölfter Band. Schriften zur Literatur 2. Eine Literaturgeschichte in Rezensionen und Aufsätzen. Herausgegeben von Volker Michels. Frankfurt am Main 1987. S. 106, 108, 257, 284, 292, 384.

② Gesammelte Briefe. Dritter Band 1936-1948. S. 216f.

主导地位的"主客体分裂"(Subjekt-Objekt-Spaltung)[①]的二元认识模式当中，这对于成长在欧洲文化氛围中、又深入研读过西方哲学的黑塞来说再正常不过，而两种认识的区别仅仅在于，对于作为个体的自身的认识是一种自我认识，也就是认识主体把自身当作客体来加以认识，而对于个体以外的世界的认识则是认识主体对外物或者对象的意识(Sachbewusstsein oder Gegenstandsbewusstsein)和对世界的看法(Weltbild)；除此之外，被主体当作客体来感知和思考的还有这两种认识本身。因此，这一思维模式在黑塞的思想和文学创作中将会有怎样的体现，特别是将会发生哪些变化，将是本书关注的一个重点问题。

除了为青少年时的黑塞提供了提高文学素养、深化思维能力的条件之外，他的家庭还在另一方面影响了他——在1946年于苏黎世重新出版的《战争与和平——1914年来关于战争和政治的思考》(Krieg und Frieden. Betrachtungen zu Krieg und Politik seit dem Jahr 1914)一书的序言中，黑塞将属于基督教虔信派(pietistisch-christlich)的父母及其"家庭几乎完全非民族主义的精神"列为对他"终生都产生强烈作用的三大影响"之首。[②] 黑塞走上通向内心之路也许会是这一影响的一种体现，因为尽管黑塞本人并不信教——他与基督教的关系下文还会谈及——，但虔信派的一

---

① 我在这里专门引用了德国20世纪存在哲学的代表人物卡尔·雅斯贝斯(Karl Jaspers 1883-1969)的术语，而没有使用"主客体联系"(Subjekt-Objekt-Beziehung)这个概念。因为"Beziehung"一词的含义是两个分开的事物的联系，就是说，"Subjekt-Objekt-Beziehung"意指主体和客体在原本就是分开的，而后来在它们之间产生了一种联系。与此相反，"Spaltung"一词则意味着一个原本一体的事物被割裂开来，因此，雅斯贝斯使用"Subjekt-Objekt-Spaltung"暗指一种原本并未分开的事物。可参看 Jaspers，Karl：Der philosophische Glaube. Frankfurt am Main und Hamburg 1958. S. 14f. 以下引用简称 Der philosophische Glaube；Saner，Hans：Karl Jaspers in Selbstzeugnissen und Bilddokumenten. rowohlts monographien. Hrsg. von Kurt Kusenberg. Reinbek bei Hamburg 1970. S. 85. 以下引用简称 Karl Jaspers in Selbstzeugnissen und Bilddokumenten. 关于这个问题在国内的研究可参看张世英：《天人之际——中西哲学的困惑与选择》，北京，人民出版社，2007年。在该书的序和第一章、第三章里，张世英教授都明确地指出，西方哲学史长期受主客二分思维的主导。以下引用简称《天人之际》。

② Hesse，Hermann：Geleitwort zur Neuausgabe von„Krieg und Frieden“ (1946). In：Gesammelte Werke in zwölf Bänden. Zehnter Band. Betrachtungen aus den Gedenkblättern. Rundbriefe. Politische Betrachtungen. Frankfurt am Main 1987. S. 544-548；hier S. 548. 以下引用简称 Geleitwort zur Neuausgabe von„Krieg und Frieden“；Freedman，Ralph：Hermann Hesse. Autor der Krisis. Eine Biographie. Die Originalausgabe erschien 1978 bei Pantheon Books，New York unter dem Titel *Hermann Hesse. Pilgrim of Crisis*. Aus dem Amerikanischen von Ursula Michels-Wenz. Frankfurt am Main 1999. S. 486f. 以下引用简称 Hermann Hesse. Autor der Krisis.

个重要的特征就是强调个人体验的内心转变，以信仰的宗教内在化为目的[①]，因此，父母在家庭中所表现出的对个人信仰的虔诚态度一定深深感染着黑塞；另一方面，黑塞在这里所说的“几乎完全非民族主义的精神”无疑是指其外祖父和父母以往的经历——外祖父赫尔曼·贡德尔特(Hermann Gundert，1814～1893)博士二十一岁时前往印度传教，精通多种当地语言，24 年后由于健康原因才回到德国，母亲玛丽(Marie，1842～1902)就出生在印度，和同样是前往印度传教的黑塞的父亲约翰内斯·黑塞(Johannes Hesse，1847～1916)结为连理是她的第二次婚姻，在一篇没有注明写作日期的手稿《关于我与印度和中国思想的关系》(Über mein Verhältnis zum geistigen Indien und China)中，[②] 黑塞这样记述了这个充满异国色彩的家庭：

> 从孩提时起，我就从外界熟悉了印度，我的外祖父、我的母亲和我的父亲，他们三人都长期生活在印度，讲印度的语言(马拉雅拉姆语、卡纳拉语、兴都斯坦语，我的外祖父还会梵语)，在我们家里有很多印度的东西，衣服、织物、图片等等。我不知不觉地学到了很多关于印度的知识。尤其是我能回忆起我母亲关于她在印度时期的美妙而生动的讲述。我的父母和外祖父母都是传教士，我的外祖父在印度生活了几十年。但是，他们三人都不是那种普普通通的传教士，而是深入研究了他们所热爱的印度的语言和思想。我能回忆起一本我父亲拥有的手抄本的书，他在印度的时候把很多东西都写进了这本书中，特别是我能回忆起，里面有很多佛教的祷告词，由我的父亲翻译，一部分译成德语，一部分译成英语，有时，他会带着对这些祷告词的虔诚与文采的明

---

① 可参看文庸，乐峰，王继武主编：《基督教词典》，修订版，北京，商务印书馆，2005 年，第 376 页。Metzler Philosophie Lexikon. S. 450f.

② 在 Aus Indien. Aufzeichnungen，Tagebücher，Gedichte，Betrachtungen und Erzählungen 中这样记述，可参看该书第 363 页。但在 Materialien zu Hermann Hesses „Siddhartha“. Erster Band. Texte von Hermann Hesse 中却标明这篇文章写于 1922 年，可参看该书第 341 页。

显的陶醉给我们诵读。①

可以想象，外祖父和父母这样的经历和他们为黑塞创造的这样一种家庭氛围，尤其是这种家庭氛围的中心又是来自对于当时大多数西方人来说如此遥远的东方，的确会对黑塞的视野和思维产生巨大的影响，也正是由于这种家庭氛围和传统的缘故，1911 年黑塞才会踏上前往印度和东南亚的旅程，一个原因固然是为了摆脱自身精神的危机，另一个原因自然也是要亲身体验一下被外祖父和父母喜爱的印度文化，而正是在这次旅行中，黑塞“发现”了中国和中国文化。

如果说家庭的这种“非民族主义的”或者说“国际化的精神”②还是一种来自外部的、产生于黑塞出生之前而他本人又无法改变的影响的话，那么，被他列举的从中获得深刻教益的第三个决定性的影响则完全是由于他个人的经历，也就是上述的个人的精神危机和对思想文化的高度重视，因为这一影响的产生是由于他阅读了一位历史学家的著作并被其深深吸引和打动，这位学者就是黑塞“曾经怀着信任、敬畏和感激之情的崇敬所喜爱的”“唯一的历史学家”③——雅各布·布尔克哈尔德(Jacob Burckhardt，1818～1897)，这位博学多才的精通艺术史和文化史的瑞士学者通过他伟大的著作极大地拓展了黑塞的视野，在 1935 年为其最具影响力的作品之一《意大利的文艺复兴文化》(Die Kultur der Renaissance in Italien)撰写的评论中，黑塞这样写道：

……我们欢迎它，不仅是因为即使是穷人也能够读到一本唯一的经典著作(一本深刻而持久地影响了两代英才的著作)，而且尤其是因为在我们看来，布尔克哈尔德是一种思想观念能够想象的最高贵的代表，对于这种思想观念，与我们常常所知晓和承认的相比，我们今天的人要承担更大的责任和义务。如果说如今在

① Hesse, Hermann: Über mein Verhältnis zum geistigen Indien und China. In: Aus Indien. Aufzeichnungen, Tagebücher, Gedichte, Betrachtungen und Erzählungen. Neu zusammengestellt und ergänzt von Volker Michels. Frankfurt am Main 1980. S. 259. 以下引用简称 Über mein Verhältnis zum geistigen Indien und China.

② Hermann Hesse. Autor der Krisis. S. 487.

③ Geleitwort zur Neuausgabe von„Krieg und Frieden“. S. 548.

> 教师和作家当中在巨大的文化迟暮中仍然有一些英才将自己的使命和义务视为将一种确切无疑的、无法受现实影响的、仅仅依赖于自身责任感的智慧作为典范的态度摆脱时代的震动和误导留给后人——如果说独立、耿介和良知如今仍然是精神成就的有效的理想，那么，我们的时代要为此感谢那些像布尔克哈尔德一样的楷模。毋庸置疑，假如没有广博的学识、没有博览群书、没有艺术家的气质在其天性和作品中的融会贯通，他的杰作就是无法想象的；但是，一切的基础却是他的个性，是他睿智的美德的那种严谨的近乎苦修的形式。①

显然，这段评论反映出许多具有黑塞个人特点的感受，可以想象，对现实的精神世界不满的他一方面固然需要倾听内心的声音——实际上就是展开自身思想的翅膀，但自身思维的纵横驰骋并非无源之水，正是通过和布尔克哈尔德一样的博览群书才使黑塞的精神世界日趋丰富和博大，另一方面，在这一过程中，黑塞又在有意识或者无意识地寻找着自己的精神榜样，寻找一种思想的依托。于是，他在布尔克哈尔德身上看到了这样的思想楷模，在其作品中黑塞感受到了他一直在寻找的东西——对人类命运的关注，睿智的思想和独立的个性与时代的结合，一年后的1936年9月，黑塞又在《波尼尔文学杂志》(Bonniers Littertära Magasin)中谈到了布尔克哈尔德对自己的重要意义：

> 当年当我来到巴塞尔时，他(指布尔克哈尔德)刚刚去世没有几年，我感觉到巴塞尔的精神世界完完全全打着他思想的烙印，受到他精神的影响；那时，那种直到今天始终在我心中存在和不断加强的影响才刚刚开始，以至于我完全可以讲——除了歌德之外，没有哪个杰出人物像尼采和布尔克哈尔德那样对我产生了如此强烈的影响，几十年来，对我来说布尔克哈尔德变得越来越重

---

① Hesse, Hermann: Jacob Burckhardt, „Kultur der Renaissance". In: Gesammelte Werke in zwölf Bänden. Zwölfter Band. Schriften zur Literatur 2. Eine Literaturgeschichte in Rezensionen und Aufsätzen. Herausgegeben von Volker Michels. Frankfurt am Main 1987. S. 291.

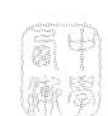

要、从他那里我的收获越来越多。[①]

正如黑塞自己所承认的那样，如果说还有人对他的精神影响超过了布尔克哈尔德的话，那么那个人就是歌德，在饱览 18 世纪文学和哲学著作的黑塞精神依托和寻找榜样的过程中当然少不了这位德国文学史、思想史和文化史上最伟大的人物，然而，歌德在黑塞身上所产生的影响却不是简单的赞叹和敬佩，而是打着黑塞特有的深刻反思的烙印。1932 年，应法国著名作家罗曼·罗兰(Romain Rolland)之邀，黑塞特意为《欧洲》(Europe)杂志的歌德专号写下了著名的散文《感谢歌德》(Dank an Goethe)，仅仅文章的开头几段就颇为耐人寻味且异常精彩：

> 在所有德国的诗人中，歌德是我最要感谢的一个，他引起了我最多的思考，极大地困扰着我，给了我最大的鼓励，强迫我仿效他或者反对他。他并不是我最喜爱和最欣赏的诗人，并不是我毫无抵触的诗人，不，此前有过其他人——艾兴多夫(Eichendorff)、让·保尔、荷尔德林(Hölderlin)、诺瓦利斯(Novalis)、莫里克(Mörike)等等。但是，这些诗人当中没有任何一个曾经成为我的严重的困难和重要的道德上的动力，和这些诗人中的任何一个我都不需要斗争和争论，而我却不得不一再与歌德展开思想的对话和精神的斗争。……
>
> 几乎还是在孩提时我就开始认识他，他青年时的诗歌和维特(Werther)完全征服了我。这个歌德，这个纯粹的诗人，这位歌手，这位永远年轻和天真的人，从没有成为我的困难，从没有令我感到困惑。
>
> 与此相反，在我青年时代时我还遇到了另一个歌德：遇到了那位伟大的作家，遇到了那位人文主义者、思想家和教育家、那位评论家和纲领的制订者，遇到了那位魏玛的文人，遇到了席勒

---

① Hermann Hesse. Sein Leben in Bildern und Texten. Herausgegeben von Volker Michels. Mit einem Vorwort von Hans Mayer. Gestaltet von Willy Fleckhaus. Frankfurt am Main 1987. S. 75. 以下引用简称 Hermann Hesse. Sein Leben in Bildern und Texten. 在本书撰写期间，该书的中文译本面世——弗尔克·米歇尔斯编：《黑塞画传》，李士勋译，上海，上海人民出版社，2009 年。在该书 358 页译名对照表中将 Magasin 写成了 Magazin，疑为笔误。

的朋友、艺术收藏家、报刊的创建者，遇到了无数文章和通信的作者，遇到了向爱克曼(Eckermann)做口授的人，这个歌德对于我来说也变得无比重要。……尽管他看起来有时略带着市民习气、略微有些天真、略带着些官腔而且已经大大地褪去了维特的野性，但是，其特殊地位却始终那么伟大，其内涵却始终是一个崇高的目标，是所有目标中最高贵的一个——使一个由精神统治的生活成为可能并把它建立起来，不仅是为了他自己，而且也为了他的民族和时代。即使在他的迷途中，那也是全面掌握他那个时代知识和生活经验的尝试，并使其服务于一种崇高的个人精神，此外，还使其服务于一种超越个人(überpersönlich)的精神本质和品德。作家歌德为其时代最优秀的人物树立起一个人的形象(Menschenbild)，一个人的典范(Menschen-Vorbild)，与之相比、与之相接近是那些具有良好愿望的人的理想。

在诗人歌德的身上能够欣赏到很多，但却无法学到什么。他所能做到的事情是无法学习的，也是独一无二的。因此，他既没有成为我的榜样也没有变成我的困难。与此相反，作为文人、人道主义者、思想家的歌德却很快就变成了我的一个巨大的困难；除了尼采之外，没有任何作家花费了我如此多的精力，如此吸引我又如此令我感到痛苦，如此地迫使我展开深入的研究。……尽管诗人歌德更加和蔼可亲而且带来更大的享受，但是，作为文人的歌德却必须予以重视而无法回避，早在我二十岁时我就有这种感觉，因为他是将一种德国人的生活建立到精神上的最宏伟而看上去最成功的尝试。此外，他也是将德国人的天赋与理性相结合的一次唯一的尝试，是调和(Versöhnung)现实主义者和理想主义者，调和安东尼和塔索，调和不负责任的、音乐的酒神的狂热与一种对责任和道德义务的信仰的无与伦比的试验。

显然，这种尝试并没有完全成功。他也根本无法成功！尽管如此，他却不得不一次又一次地重复，因为在我看来，对至高无上和不可能的一再追求恰恰是精神的特征。在歌德自己的生命和作品中没有完全成功的是，将质朴的诗人与聪慧的市侩，将心灵与理性，将自然的崇拜者与思想的鼓吹者集于一身，在这里和那

> 里会张开一道宽大的裂痕，在这里和那里会出现尴尬的、无法忍受的冲突。……
>
> 我原本能够把他放到一旁只感到失望就完事了。但即使是这一点我也无法做到！正是这一点才是既奇特、美妙又令人痛苦的地方——我无法摆脱他，我不得不和他一起开始前行，不得不共同忍受他的失败，不得不在自己身上再次发现他内心的矛盾(Zwiespältigkeit)。
>
> 仅就这一点已经令人心动、已经很了不起——他并没有满足于普通的目标，他寻求的是伟大的目的，他提出了无法实现的理想。但是，具有说服力的首先是我多年来与日俱增的洞见——歌德的问题不是他独自的问题，不是市民阶层独自的问题，而是每一个严肃对待精神和言语的德国人的问题。[①]

多少令人感到惊奇的是，黑塞之所以"感谢歌德"，并不完全是因为歌德的作品对他的创作、歌德的思想对他的精神产生了多么深刻的影响，而是因为歌德本人及其作品增加了黑塞思考的深度，甚至给他带来了精神的苦恼和困扰。之所以说这段文字颇具启发性，主要有以下几个原因——第一，读者首先便会从这里领略到赫尔曼·黑塞敏锐的思维，这又一次证明了黑塞对人的精神和思想的高度重视，因为他反复强调了在歌德身上和在他那个时代里精神和思想发挥着何等至关重要的作用。黑塞把建立由精神统治的生活看作一个崇高的目标，但同时他也通过歌德认识到这不仅是歌德自身遇到的问题，而且由"精神统治人的生活"是"世界上唯一的迫切问题"。[②]歌德为黑塞指明了一种可以追求的理想，一种黑塞从未经历过但却无限憧憬的美好状态。也正因为如此，黑塞才越发感到所处时代中精神的匮乏甚至缺失，并把这看作第一次世界大战引起人们，尤其是青年盲目支持和参与的思想根源。

第二，歌德的作品和一生的传奇经历使他在黑塞眼中成为了一个完美

① Hesse, Hermann: Dank an Goethe. In: Gesammelte Werke in zwölf Bänden. Zwölfter Band. Schriften zur Literatur 2. Eine Literaturgeschichte in Rezensionen und Aufsätzen. Herausgegeben von Volker Michels. Frankfurt am Main 1987. S. 145-154; hier S. 145ff. 以下引用简称 Dank an Goethe.

② Dank an Goethe. S. 150.

的人，这个完美的意思绝对不是说歌德为人没有缺点、完美无瑕，而是如上文所论述的那样，在黑塞看来，歌德在一生中将做人、成为人和做自己变成了现实。正如黑塞所言，歌德的人生经历异常丰富，其成就又震古烁今，这固然与他的天赋和机遇有关，但绝对是他一生不懈奋斗和追求的结果。这里非常值得注意的一句话是，黑塞认为，歌德使"全面掌握他那个时代知识和生活经验的尝试"不仅"服务于一种崇高的个人精神，此外，还使其服务于一种超越个人的精神本质(Geistigkeit)和品德"。——什么是这种"超越个人的精神本质和品德"？掌握知识和生活经验又如何才能服务于这种精神本质和品德？这两个问题下文还要详细地阐述。

第三，恰恰是这个为黑塞指明了理想而又在现实中有血有肉的歌德、作为人的典范的歌德促使黑塞反复思考——一个今天的人如何才能即使未必实现但也要接近这一理想——将"生活建立到精神上"，使"天赋与理性相结合"。显然，黑塞在歌德身上洞察到了他内心的矛盾，更确切地说是歌德身上所体现出的截然相反的两极，并且认为歌德企图调和对立的两极并将二者集于一身的尝试无法成功，而另一方面，黑塞也同时在自己身上发现了这样对立的两极的存在，那么，他自己又该如何处理这对立两极的关系呢？

归根到底，歌德对黑塞产生最深刻影响的还是他的智慧和思想，因此，黑塞将其称为"智者歌德"(Goethe der Weise)，为此他这样解释道：

> 无论神奇的诗人歌德的形象在我看来多么清晰和可爱，无论我认为把文人和师长歌德看得多么透彻——在这些形象背后，透过这些形象还有另外一个形象存在。在这个对于我来说最伟大的歌德形象中矛盾合为一体，它既不是单方面地与阿波罗的典范也不是与寻找母体的、深沉的浮士德精神相一致，而是恰恰就存在于这一两极性(Bipolarität)之中，……特别是在其晚年的作品中、在诗歌里、在《浮士德》后面的段落中、在书信和在"中篇小说"里，我们会找到这位神秘智者的零散的名言和诗作。但是，即使是当我们刚刚从他的一些成年和青年时代的作品和资料中认识他时，相同的、成熟的、已经超越个人的歌德也出现在我们面前。……他是永恒的(zeitlos)，因为一切智慧(Weisheit)都是永恒的。

> 他与个人无关，因为一切智慧都消除了个人。[1]

这里，似乎黑塞给出了解答上述如何处理两极对立问题的答案，或者至少是给出了一些提示：真实的歌德是否真的如黑塞所理解的那样达到了那种超越个人的精神本质其实并不重要，重要的是，黑塞在歌德身上洞察到，要解决两极性的问题需要一种智慧，这种智慧能够赋予个人的精神一种永恒的意义，正因为如此，黑塞才会在其名作《荒原狼》(Der Steppenwolf)当中把歌德描绘成不朽者(Unsterbliche)的代表，正因为如此，“一切智慧都消除了个人”这句话才意义深远——智慧与个人的发展有何关联？这里的“消除个人”又是何意？

除此之外，作为文人和智者的歌德还在另一方面使黑塞产生了共鸣，那就是歌德在接受外国文化思想的包容性精神上，在这篇文章里，黑塞特别提到了歌德对中国文化的接受：

> 在我这个对中国古代作家情有独钟的人看来，这一智慧在歌德身上还有一张中国人的面孔。因此，知道事实上歌德曾经多次研究中国对我来说是一种小小的快乐，晚年歌德的一组精彩的小诗(写于1827年)题目为《中德四季晨昏吟咏》(Chinesisch-deutsche Jahres-und Tageszeiten)。我们最近的文学中没有许多这种本源智慧的表达。[2]

今天，很多文献已经证明，歌德，尤其是晚年的歌德的确阅读和研究了一些当时翻译成欧洲文字的中国小说和诗歌，比如，1827年1月31日，歌德就对爱克曼讲：“在没有见到你的这几天里，我读了许多东西，特别是一部中国传奇，现在还在读它。我觉得它很值得注意。”[3]据推测，歌德在这里提到的这部中国传奇应当是《风月好逑传》，通过这些研究和阅读，歌德表达出对中国文化的赞叹和欣赏：“中国人在思想、行为和情感方面几

① Dank an Goethe. S. 151f.

② Dank an Goethe. S. 153.

③ 爱克曼辑录：《歌德谈话录》，朱光潜译，北京，人民文学出版社，1991年，第111页以下。以下引用简称《歌德谈话录》。

乎和我们一样，使我们很快就感到他们是我们的同类人，只是在他们那里一切都比我们这里更明朗，更纯洁，也更合乎道德。”[①]1827 年 5 月到 8 月，歌德住在魏玛的英国公园内，写下了以《中德四季晨昏吟咏》为题的 14 首咏物诗，尽管当时的中国在大多数西方人看来仍然是那样的神秘莫测，尽管译介到德国的中国文学仅仅是一些二三流的作品——仅就这部中国传奇而言，歌德就断言：“中国人有成千上万这类作品，而且在我们的远祖还生活在野森林的时代就有这类作品了。”[②]——但歌德仍然在这 14 首诗作中尝试着揣摩中国古典诗歌的意境并将其表现出来。因此，当近一百年后更多的中国作品译介到欧洲而赫尔曼·黑塞也同样为之所吸引的时候，显然，歌德在这方面已经又为他“做出了榜样”，不过，黑塞也“超越”了他的前辈，因为他明确地指出“阅读那些伟大的中国人的作品”是对他“终生都产生强烈作用”[③]的第二大影响。因此，产生这种影响的来龙去脉和这种影响在黑塞思想和作品中的表现自然格外引人注目。

> 我所有的作品都是在无目的性和倾向性的情况下产生的。但如果要我在事后于这些作品中找出一种共同的意义的话，那我就只能找到这样一种——从卡门青到荒原狼和约瑟夫·克奈西特，他们都可以被解释为对人格、对个体的一种捍卫(有时也是一种呐喊)。
>
> ——赫尔曼·黑塞致一德国女大学生的信(1954 年 3 月)[④]

第三节　赫尔曼·黑塞文学创作的主旨

如上面所分析的那样，正因为黑塞本人在实现其成为诗人的人生理想的过程中所遇到的阻力和困难，所以他始终极大地关注着“个人、人格、唯一的独特的个体”，在头脑中反复思考着这个个体如何“做自己”、如何

① 《歌德谈话录》，第 112 页。
② 《歌德谈话录》，第 113 页。
③ Geleitwort zur Neuausgabe von„Krieg und Frieden“. S. 548.
④ Ausgewählte Briefe. S. 418.

实现“自身的意义”的问题，于是，这一问题便自然而然地成为了其多部文学作品的主题，也就是说，黑塞在很多作品中着重探讨了作为个体的人如何“做自己”的问题。即使是到了晚年，黑塞仍然坚持自己的看法并且继续着关于这一问题的思考，就在这封1954年3月致一位德国女大学生的信中，七十七岁的黑塞就这样阐述了在个体发展问题上他创作的原因和目的：

> 单个的、唯一的人连同其生性和机遇、连同其天禀和爱好是一个柔弱的、易被破坏的现象，他确实需要一个捍卫者。就像他要反抗所有强大的权力——国家、学校、教会、各种集体……，我和我的作品也始终在反抗所有这些权力并感受到了其斗争的手段，无论是正当的还是野蛮的、粗鲁的。我已经得到了上千次的证明，那与众不同的个人在世界上如何受到威胁、缺少保护而遭遇敌视，他如何迫切地需要保护，需要鼓励和爱。同时，从我的经验中也不断看出，在所有阵营和集体中……有无数的人，他们不顾千篇一律的优点和惬意并不满足于此，他们的心灵在正统观念里忍受痛苦。于是，与集体粗暴的拒绝和攻击对立的是个人上千个或多或少无计可施的问题和忏悔，我的作品（当然绝不仅仅是我的作品）会给这样的人一些诸如温暖、安慰、振作一类的东西。但是，他们也不总是从这些作品中只获得支持和鼓励，他们也常常感到被诱导和不知所措；因为他们已经习惯于教会和国家的语言，习惯于正统观念、教义问答、纲要的语言，习惯于一种不懂得怀疑、期待和忍耐的答案无非是信仰和服从的语言。在我的读者中有一部分年轻人，他们在对《德米安》、对《荒原狼》或者《歌尔德蒙》短暂的激动之后重新回到了他们的问答手册……。然后还有一些读者，在阅读完这样的书籍之后他们自认为必须摆脱所有的共同点和束缚，并且引证我的话。但是，我却相信，还有其他许多人，他们从我们的文学创作中接受了他们的天性能够允许的东西，他们承认像我这样的一个作者是个体、灵魂和良知的维护者，但却不从属于这个作者，就像不从属于一本问答手册、一个正统观念、一个行军命令一样，也不抛开集体和顺从的重要

> 价值。因为这些读者感觉到，我既没有打算毁掉秩序和约束，假如没有了秩序和约束，人的共存就是不可能的；我也不想神化个体，而是想要一种生活，在其中爱、美和秩序占据着主导，我想要一种共存的状态，其中人不会变成成群的牲畜，而是能够保持其独一无二的尊严、美和悲剧。我不怀疑，我有时会出现错误和失误，我有时过于充满激情，有些年轻的读者由于我的文字变得迷惘、受到了危害。但是，如果您观察那些在今天的世界里阻止个体发展成为有个性的人、发展成为完整的人的势力，如果您观察那种缺少想象力、情感匮乏、仅仅趋炎附势、仅仅惟命是从、仅仅亦步亦趋的人——这种人就是大的集体，尤其是国家的理想——，那么您就不难理解和宽容那弱小的唐·吉诃德在面对大风车时那斗志高昂的神情。①

黑塞坚定地认为，在他所生活的时代中，像他本人一样追求“自身意义”的个体遇到了极大的阻碍，热切地渴望关爱、鼓励和慰藉，因此，他愿意用他的作品和文字向这些个体提供他们所需要的东西。所以，在黑塞不同创作时期的作品中，可以清晰地洞察到和分析出他关于这一主题的思维方式的变化和思考结果的发展——如上文分析的“做你自己”的座右铭所包含的意义，一方面，个体必须在自己身上实现作为人的普遍特征，另一方面，他又能够和必须完成属于其自己的个体化过程，实现其“自身的意义”。

一、生命之爱和对尘世生活的肯定

在赫尔曼·黑塞看来，不仅那个柔弱的个体需要爱和保护，而且，这个个体自身也应当表达出对现实生活的肯定，展现出对尘世生命的爱，尽管他在这个世界上会受到威胁，会感受到痛苦和挫折。因此，如上所述，虽然黑塞从青少年时期开始在不断追求“做你自己”的过程中、在孤独的“通向内心之路”上每每感到迷茫和困惑，但是，他却仍然能够尽可能地摆脱这些苦痛的羁绊，将内心中对生命的那一份挚爱毫无保留地表达出来。

① Ausgewählte Briefe. S. 418ff.

为此，一个典型的例子便是早年创作的诗歌《孤独者致上帝》(Der Einsame an Gott)：

孤独者致上帝

(1914 年 9 月)

我孤独地被风扯动着
不情愿而又孤寂地
站在怀有敌意的夜色中。
我的心绪沉重而充满苦痛，
每当我想起你，
盲目的上帝，你极其残暴地
始终做着令人无法理解的事情。
如果你有权力，为何你让
为何你让狗和猪猡
享受备受煎熬的更高尚的人
从未见到的幸福？
你为何鞭笞爱你的我，
将我独自驱赶到夜色中，
你为何夺走你赐给每个可怜人的
属于我的一切？
我很少抱怨，更很少
在烦闷中诅咒你，
多年里在虔诚的教士当中
我献身于你，称呼你主和上帝，
将你视为我存在的冠冕和意义；
我始终——即使常常在黑暗中——
也试探着追求善，爱、
宽容和纯洁始终是我高尚的目的。
然而，向我的敌人献媚的你，
从没有实现我任何一个梦想，

满足我任何一个请求！
我了解的从来都是斗争和劳作，
而在那边快乐者的家中
响起的却是琴声、舞蹈和甜美的歌唱。
哦，折磨我的人，你是如何——
每当我在盲目的希望中
充满信任地向温柔的爱奉献我的心灵，
你是如何对我嘲讽和蔑视，
使得我愤怒地逃走，身后是女人的狂笑！
孤独，不相信幸福，
彻夜不眠，白天被怀疑夺走，
我目无上帝地穿过这个世界，
给自己造成痛苦，给你带去可悲的耻辱。
尽管如此，哦，上帝，尽管你的手指深深地
充满盲目的狂喜触动我的伤口，
尽管如此你不应当令我沮丧，
不会在尘埃中看到我下跪和哭泣。
因为你最隐晦的愿望，残酷的家伙，
在我心中听起来尽管无法抗拒，
但热爱生命，
狂热而盲目地热爱这无意义的生活
我却在所有的追求中，
在所有的尝试中从未完全忘记。
即使你和你乖张的路径
也为我心所爱，上帝，我热诚地喜爱
被你糟糕统治的混乱的世界。
……听！从那边快乐者的居处，
向我漂来歌声和欢笑，
漂来女性的叫喊和清脆的酒杯相碰之声。
然而在更深沉的快乐中，
比起这些易于满足的人来，对生命的爱

却更加甜蜜和陶醉地
燃烧在我不幸地饥渴的胸中。
我愤怒地由不眠的眼神中
摆脱疲倦，
渴求地凭借呼吸的感官将
黑夜和清风、星光和云山
尽皆收入永不满足的心灵。[①]

简而言之，在这首诗里，孤独的抒情的“我”——显而易见是像黑塞这样追求实现自我的人——面对他无法理解的上帝，以独白的形式控诉自己经历的由后者造成的生活的困苦；尽管黑塞并不信仰基督教，但这并不妨碍他把上帝当作一个假定的全知全能者、一个假定的掌握着人类命运的至高无上的主宰作为抒发感叹的对象。借助一系列反问句，抒情的“我”表达出其强烈的失望之情和一种听天由命的无可奈何，但恰恰是这种无可奈何的感触，却不仅会导致消沉和绝望，也会对人产生积极的影响——无论这些生活的苦难有多么深重，人仍然可以更加坚定地追求其生活的理想。从这首诗的后半部分中可以清楚地读到，这种愈发坚定的信念源自对生命的爱，源自“在所有的尝试中从未完全忘记”的“狂热而盲目地热爱这无意义的生活”，尤其在后面一句中，黑塞的德语原文实际上连续使用了两次“sinnlos”这个词，用作修饰“热爱”的副词可以理解为“盲目、没有目的”，这也就包含了另外一种含义——个体应当具有各种各样的人生经历，应当认识生活的多样与丰富。在这首诗创作之前一年即1913年12月29日，黑塞在写给福尔克玛尔·安德烈(Volkmar Andreä)的信中也强烈地表达了这种生命之爱，从中可以深刻地体会到黑塞那种百折不挠、尽人事而知天命般的乐观精神：

我已经完全摆脱了悲观主义的世界观，即使在最近、对于我来说相当可怕的月份里我也实实在在地注意到这些。我的天性并不平衡，面对生活，使自己受到损失，就是说常常使生活变得令

① Die Gedichte. S. 370f.

> 我难以忍受，这些我都无法改善；但是，我热爱这个世界和生命，即使在痛苦中我也能够找到存在于和宇宙一同舞动的感觉中的乐趣。在哲学上，我无法将它表达出来，也没有这个要求。但是，作为作家，这也许就是（我能够逐渐认识到的）我的任务的意义——一个感到生命的困苦、但正由于此却更加热情地热爱它的人对生命的捍卫和使其容光焕发。[①]

非常值得关注的是这封信和这首诗写作的时间，1913 年至 1914 年，赫尔曼·黑塞正走向不惑之年，在这个时期，作家已经经历了人生中很多的东西——恋爱、婚姻、离异、事业的起步、发展、家人的逝去等等。但无论这些生活中的困苦让他多么难以承受，无论命运的安排令他感到多么无奈，诗人在主观意识上还是摆脱了悲观主义的思维，这中间的波折和痛苦旁人自然可以想象，但走出了这些挫折和苦痛的作家仍然凭借其满腔的热情使他人、使他的读者感受到了生命的活力。究其原因，可以看到，作家的思维达到了一种绝对异乎寻常的境界，“和宇宙一起舞动”，这是何等的一种胸怀！“感到生命的困苦、但正由于此却更加热情地热爱它”并“使其容光焕发”，这又是何等地坚韧与顽强！这样一种也许充满诗意的感受并不是每个人都能够体察到和理解的，黑塞的表述中尤其耐人寻味的地方是他把这样一种感受与哲学联系了起来，这一点我在后面的论述中还要谈到。

如果说对生命的热爱强烈表达出黑塞对于人生的一种积极乐观的态度的话，那么这种态度的一个最基本的表现就在于对人的现实存在的肯定，换句话说，就在于对人的物质存在即身体的“保全”，因为一个道理显而易见：假如没有人的身体即现实存在，精神思想的任何价值都无从谈起——“每个人的躯体都至多包含一个人格，反之亦然，每个人格也最多支配一个躯体。”[②]人的物质存在是“做人”的根本基础。对这一点，黑塞深有体会，因此，他把这一内容写入了他的作品《悉达多——一部印度作品》（Siddhartha. Eine indische Dichtung）。

---

① Gesammelte Briefe. Erster Band 1895-1921. S. 237.

② Schwab, Martin: Einzelding und Selbsterzeugung. In: Frank, Manfred und Haverkamp, Anselm (Hrsg.): Individualität. München 1988. S. 35-75; hier S. 40.

在这部小说的第一章“婆罗门之子”(Der Sohn des Brahmanen)中，主人公悉达多就提出了在哪里能够找到“阿特曼”，即印度思想中“个体的永恒不变的精神核心”[①]的问题：

> 何处可以找到阿特曼，它在哪里，它永恒的心在何处跳动，除了在每个人身上那最内在的不可摧毁的各自的“我”中之外，还会在何处呢？可是，这个“我”又在哪里，在哪里，这最内在的最后的自我？……渗入它，渗入这个“我”，渗入我自己，渗入阿特曼——是否存在另一条值得去寻找的道路呢？[②]

由于悉达多没有能够在其“各自的‘我’”，也就是自己身上找到阿特曼，所以，他不仅怀疑其存在，也怀疑其自身的存在。出于这种怀疑他开始尝试“另一条值得去寻找的道路”——他加入沙门的行列，企图通过苦修和禁欲找到那永恒的阿特曼，但是这条道路却失败了，于是，恰恰是由于这种否定自身现实存在的尝试的失败，悉达多意识到人的身体存在的必要性，同时也认识到个体的“我”与周围环境的“非我”的区别：

> 他上千次地离开他的“我”，他几个小时、几天之久地待在“非我”之中？但是，无论那些途径如何从“我”离开，它们的终端却总是返回到“我”那里。
>
> ……
>
> 什么是凝神专注？什么是离开肉体？什么是斋戒？什么是屏住呼吸？这是对“我”躲避，是从“我在”的痛苦中短暂的逃脱，是对于生命的苦痛和荒谬的短暂的麻木。[③]

黑塞在这里所表达的思考显而易见——个体的现实存在是无法否认的，尘世生活的痛苦是无法回避的，既然如此，作为个体的人就应当坦然接受这

① Philosophisches Wörterbuch. S. 40.

② Hesse, Hermann: Siddhartha. Eine indische Dichtung. In: Gesammelte Werke in zwölf Bänden. Fünfter Band. Frankfurt am Main 1987. S. 353-471; hier S. 357. 以下引用简称 Siddhartha. Eine indische Dichtung.

③ Siddhartha. Eine indische Dichtung. S. 365f.

个事实，于是小说的主人公才经历了其生命中的第一次觉醒，才终于意识到自己以前犯下的“错误”——否定个体生命的现实存在：

> 我想要学到的恰恰是这个“我”的意义和本质。此前我想要摆脱和消除的正是这个“我”。但我却无法消灭它，只能欺骗它，只能逃避它，只能在它面前把我自己隐藏起来。真的，世界上没有任何事情像这个我自己的“我”这样令我如此殚精竭虑，……我对世界上任何事情的了解都少于对于我自己的了解，对于悉达多的了解！
>
> ……
>
> 我对自己一无所知，悉达多对我来讲始终如此陌生而不熟悉，其原因只有一个：我害怕自己，我在逃避自己！我寻求阿特曼，寻求梵，我情愿分割和剥离自我，以便在其不为人知的最内在的部分找到所有皮肉的核心，找到阿特曼，找到生活，找到神性，找到最后的东西。而自我本身却从我身上消失了。
>
> ……
>
> 现在，我不会再让悉达多从我身边溜走！我不会再使我的思考和我的生活从阿特曼开始，从世界的苦难开始。我不会再消灭自己，不会再割裂自己，以便在废墟的背后找到一个秘密。……我要从我自己身上学习，做一名学生，我要认识我自己，认识悉达多这个秘密。①

这段主人公内心的独白对于这部小说后面的情节具有决定性的影响，因为悉达多接下来的各种经历，尤其是他与那些所谓的凡夫俗子在一起度过的以物质享受为主要内容的世俗生活都是以这种对人的现实存在的肯定为前提条件的。黑塞的观点和信念非常明确——既然无法躲避“我”，无法逃避“我在”的痛苦，那么人就应当积极地面对生活，面对“生命的苦痛和荒谬”。一方面，这个“做人”的根本前提为“做你自己”奠定了基础；另一方面，这种不顾生活和生命——德语是同一个词 Leben——的痛苦对其表达

① Siddhartha. Eine indische Dichtung. S. 383f.

出的热爱之情又为个体实现“自身的意义”赋予了一种特殊的情感基调——这份爱饱含着苦涩和辛酸，却又那么的坚定而执著。

二、个体的唯一性和生命的有限性

如果说对生命的热爱和对尘世生活的肯定为个体必须在自己身上实现作为人的普遍特征创造了前提条件的话，那么，赫尔曼·黑塞在很多作品和文章中描绘个体时格外强调的另外两个重要特征便是个体的唯一性和生命的有限性。

关于个体的前一个特点，在20世纪前20年黑塞文学创作的多部著名作品中都有所涉及。例如，在上述的《关于〈彼德·卡门青〉》一文中，黑塞就这样评价自己笔下的主人公：

> 他的目标和理想并不是成为一个社团中的一分子，成为一项密谋的知情人，成为一次合唱的一个声部，他寻找的不是集体，不是伙伴，也不是顺从，而是它们的对立面；他要走的不是多数人的道路，而是要固执地走自己的路，他不想随波逐流，不想随人俯仰，而是要在自己的灵魂中反映自然和世界，在崭新的图景里体验它们。①

又比如，在发表于1915年的小说《克努尔普——克努尔普生命中的三个故事》(Knulp. Drei Geschichten aus dem Leben Knulps)中，黑塞这样描绘主人公的性格：

> 每个人都有他的灵魂，他不能把它与其他任何一个灵魂混合。两个人能够走到一起，他们能够互相交谈，距离很近。但是，他们的灵魂却像花一样，每一朵都在它的位置上扎根，没有任何一朵能够走向另外一朵，否则它们就必须离开它们的根，它们也做不到。②

---

① Über„Peter Camenzind“. S. 26.

② Hesse, Hermann: Knulp. Drei Geschichten aus dem Leben Knulps. In: Gesammelte Werke in zwölf Bänden. Vierter Band. Frankfurt am Main 1987. S. 435-525; hier S. 485.

显然，黑塞在这里格外突出了同一个体精神的唯一性，也就是说，无论是个体的物质存在还是其思想意识都是独一无二、不可替代的。而对个体这种唯一性的更强烈、更鲜明的强调则体现在1917年秋天黑塞以笔名艾米尔·辛克莱尔(Emil Sinclair)创作的代表作《德米安——艾米尔·辛克莱尔青春的故事》(Demian. Die Geschichte von Emil Sinclairs Jugend)当中，在1929年2月给玛丽-路易斯·杜梦(Marie-Louise Dumont)的信中，黑塞就阐明了这部作品的内容和目的——“为了个体化、个性的产生而斗争。”[①]在小说的前序部分里，作为“我”的叙述者的艾米尔·辛克莱尔就这样强调了个体的唯一性和个体生命的神圣：

> 对于我来说，我的故事要比任何一个诗人的故事对于他来讲更重要，因为我的故事就是我自己的，它是一个人的故事——不是一个杜撰的、可能的、理想化的或者任意并不存在的人，而是一个真实的、唯一的活生生的人的故事。这是什么，一个真正活着的人，关于这件事，人们今天却比以往了解得更少，……假如我们远不只是独一无二的人，假如人们真的能够用一发火枪的子弹就完全将我们中的每个人从这个世界上消灭，那么讲故事也就没有任何意义了。然而，每个人不仅仅是他自己，他也是唯一的、完全特殊的、无论如何重要而又引人注目的点，世界的现象在这个点上交汇，只有一次而不会再重复。因此，每个人的故事都是重要的、永恒的、神性的。因此，只要每个人还活着、还在满足自然的意愿，他就是精彩的，就值得关注。[②]

正是因为个体生命的唯一性，所以，每个个体的个体性才被黑塞赋予了如此不同寻常的意义。这一思想贯穿了这部作品的始终。

而在小说《悉达多——一部印度作品》中，黑塞又通过另一种方式把个

---

① Gesammelte Briefe. Zweiter Band 1922-1935. S. 210.

② Hesse, Hermann: Demian. Die Geschichte von Emil Sinclairs Jugend. In: Gesammelte Werke in zwölf Bänden. Fünfter Band. Frankfurt am Main 1987. S. 7-163; hier S. 7f. 以下引用简称 Demian. Die Geschichte von Emil Sinclairs Jugend.

体的唯一性突出了出来——主人公悉达多在聆听了充满传奇色彩的佛陀布道之后，并没有像他的伙伴乔文达那样皈依佛门，原因是他在佛陀的传经布道中发现了一个“漏洞”，于是他与佛陀就这个问题展开了一番讨论。在佛陀面前，悉达多这样陈述了他的看法：

> 我没有在任何一刻怀疑过，你是佛陀，你已经实现了目标，那最高的目标，成千上万的婆罗门和他们的子孙都在追求这个目标的路上。你已经摆脱了死亡，这是你从自身的探索中，按照你自己的途径，通过思索，通过潜修，通过认识，通过领悟获得的，但却不是通过什么传经布道得到的！这就是我的想法，哦，佛陀——没有人会通过教义得到解脱！哦，尊敬的佛陀，你无法用语言和教义告诉任何人，在你大彻大悟的那一时刻在你身上到底发生了什么！已然觉悟的佛陀的教义包含了很多内容，它教导很多人过正直的生活，避免邪恶。但有一点却没有包含在这明晰而可敬的教义中：它没有包含佛陀本人亲身经历的秘密，在千万人中他一个人经历的秘密。这就是我在听到教义时想到的、认识到的，这就是我继续去漫游的原因——并不是为了去寻找另一种更好的学说，因为我知道并没有这样的学说，而是为了抛开一切学说和所有师长，独自去实现我的目标，或者死去。①

即使不是点睛之笔，这段阐述也在这部小说中起到了极其重要的作用，因为黑塞在这里明确地阐发了他关于个体发展的观点——一个人必须“按照自己的途径”走属于自己的道路，即使是佛陀，那个已经大彻大悟的人，那个最受尊敬的人也不例外。同时，虽然悉达多断定，佛陀没有“用语言和教义告诉任何人”在他“大彻大悟的那一时刻”“到底发生了什么”，但是，这同时也说明，那“最高的目标”却是能够通过个体个人的行为实现的，佛陀在这里无疑发挥着一种象征的作用——这个在悉达多眼中理想的形象意味着，个体可以在有限的生命进程中“达到”无限的永恒，并将这种永恒表现出来。

---

① Siddhartha. Eine indische Dichtung. S. 380f.

另一方面，悉达多关于佛陀已经“摆脱了死亡”的断言也意味深长，黑塞在这里实际上已经触及到了个体的另一个主要特征——人生的有限性，一个任何人都不能回避也无法逃避的问题，因为个体性的实现只能在人有限的生命中完成，无论人对生命有多么热爱，无论人对尘世的生活持多么肯定的态度，死亡终是不可避免，因此，生命的有限性恰恰为个体实现“自身的意义”设置了一个时间上的“框架”，个体真的能够像传说中的佛陀那样摆脱死亡、脱离时间的羁绊吗？

在这部小说的第二部分中，黑塞继续着自己的思考，在“轮回”(Sansara)一章中，在描绘了悉达多的世俗生活之后，黑塞着重强调了岁月的流逝：

> 就像一件衣服随着时间的流逝变旧、随着时间的流逝失去了其亮丽的色彩、有了污点、有了褶皱、在边上被扯坏、在这里或者那里开始露出破旧和线丝的部位一样，悉达多的新生活……也变得苍老起来，于是，这种生活随着逝水的年华失去了其色彩和光芒，于是，皱纹和斑痕也聚集到了他脸上，……悉达多却没有注意到。[①]

尽管悉达多自己几乎没有感受到光阴荏苒，但人生在岁月中所经历的沧桑和蹉跎却显而易见。于是，悉达多在其情人卡玛拉的脸上终于意识到了生命的有限：

> 然后，他躺在她身旁，卡玛拉的面容离他是那样近。从她的眼睛下面和嘴角旁边，他从来没有像现在这样清晰地读出了一种令人不安的文字，一种由纤细的线条和微小的纹路组成的文字，它让人想起了秋天和老年，……疲倦写在卡玛拉美丽的脸上，……疲倦和业已开始的憔悴，以及有意掩饰的、尚未说出的，或许尚未意识到的不安：对衰老、对秋天、对不可避免的死亡的恐惧。[②]

① Siddhartha. Eine indische Dichtung. S. 413.

② Siddhartha. Eine indische Dichtung. S. 415.

对小说的情节发展而言，正是带着这样一种对“时间”的恐惧，悉达多终于“逃离”了已令他深感苦恼的世俗世界，因为一旦个体随着时间的流逝而消亡，那么也就无从谈起什么实现“自身的意义”了。也正是因为这种恐惧，换句话说是意识到了个体生命存在的有限性，悉达多才重新陷入了对自身的反思之中，最终离开了世俗世界。更为重要的是，对于黑塞及其小说主人公来说，人生的有限性即生命历程的时间限制似乎成为了一个个体在自身发展道路上必须“克服”的障碍。在其后的小说《荒原狼》中，黑塞仍然继续着关于这一问题的思考。在主人公哈利·哈勒(Harry Haller)梦见不朽者歌德的梦中，他聆听着后者关于生与死的自我道白：

> 他们是对的——对持久的强烈要求始终萦绕在我心头，我始终害怕死亡，在与之斗争。我认为，与死亡的斗争、无论如何和“固执己见”的求生是所有伟人行动和生存的动力。然而，最终人不得不死去，我年轻的朋友，这一点我早在二十岁时就已经确切地证明过了，仿佛作为学生的我已经死去一样。①

因此，无论是《悉达多》中的佛陀，还是《荒原狼》里的不朽者歌德，通过他们黑塞都给读者留下了这样的思考——作为个体的人如何在有限的生命中达到“永恒”？

三、个体发展的阶段

无论是强调生命之爱和对尘世生活的肯定，还是突出个体的唯一性和生命的有限性，都可以被看作赫尔曼·黑塞关于作为个体的人的生命和生活的理解与思考，黑塞这样做目的其实只有一个，那就是通过这些描述去捍卫那个“柔弱的、易被破坏的”“单个的、唯一的人连同其生性和机遇、连同其天禀和爱好”，进而使“个体发展成为有个性的人、发展成为完整的人”。

在 1907 年 5 月 13 日写给卡尔·伊森贝格(Karl Isenberg)的信中，作

---

① Hesse, Hermann: Der Steppenwolf. In: Gesammelte Werke in zwölf Bänden. Siebter Band. Frankfurt am Main 1987. S. 181-413; hier S. 283. 以下引用简称 Der Steppenwolf.

为年轻作家的黑塞这样谈论了自己的创作：

> 虽然《在轮下》当时只是纯粹出于一种需求而产生的，即集中地想象自己少年时代的一段重要的经历，……在未来我虽然还会更频繁地想到去做一点布道，但不会再采取如此消极批判的态度，而是更多地添加我自身的经验和自己的理想，更多积极的东西。但最重要的事情对于我来说始终不变，就是表达出被我看作人性的东西，在我这里，这是一种现象世界的稍纵即逝的感觉，是在尘世做客的感受，与此在(Dasein)的珍贵所带来的乐趣和一种对整体的目的、对一种向上发展的宁静的信仰相关。①

毫无疑问，这个在黑塞看来“最重要的事情”、被他“看作人性的东西”自然就是个体发展的问题，更确切地说，是作为个体的人在有限的尘世生活中、在此在的经历中如何实现“自身的意义”。同时，尽管从后来的创作经历来看当时的黑塞对个体发展的一些问题仍然处于繁复甚至痛苦的思考和探索之中，但是，这段文字仍然透露出来，在黑塞心中，他已经——至少是部分地——感觉到这与“一种对整体的目的、对一种向上发展的宁静的信仰相关”。这也给读者深刻理解黑塞提供了一个重要的提示——试想，假如黑塞在其一生的文学创作生涯中只是不断地重复同一主题，而其自身在这一问题上的思考没有质的飞跃的话，那么，黑塞的作品也许就不会有那么强大的生命力，就不会至今仍然能够吸引那么多的读者了。黑塞的作品之所以能够在一代又一代读者心中产生共鸣，究其原因，恰恰就在于黑塞关于个体发展问题所展开的思考与一种信仰有关，与一种向上的发展有关——他的一个重要的观点便是，一个人的发展可以被划分成若干个从低到高的阶段，1932 年，也就是在除了《玻璃球游戏》之外的其他重要作品均已问世之后，他将这一思想集中写入了杂文《神学片段》(Ein Stückchen Theologie)并发表于当年第 1 期《新周报》(Neue Rundschau)上：②

---

① Gesammelte Briefe. Erster Band 1895-1921. S. 139f.

② 可参看 Hesse, Hermann: Mein Glaube. Auswahl und Nachwort von Siegfried Unseld. Frankfurt am Main 1971. S. 142.

> 今天，我想将我在不同年代的思考和笔记整理成文，旨在把我所偏爱的两个观点联系起来，即关于为我所知的成为人的三个阶段的观念和关于人的两种基本类型的设想。这两个观念中的第一个对于我来说很重要，也很神圣，我无论如何把它视为真理。……成为人的道路始于无罪(天堂、童年、不承担责任的早前的阶段)。由此，人走向有罪，走向了解善与恶，走向对文化、道德、宗教和人类理想的要求。这一阶段在任何一个严肃而又作为与众不同的个体经历它的人身上都不可避免地以绝望而结束，也就是说以这样的认识来结束——不存在美德的实现，不存在完全的听从，不存在充分的服侍，正义无法实现，善无法得到满足。这种绝望要么导致消沉没落，要么走向精神的第三个王国，走向经历一种道德和法则彼岸的状态，渗入宽宥和救赎，走向一种崭新的、更高的不承担责任的状态，或者简而言之，走向信仰。无论这一信仰采取何种形式和表达方式，其内容始终如一——我们应当尽可能地追求善，但是，无需为世界和我们自身的不完美负责，我们没有主宰自身，而是被人主宰，在我们的认识之上有一个上帝或者一个“它”，我们是它的侍从，我们能够将自己托付给它。
>
> ……
>
> 再次概述一下：这条道路由无罪出发走向有罪，由有罪走向绝望，由绝望要么走向堕落要么走向救赎——也就是说，并非再次在道德和文化背后返回到儿童的天堂，而是超越它们达到借助信仰能够生存的地步。[①]

用黑塞自己的话说，“我在这里称为‘神学’的东西，在我看来受到了时代的约束，在我看来是人类一个时期的产物，这一时期终将会被消除和逝去。”[②]也就是说，虽然使用了一些宗教上的术语——这也再次证明了黑塞

---

① Hesse, Hermann: Ein Stückchen Theologie. In: Gesammelte Werke in zwölf Bänden. Zehnter Band. Betrachtungen aus den Gedenkblättern. Rundbriefe. Politische Betrachtungen. Frankfurt am Main 1987. S. 74-88; hier S. 74f. 以下引用简称 Ein Stückchen Theologie.

② Ein Stückchen Theologie. S. 76.

从来都不愿脱离其原有的文化氛围——，但是，黑塞在这里阐发的却并不一定是宗教问题。表面上看，黑塞这里所指的“无罪”和“有罪”显然都与《旧约圣经》有关——人类的始祖亚当和夏娃被上帝安置在伊甸园里，上帝不准他们吃知善恶树上的果子。后来他们经不起魔鬼的诱惑，违抗上帝的命令吃了知善恶树上的“禁果”，给人类留下了“原罪”。但实质上，黑塞却在这里阐述了一个人的思维发展变化的问题。

一方面，需要格外关注的是，黑塞明确地表示，这个观点是他本人从其个人经历和思考中得出的：

> 我能够认识的成为人的、心灵发展历程的阶段就是如此。我是从自身的经验、从其他很多人的精神见证中了解这些的。无论是在历史的哪个时期，无论在哪种宗教和生活方式中，总是存在同样的典型的经历，总是在相同的阶段和顺序当中——失去无罪，致力于法律下的正义，由此产生的、在通过劳作或者认识消除有罪的徒劳的斗争中的绝望，终于，走出地狱来到一个改变了的世界，走进一种新型的无罪。①

之所以强调黑塞的这个关于个体发展阶段的看法来源于其自身的体验和思考，是因为这恰恰与上文所述的诗人“通向内心之路”的思想发展过程相吻合。

另一方面，虽然名为成为人的三个阶段，但是，这三个阶段尽管不可能脱离客观现实，脱离人的现实存在，然而事实上，按照黑塞的观点，这三个阶段首先还是代表了人的生命进程中三种不同的精神和思想状态。因此，紧紧伴随着黑塞在这里阐述的个体发展的三个阶段的，是人的思维能力的从低到高的发展，是作为个体的人的自我意识的发展。如上所述，黑塞是一个天生具有强烈自我意识的人，而他后天所接受的教育，尤其是对东西方思想史的研究更是不断提升着他的思考和认知能力。因此，黑塞在这里所阐述的成为人的三个阶段实际上也是人的认识能力从低级到高级的发展阶段，也就是说，这个作为起始的“无罪”的阶段应该指的是人的认知

① Ein Stückchen Theologie. S. 77.

能力最低的阶段，在这个阶段里，人不仅对外部世界缺少理智的认识，而且也没有自我意识，即没有意识到自身作为个体的人的存在，意识到自身与周围世界的区别，用上文的话说，就是还没有自觉地作为认识主体去认识作为客体的世界和自身，主客体在人的观念中还处于浑然一体的感性认识的状态，因此，黑塞举例说这个阶段的人大多还处于童年之中，在其1901年出版的早期作品《赫尔曼·劳舍尔》(Hermann Lauscher)中黑塞就以自身的经历为根据描写了人的童年和少年时这种思维懵懂的状态；[①] 而在《悉达多——一部印度作品》中，黑塞也将与悉达多一起沉湎于世俗生活的那些凡夫俗子称为"儿童一样的俗人"(Kindermenschen)。[②]

在之后的第二个发展阶段中，所谓人"走向了解善与恶，走向对文化、道德、宗教和人类理想的要求"，恰恰是人的认知能力从感性向理性发展的特征——一方面，人开始作为认识主体通过知性理智地看待自己身外的世界，"主客体分裂"的认识模式逐渐形成；另一方面，个体作为认识主体不仅强烈地意识到自身与外部世界的区别，并且将自身也当作一个客体加以认识。于是，个体发展成了一个认识和思考的"我"(das erkennende und denkende Ich)。尽管黑塞在这里只举出了"善与恶"一对矛盾的例子，但这已经足够说明问题——在西方哲学发展史特别是认识论和自我意识发展的深刻影响下，无论是对外物的意识和认识还是自我意识和自我认知都深刻打着二元对立的烙印，也就是说无论在外物还是自身上面，主体都认识到了对立的两极，认识到了互相抵触排斥的因素。在这个认识基础上，人的天性自然会促使人追求其中积极的东西，排斥和试图消除那些消极的东西。

就黑塞毕生都十分关注的个体发展的问题而言，这样的自我意识和自我认识则会对个体的思想产生决定性的影响——一方面，个体的发展恰恰建立在这样的自我认识基础之上，个体对自身的认识越深刻、越全面，他才越是能够准确地把握"自身的意义"，从而真正地"做自己"。因为黑塞认为每个人都是独一无二的个体，所以，在这一点上，与其说黑塞为读者明确地勾勒出一条或者几条个体发展的道路，毋宁说他所极力宣扬的是个体

---

① 可参看 Hesse, Hermann: Hermann Lauscher. In: Gesammelte Werke in zwölf Bänden. Erster Band. Frankfurt am Main 1987. S. 216-339.

② Siddhartha. Eine indische Dichtung. S. 401-410.

在自我认识基础上的自我决定和自我选择，从而将个体生命的主体性淋漓尽致地发挥出来。例如，在 1949 年 1 月 5 日写给他的长子布鲁诺·黑塞(Bruno Hesse)的信中，黑塞就这样谈论了每个人对自身个体性的认识：

> 唯一重要的是，我们每个人都得到了一份遗产和一项任务，从父亲和母亲那里，从很多先人那里，从他的民族、语言那里继承某些特征，善的与恶的、令人感到惬意和棘手的特征，才能和缺陷，所有这些合在一起就是"他"，他必须管理好这个独一无二的、在你身上名叫布鲁诺·黑塞的自己，必须赋予他生命直到终点，必须使他成熟起来，并且最终多多少少地完整地归还。①

虽然都是个体自身，但在黑塞的描述中，个体却仿佛是在面对另一个人，这恰恰体现出个体同时作为认识主体和客体的状态。黑塞认为，当一个人对自身有了充分认识之后，他所要做的首先就是"忠实于"自己，从而实现"自身的意义"，就像他本人矢志不渝地追求成为一名作家一样：

> 简而言之，当一个人有了维护其生命的需求时，重要的并非一个成就的客观和普遍的高度，而是他将其与生俱来的本质尽可能充分而完整地在其生活和行为中表现出来。
>
> 上千种诱惑不断地使我们走上歧途，但是，所有这些诱惑中最强烈的一个便是，人在根本上想成为一个与他自己截然不同的人，人追求无法实现和甚至根本不该实现的榜样和理想。②

另一方面，在自我认识上，作为主体的人越来越强烈地感受到自己身上相互矛盾的要素，例如也能够认识到自己身上的"善与恶"，就像黑塞在 1943 年 5 月给一个年轻人的信中所做的详细阐述：

---

① Hesse, Hermann: Gesammelte Briefe. Vierter Band 1949-1962. In Zusammenarbeit mit Heiner Hesse und Ursula Michels. Hrsg. von Volker Michels. Frankfurt am Main 1986. S. 7. 以下引用简称 Gesammelte Briefe. Vierter Band 1949-1962.

② Gesammelte Briefe. Vierter Band 1949-1962. S. 8.

> 我们每个人身上都有两个“我”，谁始终知道，其中的一个从哪里开始，另一个在哪里结束，他就是不折不扣的智者。
>
> 我们主观的、经验的、个体的“我”——如果我们对其稍加思考——总是变化多端，随心所欲，它在很大程度上依赖于外界，受外界影响。……这个“我”教给我们的——如《圣经》中经常讲到的那样——无非是，我们是一个相当孱弱的、固执的、沮丧的种姓。
>
> 然而，接下来就是另一个“我”，它隐藏在前一个之中，与之相融合，但绝不能与之相混淆。这第二个崇高的、神圣的“我”(印度人的阿特曼，您将它与“梵”相提并论)不是个体，而是我们在神明、在生命、在整体、在非我和超我中所占据的那一部分。[①]

这段阐释对于理解黑塞关于个体的思想具有至关重要的意义，因为首先，他在这里明确使用了德语“我”这个词，这便清晰无误地表达出个体作为认识以及行为主体的含义；其次，作为认识主体的“我”在自己身上认识到了两个不同的特质，就像人能够在外部世界里认识到两种截然相反的因素一样。黑塞的表述可谓清晰明了——一个“我”代表了人身上的感性要素，是缺少精神的物质存在，另一个“我”则意味着人身上的理性要素，是人永恒的精神实质。但凡对德语文学有所了解的读者，都会由此很容易地想到歌德在《浮士德》中描写的浮士德在其性格两重性之间的踟躅，联想到浮士德对自己胸中两个灵魂的认知：

> 在我的胸中，唉，住着两个灵魂，
> 一个想从另一个挣脱掉，
> 一个在粗鄙的爱欲中
> 以固执的器官附着于世界；
> 另一个则努力超尘脱俗

① Ausgewählte Briefe. S. 203.

一心攀登列祖列宗的崇高灵境。[①]

如上所述，歌德在黑塞心目中占据着一个极其特殊和重要的地位，在上面引用的《感谢歌德》一文中，黑塞就探讨了歌德自身的两重性，探讨了他"内心的矛盾"。而除了歌德之外，德国文学史上的另一位巨人弗里德里希·席勒(Friedrich Schiller)也对这个问题有着深刻的见解。在其1794年前后在康德哲学影响下撰写的《审美教育书简》(Ueber die ästhetische Erziehung des Menschen in einer Reihe von Briefen)当中，席勒也深入分析了人以感性和理性为代表的双重本质，他称它们为"状态"和"人格"："抽象可在人身上分辨出持久不变的和经常变化的两种状态，那持久不变的，称为人的人格；那变化的，称为人的状态。"[②]按照席勒的观点，"人格"的基本含义是"每个个人按其天禀和规定在自己心中都有一个纯粹的、理想的人"，[③]是永恒的绝对存在，"状态"则是指经验世界中感性的个体的人。显然，黑塞和两位前辈所思考的内容在本质上是相同的：

第一，无论是歌德、席勒还是黑塞，都在西方思想史传统的影响下，认为理性的"我"远远高于感性的"我"，认为"人类发展的道路是从被感性支配的自然状态走向精神能控制物质的理性状态，人从自然人变为理性人"，[④] 所以，席勒才断言："人通往神性的道路是在感性中打开的。"[⑤]所以，黑塞才极力地肯定人的现实存在，才将人的发展的第一个阶段确定在那种人的认知能力尚未发展，尤其是主客体分裂的思维方式尚未形成的状态。

---

① 约翰·沃尔夫冈·歌德：《浮士德》，绿原译，北京，人民文学出版社，1994年，第34页。也可参看 Goethe，Johann Wolfgang：Faust. Texte. Herausgegeben von Albrecht Schöne. Frankfurt am Main 1999. S. 57.

② 弗里德里希·席勒：《审美教育书简》，冯至，范大灿译，北京，北京大学出版社，1985年，第56页以下。以下引用简称《审美教育书简》。也可参看 Schiller，Friedrich：Ueber die ästhetische Er-ziehung des Menschen in einer Reihe von Briefen. In：Schillers Werke. Zwanzigster Band. Philosophische Schriften. Erster Teil. Unter Mitwirkung von Helmut Koopmann herausgegeben von Benno von Wiese. Weimar 2001. S. 309-412；hier S. 341. 以下引用简称 Ueber die ästhetische Erziehung des Menschen in einer Reihe von Briefen.

③ 《审美教育书简》，第20页。和 Ueber die ästhetische Erziehung des Menschen in einer Reihe von Briefen. S. 316.

④ 《审美教育书简》，第4页。

⑤ 《审美教育书简》，第59页。和 Ueber die ästhetische Erziehung des Menschen in einer Reihe von Briefen. S. 343.

第二，无论是歌德、席勒还是黑塞，都坚持认为，对于一个完整的人来说，感性天性和理性天性二者虽然缺一不可，但是，它们在本质上却又是绝对对立的，二者在不断进行着“斗争”，相互影响。因此，在黑塞的几部重要作品中，都可以读到他关于人身上这两种天性的描写。无论是《德米安》中的神性和魔性，无论是《悉达多》中主人公在声色犬马的世俗生活和永恒的精神追求之间的辗转徘徊，还是《荒原狼》中哈利·哈勒对自己身上人性和狼性的深刻认知，都表现了这两种天性之间的这种关系。而这也必然会导致同一个结果——无休止的、永远无法满足的要求和追求，“不存在美德的实现，不存在完全的听从，不存在充分的服侍，正义无法实现，善无法得到满足”。歌德笔下的浮士德就是这种追求的一个最好的例子。也正因为如此，席勒才断言，在来自感性天性的感性冲动和来自理性天性的形式冲动中，“只要人仅仅是满足两个冲动中的一个，或者只是满足了一个再满足一个，真正符合这个观念的，因而也就是完全意义上的人，在经验中就不可能存在”。[①] 于是，他才在二者之间用游戏冲动来调和它们。也正因为如此，在黑塞看来，这样的认识尽管意味着人的认识能力质的飞跃，但是，它同时却也会给人带来精神的痛苦——人的理性认识越是发展，人便越加强烈地徘徊在两极之间，一方面，人会不断得到真善美的鼓舞和净化，另一方面，人又会始终受到假恶丑，尤其是自己身上的这些消极因素的困扰，于是，“在任何一个严肃而又作为与众不同的个体经历它的人身上都不可避免地以绝望而结束”。也正因为如此，黑塞才断言歌德对感性和理性的调和是失败的。

第三，无论是歌德、席勒还是黑塞，都坚信人的理性天性是与永恒的神性相通的。因为“凡是神性的东西，是因为神性存在，它才是神性的。所以神性永远是一切，因为它是永恒的”。[②] 所以，人倘若能够“在如潮似涌的变化中仍然永远保持不变的，保持恒定的一体”，他也就能够“尽善尽美地表现出来”。[③] 这应当就是黑塞内心中那摆脱了绝望和消沉的第三个精

---

① 《审美教育书简》，第 73 页。和 Ueber die ästhetische Erziehung des Menschen in einer Reihe von Briefen. S. 353.

② 《审美教育书简》，第 57 页。和 Ueber die ästhetische Erziehung des Menschen in einer Reihe von Briefen. S. 341.

③ 《审美教育书简》，第 58 页。和 Ueber die ästhetische Erziehung des Menschen in einer Reihe von Briefen. S. 343.

神王国的内涵。显然，如果分析上面的引文，这个精神王国至少应该具备两个明显的特征——首先，这个阶段是“超越个人”的。这听起来似乎与个体的发展存在着矛盾，但黑塞却的确把它看作个体发展的终点，正如他在1923年2月3日给弗雷德里克·范·艾登(Frederik van Eeden)的信中对《德米安》和《悉达多》的评价那样：

> 这本书(指《德米安》)强调了个体化的过程，强调了个性的形成，没有这些就没有更高层次的生活。……
>
> 从《悉达多》中您已经看到，我也知晓我们的任务和使命的另一方面，那更伟大、神性的一面，消除个性，内心充满着神性。我个人无论如何没有把这两本书看作矛盾，而是同一条道路的各个阶段。①

其次，如黑塞多次提及的那样，这个阶段与一种“信仰”有关。这种信仰在其中是至关重要的。那么，这种信仰的内容到底是什么?

显然，对于黑塞来说，以他的方式、凭借着他的思考圆满地描绘出这样一条个体按阶段发展的道路无疑是最重要的，那么，对他“终生都产生强烈作用”的中国文化又会在这个过程中发挥怎样的作用呢?

① Gesammelte Briefe Zweiter Band 1922-1935. S. 48.

第二章　与中国文化的接触和对中国文化的评价

> 直到三十岁时我都根本没有料到——中国的文学如此精彩，人类和人的精神中有一份中国的特殊贡献，我不仅喜爱它、珍视它，而且它甚至能够成为我精神的慰藉和第二故乡。
>
> ——赫尔曼·黑塞《最喜爱的读物》[①]

第一节　与中国文化的初次接触

赫尔曼·黑塞到底何时开始真正接触到中国文化？针对这一问题，来自各个方面的资料并没有给出统一的答案。比如，为纪念黑塞逝世25周年，由德国岛屿出版社(Insel Verlag)1987年出版、由福尔克尔·米歇尔斯主编的《赫尔曼·黑塞——图片和文字中的一生》(Hermann Hesse. Sein Leben in Bildern und Texten)就指出，"从二十七岁那年开始，黑塞好奇而专注地了解和评论来自在欧洲还几乎不为人所知的印度和中国文化圈的、以译本形式能够得到的东西"。[②] 也就是说，黑塞接触中国文化应该是在1905年之后。而根据加拿大籍华裔学者夏瑞春教授在其专著《赫尔曼·黑塞与中国——记述、资料与解读》(Hermann Hesse und China. Darstel-

---

① Hesse, Hermann: Lieblingslektüre (1945). In: Gesammelte Werke in zwölf Bänden. Elfter Band. Schriften zur Literatur I. Über das eigene Werke. Aufsätze. Über seine Verleger. Einführung zu Sammelrezensionen. Eine Bibliothek der Weltliteratur. Frankfurt am Main 1987. S. 279-283; hier S. 281. 以下引用简称 Lieblingslektüre.

② Hermann Hesse. Sein Leben in Bildern und Texten. S. 132.

lung，Materialien und Interpretationen）中的考证，黑塞第一次接触到中国文化应该在1907年之前甚至更早一些，[①] 因为在这一年的11月27日，《慕尼黑报》（Münchner Zeitung）的副刊《雅典神殿大门》（Die Propyläen）第5卷第9期在132页上发表了黑塞关于由汉斯·贝特格（Hans Bethge）修订和主编的中国诗集《中国笛》（Die chinesische Flöte）的评论，[②] 这也是黑塞所撰写的第一篇关于中国书籍的评论。这篇评论的第一句话提供了一条很重要的线索，黑塞这样写道："此前，出版社送来了一本来自中国的老子箴言的精彩译本。"[③]既然黑塞的这篇评论写于1907年，那么这里的"此前"就意味着肯定是在这个时间之前，这句话中的"出版社"指的是德国的岛屿出版社，这里所说的老子箴言的译本是指岛屿出版社1903年出版的由亚历山大·乌拉尔（Alexander Ular）改写的老子的《道德经》，其题目为《老子的轨迹和正确的道路》（Die Bahn und der rechte Weg des Lao-Tse）。[④] 也就是说，在撰写这篇书评之前，黑塞至少已经看到过一本德语版本的《道德经》或者说是关于《道德经》的介绍。相似的信息也出现在了由约瑟夫·米雷克（Joseph Mileck）撰写的黑塞传记《赫尔曼·黑塞——诗人，探求者，信仰者》（Hermann Hesse. Dichter，Sucher，Bekenner）一书中："在其父亲1907年将黑塞的注意力吸引到老子身上和他在同一年阅读了亚历山大·乌拉尔翻译的《道德经》摘录以及接着在1910年读到了尤利乌斯·格里尔（Julius Grill）翻译的《道德经》之前，他原本从未记录过任何关于中国宗教的内容。"[⑤]而黑塞本人在《关于我与印度和中国思想的关系》中也记录了这一情况，在回忆了其外祖父和父母亲对印度和印度文化的深厚感情后，他这样写道：

自从离开了祖宅之后我就没有接触过关于印度的东西，其影

① 这里和以下一些内容可参看 Hsia，Adrian：Hermann Hesse und China. Darstellung，Materialien und Interpretationen. Erste Auflage 1981. Erweiterte Neuausgabe 2002. Frankfurt am Main 2002. S. 53f. 以下引用简称 Hermann Hesse und China.

② 可参看 Hermann Hesse und China. S. 54.

③ 引自 Hermann Hesse und China. S. 53.

④ Die Bahn und der rechte Weg des Lao-Tse. Der chinesischen Urschrift nachgedacht von Alexander Ular. Insel Verlag，Leipzig 1903. 可参看 Michels，Volker（Hrsg.）：Materialien zu Hermann Hesses „Siddhartha". Erster Band. Texte von Hermann Hesse. Frankfurt am Main 1976. S. 52.

⑤ Hermann Hesse. Dichter，Sucher，Bekenner. S. 174.

> 响始终是潜移默化的。直到我大约二十七岁、我开始研究叔本华的时候，我才再次接触到了印度思想，……
>
> 我对东方的了解和思考的丰富以及部分的修正来源于我通过理夏德·威廉(Richard Wilhelm 即卫礼贤)的翻译逐渐认识的中国人。我是通过我父亲知道老子的，而我父亲了解他则是通过图宾根的教授格里尔(格里尔自己还翻译了《道德经》)。我那做了一生虔诚的基督徒、但却在始终找寻、从不固步自封的父亲在其晚年深入研究了老子，常常把他与耶稣相比较。我本人则是在几年之后才接触到了老子，对于我来说，他在很长的时间里成为了最重要的启示。①

因此，对于黑塞与中国文化的初次接触的时间大致可以推断为在1905年到1907年之间。

如果说乌拉尔的《道德经》摘译是黑塞看到的第一部关于中国哲学思想的译本的话，那么《中国笛》无疑是他最早接触到的中国文学作品。在上文提到的这篇关于中国诗集的评论中黑塞给予了它非常高的评价：

> ……《中国笛》，一部中国各个世纪最好的抒情诗选。一本令人感到惊异的书籍！虽然人们常常会遗憾地感觉到从原文到德语的改写过程中必定会失去的那些精彩动人之处，但是，暂时和长时间内，更忠实原文的复述是不可能的。李太白，这位忧郁的豪饮者和多情之人，凭借其诗句达到了顶峰，那些诗句的外表散发着诱人的光芒，而其内部却充满了难以平复的悲伤。在荷花异国色彩的装饰下，某些情感一再朝我们扑面而来，它们凭借无限的人性使我们想起了希腊人，想起了古代意大利人、想起了宫廷抒情诗人。②

而另外的一些关于黑塞初次接触中国文化的推测则主要依据黑塞所收藏的、其“中国一角”中关于中国文化的书籍。比如，在这些藏书中有一本

---

① Über mein Verhältnis zum geistigen Indien und China. S. 259f.

② 引自 Hermann Hesse und China. S. 53f.

由汉斯·海尔曼(Hans Heilmann)于1905年编纂的中国抒情诗选，其中共收录中国诗歌88首，在该书的目录中，黑塞划出了自己喜欢的诗歌，其中就包括所有李白的诗歌26首和所选杜甫诗歌13首中的9首。黑塞阅读这本书的具体时间已无从考证，但应当是在1905年或者稍晚一些。[①] 另外，由此和从上述的书评可以看出，尽管读到的只是改写的版本，但是黑塞对李白却情有独钟，这方面的内容下文还将阐述。而在1910年前，黑塞还应该读过1838年出版的、由弗里德里希·吕克特(Friedrich Rückert)改写的《诗经》(Schi-king)。因为在发表于1945年4月7日《新苏黎世报》上的杂文《最喜爱的读物》(Lieblingslektüre)中，[②] 除了上面引用的题记之外，黑塞还这样回忆了他与中国文化的最初接触：

> 然而，意想不到的事情却发生了——到那时为止除了了解吕克特改写的《诗经》之外对中国文学一无所知的我通过卫礼贤和其他人的译本知晓了一些东西，假如没有这些认识我甚至不知该如何生存——智者和善者的中国道家理想。[③]

黑塞三十岁那年正是1907年，而他大量阅读卫礼贤的翻译是从1910年之后开始的，也就是说，在这期间他一定接触到了吕克特的改写本。于是，一段中西方文化交流，特别是思想交流的大幕缓缓拉开了。

> 多年以来，我一直坚信，欧洲思想正在走向没落而且需要回归到其亚洲的起源。多年里我敬重佛祖而且从少年时起就阅读了印度的文献。后来，我更多地了解了老子和其他中国人。对于这些思想和研究来说，我的印度之行充其量不过是一段附带的文字和图片。
>
> ——赫尔曼·黑塞1919年7月26日致艾丽丝·罗伊特霍尔德(Alice Leuthold)的信[④]

---

① 可参看 Hermann Hesse und China. S. 55f.

② 可参看 Hesse, Hermann: Die Welt der Bücher. Betrachtungen und Aufsätze zur Literatur. Zusammengestellt von Volker Michels. Frankfurt am Main 1977. S. 372.

③ Lieblingslektüre. S. 281.

④ Gesammelte Briefe. Erster Band 1895-1921. S. 409.

第二节　东南亚之行与“发现”中国

如上所述，1911年9月初，为了摆脱自身的精神危机，黑塞与其朋友和旅伴画家汉斯·施图尔岑埃格尔（Hans Sturzenegger）一起登上了开往东南亚的客轮，开始了长达三个月的亚洲之行。在途经意大利的热那亚（Genua）、苏伊士运河（Suezkanal）和亚丁（Aden）之后，黑塞的客轮先后停靠在科伦坡（Colombo）、槟榔屿（Penang）、吉隆坡（Kuala Lumpur）、新加坡（Singapore）、占碑（Djambi），最后到达印度尼西亚苏门答腊岛的港口城市巴邻旁（Palembang）。回程时，他再次经过新加坡、科伦坡并到达斯里兰卡的佛教圣地康提（Kandy），从那里他登上了斯里兰卡最高的山峰皮杜鲁塔拉格勒山（Pedrotallagalla）。从这条路线可以看出，尽管这次旅行经常被称为“印度之行”（Indienreise），但事实上，黑塞并没有真正到达他外祖父、他父母长期生活过、对他童年和青年时代产生过很大影响的国家——印度。[①] 相反，在这趟旅途中，黑塞最大的发现却是他已经在此前开始通过阅读翻译作品接触和了解的同样是遥远东方的国度——中国。在1912年1月6日写给路德维希·托马（Ludwig Thoma）的信中黑塞这样回顾这次旅行：“……我去那里是为了观察原始森林，为了抚摸鳄鱼，为了捕捉蝴蝶，另外，我还在不经意间找到了远胜于此的东西——印度以东的中国城市和中华民族——我见到过的第一个真正具有高度文化的民族。”[②]“具有高度文化的民族”（Kulturvolk），这就是黑塞由所看到的生活在东南亚的中国人而对中华民族的评价，显然，黑塞在中国人身上感受到了一种在他看来高度发展的文化。那么，这一评价又是因何得出的呢?

今天，了解这些内容的最直接的依据便是黑塞自己的讲述，从他对这段经历的各种描述中可以看出，中国人给黑塞留下的深刻印象主要缘于他凭借其作家超乎常人的洞察力和思考力在一路上对中国人和其他国家、其

① 可参看 Chronologie der Reise nach Indonesien. In：Hesse，Hermann：Aus Indien. Aufzeichnungen，Tagebücher，Gedichte，Betrachtungen und Erzählungen. Neu zusammengestellt und ergänzt von Volker Michels. Frankfurt am Main 1980. S. 121-126.

② Gesammelte Briefe. Erster Band 1895-1921. S. 204.

他民族的人所进行的细致入微的观察和思考。其实早在尚未到达东南亚之前，黑塞就在所乘坐的轮船上遇到了一个中国人，那是一位中国的知识分子，和他的接触给黑塞留下了难以忘怀的印象：

> 在后甲板上我遇到了一个来自上海的身材矮小却风度高雅的中国人。他笔直地靠在护栏上，用他黑色而机敏的眼睛盯着探照灯，带着和平时一样友善的微笑。他能够背诵《诗经》全文，他参加过中国所有的考试，现在还要参加几个英国的，他用流利的英语亲切而又和蔼地谈论着水面上的月光，在我面前称赞德国和瑞士美丽的景色。他从未想起去赞美中国，但是，当他不得不对欧洲表达溢美之词时，那话语听起来除了彬彬有礼之外却如此地从容镇定，仿佛一位和蔼可亲的大哥哥向小兄弟祝贺他具有强健的臂膀。我们所有的人都知道，那几天里，中国正在发生着一场大规模的革命，这场革命可能会使皇帝掉脑袋，而我们这位来自上海的矮小而又文雅的朋友知道得一定比我们多很多，也许，他甚至并非偶然地恰恰在此时身处归国的途中。然而，他却保持着沉默和善意，就像阳光下的一座山峰，在他礼貌地筑起的喜悦中凭借一种动人的爽朗将所有不管如何不快的问题都反射了回去，这份爽朗使我们所有的人都感到不知所措，却令我心醉神迷。
>
> ……
>
> 这个中国人谈到了欧洲的语言，他称赞英语的简便实用和法语的悦耳动听，对于自己只学了一点德语而根本没有学意大利语，他感到遗憾和歉意。为此，他可爱而愉快地微笑着，湿润的、伶俐的眼睛注视着船上灯光的闪动。①

这位与黑塞同行的中国人是谁，今天自然已经无从考证了。但从黑塞的描述和当时的时间来分析，这是一个既受到过中国传统教育又接触过西方现代文明的中国知识分子。一方面，对于此前从未和中国人，尤其是和

① Hesse，Hermann：Indien（1911）. Nachts im Suezkanal. In：Gesammelte Werke in zwölf Bänden. Sechster Band. Märchen. Wanderung. Bilderbuch. Traumfährte. Frankfurt am Main 1987. S. 224ff；hier S. 225.

中国知识分子面对面交往过的黑塞来说，这段船上的相识无疑会令他感到格外新鲜而好奇，甚至带着些许兴奋，就像一个中国人第一次走出国门见到国外许多陌生而新奇的事情一样；另一方面，从黑塞的描述中可以看出，这个中国人身上的确体现出人们经常说的那种中国知识分子特有的儒雅气质，因此，敏锐的黑塞总能在他身上感受到一种惬意、一种精神的满足，而这恰恰是处在精神矛盾中痛苦不堪的黑塞在内心中渴望得到的一种精神状态，所以，黑塞越是把这种气质与当时中国和欧洲的时政联系起来，这种气质和这种气质背后所蕴藏的内涵就越是令他心驰神往，他就越是难以理解为什么(这个)中国人会表现得如此从容和开朗。这一切都像谜一样在深深地吸引着他。

如果说在轮船上巧遇这位中国人已经令黑塞感到大出意外的话，那么当他抵达东南亚的时候，他所看到的景象与他此前的想象就大相径庭了。在一封没有注明日期、可能是在1911年11月或者在返回欧洲不久后写给康拉德·豪斯曼(Conrad Haußmann)的信中黑塞这样谈及他对所见的东南亚各个民族的印象：

>……印度人在整体上没给我留下什么印象，他们和马来亚人一样孱弱而没有前途。只有中国人和英国人给人留下了绝对强大和前途远大的印象。荷兰人等都没有。
>
>我看到的热带的大自然主要是原始森林，继而是苏门答腊的河流，是马来亚海上的群岛和斯里兰卡神奇的富饶物产。作为城市，新加坡和巴邻旁特别有趣。我看到了马来亚人和爪哇人、泰米尔人、僧伽罗人、日本人和中国人。关于后者必须大书特书——一个令人钦佩的民族！其他民族的大多数都是一种被西方腐蚀和蚕食的古老的天堂人类的可怜残余，是被我们的文化扼杀的可爱的、温顺的、灵巧而有才华的未开化民族(Naturvolk)。假如白种人能够更好地忍耐这里的气候并让其子女在这里成长，那么就不再会有印度人了。
>
>我看到很多来自世界各地的商人和工程师等并与他们交谈，也见到了很多大宗的交易买卖。这里优质的宝贵的产品被输出，而从欧洲和美洲输入的却主要是废旧物品。马来亚人和印度人都

> 会受骗上当，中国人就不会。[①]

由此可见，在黑塞眼中，衡量一个民族文化层次的一个重要标准便是看这个民族在多大程度上受到外来文化的影响，或者说在外来文化的冲击下它如何应对。因此，虽然黑塞游览的只是东南亚地区，但以他的观察为依据，他却断定中国人是“东方秘密的统治者”，且看他记述的在槟榔屿的见闻：

> 到处是中国人——东方秘密的统治者，到处是中国商店，中国人的流动舞台，中国的工匠，中国的旅馆和会所，中国的茶馆……
>
> ……在街道上方高高的敞开的游廊里闲坐着一些年老的中国人，带着冷静的表情和热切的目光观看着激动人心的赌赛，另一些人躺着休息，或者吸着烟聆听着音乐，聆听着优雅的、在节奏上无比复杂而精确的中国音乐。……
>
> 我去看了一出中国戏。……在宽敞的舞台上坐着一群给戏剧伴奏的乐手，他们技艺高超地弹奏出戏剧的节拍；发出柔和声响的木鼓的每次击打都与角色的每一步合拍，正在演出的是一出古装戏，我没怎么看懂，连十分之一都没看完，因为这出戏很长，要通宵达旦地演出。一切都那么庄重、文雅，按照古代神圣的规则有条不紊，具有和谐的仪式的风格，每个手势都做得精准、都在从容不迫而又聚精会神中完成，在优雅和富于表现力的音乐引导下，每个动作都做得一丝不苟、充满了感染力。在欧洲任何一家歌剧院里，音乐和舞台动作都没有像在这里的这座简陋的戏台上那样配合得如此完美无缺、如此精确而和谐。一段美妙而又简单的旋律反复出现，一段简短的单声调的小调旋律，尽管竭尽全力，我还是无法记住它，这段旋律我后来听到过上千次，我觉得，那始终根本就不是同一个音列，而是中国人的基本旋律，它无数的变化我们几乎无法把握，因为中国的音阶比我们的具有差

① Gesammelte Briefe. Erster Band 1895-1921. S. 201f.

别更小的音级。……在这个剧场中，除了简陋的电动照明设备之外，没有任何欧洲的和陌生的东西；一种古老的独具特色的艺术继续扩大着其悠久而神圣的范围。[①]

毫无疑问，黑塞的这段描写又一次生动地表露出一个人初到异国他乡时的那份兴奋和好奇，一方面，黑塞看到了旅居东南亚的中国人仍然尽力保持着自身的生活习惯，另一方面，透过这些日常生活的表面现象，黑塞发掘出了隐藏在其背后的文化内涵，虽然已无法考证黑塞看到的究竟是中国的哪个戏剧种类，虽然黑塞的上述描述仅仅是其个人的主观感受，但是，值得注意的是，因为黑塞本人酷爱音乐，在音乐方面的修养极高，所以能给他留下如此深刻和美好印象的中国音乐一定会引发他更深入的思考，耐人寻味的是，在这段描写后面，黑塞又讲到他接着去看了一出马来亚戏剧的经历，所得到的印象与对中国音乐的印象可谓天壤之别，因为他看到的是已经夹杂着欧洲风格的不伦不类的模仿，已经失去了本民族的特色。中国音乐给黑塞留下的这种深刻印象后来也反映到了他的小说作品中，例如，在其小说《克林索尔最后的夏天》(Klingsors letzter Sommer)中，黑塞就提到了中国古代的五音之一“清徵”(Tsing Tse)，[②] 在小说《玻璃球游戏》(Das Glasperlenspiel)中他又增加了“清商”(Tsing Schang)。[③]

黑塞这种对异域文化的兴奋和好奇之情的另一个表现就是他大概在这段时间写下的两首诗作，一首是《致一位中国歌女》(An eine chinesische Sängerin)，另一首是《新加坡华人的节日之夜》(Nachtfest der Chinesen in

---

① Hesse, Hermann: Indien (1911). Abend in Asien. In: Gesammelte Werke in zwölf Bänden. Sechster Band. Märchen. Wanderung. Bilderbuch. Traumfährte. Frankfurt am Main 1987. S. 227-230; hier S. 228ff.

② 可参看 Hesse, Hermann: Klingsors letzter Sommer. In: Gesammelte Werke in zwölf Bänden. Fünfter Band. Frankfurt am Main 1987. S. 293-352; hier S. 331. 以下引用简称 Klingsors letzter Sommer.

③ 可参看 Hesse, Hermann: Das Glasperlenspiel. In: Gesammelte Werke in zwölf Bänden. Neunter Band. Frankfurt am Main 1987. S. 27. 以下引用简称 Das Glasperlenspiel. 夏瑞春教授认为，黑塞是从莱奥·格赖纳(Leo Greiner)翻译的题为《中国夜晚》(Chinesische Abende)的小说集中知道这两个词的。可参看 Hermann Hesse und China. S. 225-229, S. 356.

Singapore)：①

致一位中国歌女

傍晚我们泛舟宁静的河上，
金合欢树挺拔而散发光芒，
粉红的云霞耀动。我却视而不见，
只看到你发丝间那杏花点点。

你含笑着坐在那彩船前面，
灵巧的手指拨弄着琴弦，
你演唱着神圣故国的歌曲，
你眼神中飞扬着青春的活力。
我沉默地站在桅杆旁许愿，永远
成为这炽热目光的奴仆，
在沉醉的困苦中永久地倾听这首歌曲
和你鲜花般娇嫩的双手那迷人的表演。②

新加坡华人的节日之夜

在节日之夜，他们安详地
蹲坐在结彩的阳台上面，
映着被晚风吹动的烛火，

① 无论是黑塞的《12 卷本全集》还是《诗歌集》都显示，这两首诗均大约创作于 1911 年。可参看 Hesse，Hermann：Gesammelte Werke in zwölf Bänden. Erster Band. Stufen. Die späten Gedichte. Frühe Prosa. Peter Camenzind. Frankfurt am Main 1987. S. 38，S. 40；Die Gedichte. S. 830，S. 842. 但根据夏瑞春教授的考证，《致一位中国歌女》首先是以《致歌女婴宁》(An die Sängerin Ying Ning)为题，发表在 1913 年 4 月 21 日的《西木普里西木斯》(Simplizissimus)上，说明这多少与黑塞后来阅读蒲松龄的《聊斋志异》有关，可参看 Hermann Hesse und China. S. 149；《新加坡华人的节日之夜》本来和上一首在一起，后来发表在 1913 年 5 月 15 日的《知识与生活》(Wissen und Leben)上。可参看 Hermann Hesse und China. S. 153 和 Hesse，Hermann：Aus Indien. Aufzeichnungen，Tagebücher，Gedichte，Betrachtungen und Erzählungen. Neu zusammengestellt und ergänzt von Volker Michels. Frankfurt am Main 1980. S. 361.

② Die Gedichte. S. 317.

谈说着早已作古的诗人的诗歌，
兴高采烈地聆听呜呜的琴声，
少女的眼睛显得更大、更加美丽动人。

音乐声响彻没有星辰的黑夜，
像大蜻蜓鼓翼一样地清脆，
棕色的眼睛闪着无声的幸福的光辉——
没有一个人的眼睛不流露笑意。
下面，通明的城市睁着无数的
明亮的火眼在海边守候着不眠。[①]

这两首诗给人最深刻的印象莫过于一种快乐的情绪，无论是作为个人的歌女还是作为群体的庆祝节日的人们，在黑塞眼中都是那么充满活力，他们的歌声、他们的琴声、他们的笑声无不深深感染着在精神上深陷困苦的诗人——一个尽管其国家已动荡不安，但却仍然能够继续保持和发展自己文化的民族会是怎样的一个民族？一个拥有如此灿烂辉煌的文化传统的中华民族会是怎样的一个民族？

早在1911年12月，也就是在返回德国几天后，黑塞就在给《施瓦本镜报》编辑部(Redaktion des „Schwabenspiegel“)的信中简短而高度概括地写道："印度和马来亚的世界是一个彩色的轻松愉快的人种学的化装舞会。然而，中国人的世界却给我留下了种族和文化统一的美好印象……"[②]而在1914年，黑塞更是把这番思考的结果写入了散文《回忆亚洲》(Erinnerung an Asien)并发表在6月的《三月》杂志上，[③] 由于东南亚之行已经过去了三年，这种思考显得更加冷静和理性：

我在马六甲半岛和苏门答腊的城市和森林里度过的几周给我留下了下面的这些主要印象和经历，这些经历里面融合了上百个

① Die Gedichte. S. 313.

② Gesammelte Briefe. Erster Band 1895-1921. S. 203.

③ 可参看 Hesse, Hermann: Aus Indien. Aufzeichnungen, Tagebücher, Gedichte, Betrachtungen und Erzählungen. Neu zusammengestellt und ergänzt von Volker Michels. Frankfurt am Main 1980. S. 362.

所见的细小事情。第一个、也许是最强烈的外在印象就是中国人。我还从未亲身体验过，一个民族到底意味着什么，体验过很多人如何通过种族、信仰、精神的纽带和生活理想的相同之处凝聚成一体，其中每个个人只是有条件地作为一个细胞在一起生存，就像在蜜蜂王国中的每只蜜蜂。我知晓如何区分法国人和英国人，区分德国人和意大利人，区分巴伐利亚人和施瓦本人，区分萨克森人和法兰克人，但却只在英国人身上留下了一个特征保持完好、以种族和历史为自豪的民族群体的印象，那些未开化的民族与此毫不相干。在中国人身上，我第一次看到了一个民族本质的整体如此绝对地占据着主导，以至于所有单独的现象都完全消失于其中。从外表上看和从绘画角度讲，从马来亚人、土著印度人和非洲人那里也能够获得同样的印象，色彩、服饰和生活方式都会使这些人群成为千篇一律的极其显而易见的整体。但是，在中国人身上，从一开始就有一个具有高度文化的民族的印象，一个在漫长的历史中形成的、在自身文化的意识中不向后回望而是展望积极的未来的民族。

那些未开化民族给人的印象则迥然不同。……在中国人面前，虽然我的感受始终都是一种发自内心的好感，但是，这种感觉中却夹杂着一种对竞争、对危险的预感；我觉得，我们必须研究中国这个民族，就像研究一个势均力敌的竞争对手，他要么成为我们的朋友，要么变成我们的敌人，无论如何要么对我们大有裨益，或者使我们损失惨重。而在那些蒙昧的民族那里我却丝毫没有这种感觉。它们也很快博得了我的喜爱，但那是成年人对年少虚弱的兄弟姐妹的爱，……对于我们的文化来说，从这些棕色皮肤的良善民族那里能够预见到巨大的威胁抑或收益是绝对不可能的。①

在这段叙述中给人留下最深印象的首先是黑塞对作为一个整体存在的民族

① Hesse, Hermann: Erinnerung an Asien (1914). In: Aus Indien. Aufzeichnungen, Tagebücher, Gedichte, Betrachtungen und Erzählungen. Neu zusammengestellt und ergänzt von Volker Michels. Frankfurt am Main 1980. S. 201-204; hier S. 201f.

的赞叹和欣赏，黑塞具有超乎常人的敏锐的洞察力，虽然他看到的仅仅是一些生活在东南亚的海外华人，但他却从他们身上感受到一种民族的精神。如上文所述，黑塞最为看重的东西莫过于精神和思想，在他看来，一个作为个体的人倘若没有独立而完整的思想便不是一个真正的个体，一个民族假如没有独立而完整的精神便不是一个值得尊敬的民族。而这种精神给他留下的最深刻的印象就是"在自身文化的意识中不向后回望而是展望积极的未来"。显而易见，黑塞做出这样的概括是有其自身原因的——一方面，如上所述，对人的精神和思想高度重视的黑塞深深地感觉到当时的欧洲文化正处于一种令他备感失望的危机四伏的状态之中，究其原因，是因为这种文化中已缺少了那种主宰它、推动它向前发展的精神本质，缺乏"一个思想的核心"，因为文化归根到底是以精神和思想作为依托的，于是，他时常在内心中向往着他其实并未经历过的欧洲思想史上的伟大时代，一吐生不逢时的愤懑之感，比如，在他同样大约撰写于1911年的关于歌德的名作、也是德国文学史上成长小说(Bildungsroman)的代表作《威廉·迈斯特的学习时代》(Wilhelm Meisters Lehrjahre)的书评开头，他就表达了对一段往昔岁月这样的景仰之情：

> 18世纪是欧洲最后一个伟大的文明时代。和以往的伟大时代相比，它在造型艺术，尤其是建筑艺术上乏善可陈；越是如此，其文学意义便越发重大，……
>
> 从那个时代的所有见证中，即使是出自讽刺作家和玩世不恭者之手，都体现了人道主义的一种高尚而博大的形式，一种对人的本性的无条件的敬畏，和一种对人类文明的伟大和未来的崇高的信仰。人占据了诸神的位置，人性的尊严成为了世界的王冠和每种信仰的基石。这种新的宗教，其最深刻的预言者是康德而其最后的辉煌是魏玛，这种崇高的人道主义是一种难以言表的广博的文化的基础，……①

---

① Hesse, Hermann: „Wilhelm Meisters Lehrjahre". In: Gesammelte Werke in zwölf Bänden. Zwölfter Band. Schriften zur Literatur 2. Eine Literaturgeschichte in Rezensionen und Aufsätzen. Herausgegeben von Volker Michels. Frankfurt am Main 1987. S. 159-183; hier S. 159f. 以下引用简称Wilhelm Meisters Lehrjahre.

很明显，黑塞的这番赞叹既是他研究思想史和文学史得出的结论，又是一种发自肺腑的感慨，因为把人的自我发展视为第一要务的他尤其在18世纪的文化中看到了人，特别是作为个体的人所发挥的重要作用和产生的广泛影响，黑塞深知，这是人类尤其是西方文化和思想历史上的重大转折，假如没有那个时代对人的前所未有的高度重视，也就无从谈起今天的什么个性化发展，因此，他称这种人道主义精神是一种新的宗教。于是，他觉察到了一种同样伟大的文化的存在：

> 如果我们不带任何偏见地揭开18世纪的假发，以便看到面具下面隐藏的东西，那么我们就会从一个又一个名字、一部又一部作品中发现令我们羞愧得哑口无言的一笔文化财富和广为流传的几乎无法一目了然的最高人性的丰碑。在精神的所有领域内，在所有的学科和艺术中，我们都看到了全盛时期的到来，并非仅仅是单个天才偶然而幸运地频繁出现，而是普遍的辉煌，它也正是普遍的文化繁荣的标志并且到处看起来都指向相同的中心。哲学家和自然科学家、诗人和作家、政治家和演说家都不仅展现出一种教育的广泛的兴盛和一种美好的形式上的传统，而且他们的共同之处在于，恰恰与我们这个专家工作的时代相反，他们始终从小处和个别指向全部，凭借本能的欲望指向那唯一的、无所不包的太阳，也就是那人类的理想。如此大量的天赋、劳作、才干、团结与统一的感觉，多么令人不可思议啊！那是怎样的一群伟大而尊贵的人，他们当中的几乎每一个看上去都仿佛那种理想的化身！不，18世纪并非散发着香气的爱的角落或者滑稽的虚荣的市场，相反，它是一座万神庙，我们应当满怀感激之情和最大的敬畏站立在它面前。……那里有那孤独的康德，他研究人思考的法则，并且再次——尽管他虚怀若谷——将人作为王者置于巨大的责任和愿景面前。那里有莫扎特，他心忧魔鬼和哲学，然而他却同时在《魔笛》(Zauberflöte)中建造起一座人性的庙堂，比其他任何一座都高大、纯洁和美丽。那里有普鲁士的弗里德里希(Friedrich von Preußen)，[1] 除了忙于战争，他还致力于在人的心

[1] 这里指1740年至1786年在位的普鲁士国王弗里德里希大帝(Friedrich der Große)。

> 中用对自身使命的信仰取代虔诚者的被废黜的上帝，……那里有莱辛(Lessing)，他凭借世界上最真诚和最无懈可击的剑术完成了不科学的神学，将德语不慌不忙地带上了法国智慧的危险的上层社会；那里有席勒，他在隐瞒高贵的痛苦中，使其天才少年的野性化为最纯洁和最可爱的理想主义，最后那里还有歌德，这位全部宏大文化的天生的继承者和宠儿，他接受并掌握了这一文化，并将其在他典范的一生中自始至终毫不犹豫地转变成和继续塑造成最令人吃惊的现代风格。①

不难想象，当黑塞在眼前的这些活生生的中国人身上看到一种高度发展的文化，尤其是透过各种表面的现象——无论是举止儒雅的知识分子还是优雅动人的曲调旋律，无论是紧张劳累的日常生活还是轻松愉快的消遣娱乐——洞察到一种乐观而积极的态度，感受到一种希望的存在，而这恰恰契合了黑塞当时的心境——对过去时代的向往固然令人心潮澎湃，但无论如何他要在现实中找寻自己心灵的寄托，使自己在内心中看到未来的希望。所以，在中国人身上、更确切地说是在黑塞感受到的中国文化中，他内心中一直怀有的那种希望得到了证明。另一方面，正如黑塞所言，欧洲人必须像研究一个“势均力敌的竞争对手”那样研究中国，这种对中国人、对中华民族的深刻印象也促使黑塞在回到欧洲后更加深入地了解中国文化，由此得以进一步区别印度与中国。

因此，黑塞的这次东南亚之行带给他的一个巨大的收获便是不仅“发现”了中国，而且通过对于亲眼所见、亲身感受的中国文化和其他国家、民族文化的思考，黑塞找到了他在内心中一直在苦苦找寻的人类共同的人性。1917 年 3 月，在看到同伴画家汉斯·施图尔岑埃格尔在旅途中绘制的图画，尤其是关于中国人的画像后，黑塞写下了《回忆印度——画家汉斯·施图尔岑埃格尔绘画有感》(Erinnerung an Indien. Zu den Bildern des Malers Hans Sturzenegger)一文，并发表于 1918 年《哦，我的祖国——瑞士艺术和文学年鉴》(O mein Heimatland. Schweizerische Kunst - und Liter-

① „Wilhelm Meisters Lehrjahre". S. 161f.

aturchronik）上，[1] 这又可以被看作黑塞对这次旅行收获的一个总结，在回忆了他和汉斯·施图尔岑埃格尔一路上的一些经历之后，黑塞写道：

> 但是，比这一切更美好的却始终都是我们在人们身上看到的东西——一个土著印度人梦游般的步态、柔弱的新加坡人温柔、忧伤而美丽的楚楚动人的眼神、长着黝黑色和青铜色皮肤的泰米尔苦力眼珠里刺眼的白色、一位尊贵的中国人的微笑。一个乞丐结结巴巴地说着口齿不清的陌生的方言，人们在十种不同的民族和语言之间不通过言语就互相理解，对受压迫者的同情，对虚荣的压迫者的揶揄，到处是特有的幸福的感觉，这些人都是人，都是我们的同类、兄弟和同生死、共患难的朋友！……他们所有的人都具有一些共同之处，尽管他们在肤色和形象上如此不同——他们都是亚洲人，和我们这些外国人一样，无论是来自柏林还是斯德哥尔摩，来自苏黎世、巴黎或是曼彻斯特，所有的人都以一种充满神秘的、但却无法否认的方式属于一个整体，都是欧洲人。
>
> 在所有的欧洲人之上如何还有一些共同之处和联系，能够看到这些很美妙，常常令人感到惊讶，就像在所有亚洲人之上也是如此，……然而，更加美妙和对于我来说愈发重要的却是不时在所有感性生活和新鲜事物中一再重复的经历——不仅东方和西方，不仅欧洲和亚洲是一个整体，而且除此之外还有一个归属和共性，那就是人类。每个人都知道这件事，然而只有当他不是从书本上读到这些，而是历历在目地经历完全陌生的民族时，这对他来讲才会是无比新鲜和迷人的。
>
> 这个小小的、古老的众人皆知的道理——超越民族的界限和地域有一个人类存在，这个道理在我看来是那次旅行的最后的也是最大的结果，而自世界大战以来，这个道理对于我变得越来越

---

① 可参看 Hesse, Hermann: Aus Indien. Aufzeichnungen, Tagebücher, Gedichte, Betrachtungen und Erzählungen. Neu zusammengestellt und ergänzt von Volker Michels. Frankfurt am Main 1980. S. 362. 但《12卷本全集，第6卷。童话，漫游记，图片集，梦之旅》却记载该文写于1916年，可参看 Hesse, Hermann: Gesammelte Werke in zwölf Bänden. Sechster Band. Märchen. Wanderung. Bilderbuch. Traumfährte. Frankfurt am Main 1987. S. 288.

有价值。①

恰恰是因为黑塞从这次旅行中亲身体验到了这个“众人皆知的道理”——人类是一个整体，换句话说，任何一个优秀的民族都能够创造出同样辉煌的文化，因此，当他在返回欧洲后开始大量研读中国的哲学和文学时，当他发现在其文学创作中对一些问题的思考结果与中国人“不谋而合”时，黑塞才会欣然接受这样的事实，才会更加坚定自己的想法和观点。

同时，由这段引文也能够看到黑塞东南亚之行的另一个结果，那就是他能够摒弃欧洲殖民主义者当时对东方的偏见和高傲的态度，更加客观公正地、尽管有时是带着欣赏角度地评价中国和中国人，这在当时的欧洲知识分子当中是难能可贵的。

比如，1915 年 2 月 5 日，在从伯尔尼写给康拉德·豪斯曼的信中黑塞就这样比较了日本人和中国人：

> 这个世界上唯一明了其目标，并且没有丝毫多愁善感地追求其目标的人就是日本人。我认为，中国拿他们是没办法的。但是，我坚定地相信，即使是屈从，随着时间的推移中国人的精神也将战胜日本人的思想。在一切美好的、宁静的、深刻的、具有忍耐性的美德方面(这些美德如今在欧洲不受重视，而在中国却已有 6000 年的历史了)，中国都居高临下……②

又比如 1913 年 7 月 31 日，黑塞在维也纳《时代》(Die Zeit)杂志上发表了题为《中国人》(Chinesen)的文章，③ 针对民众中流行的关于中国人的野蛮、中国人吸食鸦片和中国的落后阐发了自己的看法：

---

① Hesse, Hermann: Erinnerung an Indien. Zu den Bildern des Malers Hans Sturzenegger. In: Gesammelte Werke in zwölf Bänden. Sechster Band. Märchen. Wanderung. Bilderbuch. Traumfährte. Frankfurt am Main 1987. S. 288-294; hier S. 292f.

② Gesammelte Briefe. Erster Band 1895-1921. S. 261.

③ 可参看 Hesse, Hermann: Aus Indien. Aufzeichnungen, Tagebücher, Gedichte, Betrachtungen und Erzählungen. Neu zusammengestellt und ergänzt von Volker Michels. Frankfurt am Main 1980. S. 362.

只是在东方，在居住于印度和中国的欧洲人中间，虽然对中国的艺术技艺和物美价廉的商品评价很高，很少有白种人在从东方返回欧洲时不带回中国的丝织品和针织品、日本和中国的木器和陶器作为最好的礼品。但在国外的商人们说起日本人来却带着厌恶，而说到中国人时则带着某种几乎是不安和嫉妒的尊重；高超的手工艺行业完全掌握在中国人手中；在商业和航运业方面他们也是作为欧洲企业的竞争对手而令人畏惧，同时也令人尊敬。与此相反，在那些没有欧洲佣人和手工劳动者的国家里，中国人不管怎样都被看作有色人种、被视为劣等和落后；人们对他们的评价一定好于马来亚人或者泰米尔人，但是真正重视他们的却只有少数热衷的人或者较深刻的专家。人们购买和喜爱他们的针织品，人们称赞他们手工技艺的精密和洁净，人们承认其高超的智慧。然而，当看到一条中国人的街道时不仅把整幅图景的建筑风格与色彩的和谐、把服饰的细节入微、把人群的理智当作漂亮的异国风情而赞叹不已，而且把它们看作创造，看作一种发达的、早已变成本能和无意识传统的文化表达去思考的欧洲人却凤毛麟角。人们嘲笑中国的苦力，他们像印度人一样也许出于卫生的原因在身上涂满椰油；人们大段讲述着各个阶层的中国人的嗜赌成性，不时在暗中私下议论着所有中国人在骨子里独有的极端放肆的野蛮的特征。事实上，人们却从来未曾见过这种野蛮，见过的无非是些过去时代、常常是战争或者革命年代的警方消息或者报告，这些报告报道的内容并不比我们从欧洲的、即使是最近的战争中熟悉和常见的情况更糟糕。吸食鸦片本身和作为民族的危险肯定不比欧洲的酗酒成癖更严重，它似乎很落后，但却是得到了欧洲鸦片商人的支持并且受到了很多中国团体的抵制和监督，就像在我们这里酗酒被禁酒协会监督一样。

中国人作为一个民族在哪里落后于我们，这在多数情况下是文明的外在的完善，是机器、大炮和类似的东西，在它们身上人们无法衡量文化。即使就是在这些事情上，几百年前，他们也大大领先于我们，他们比我们更早地拥有了像火药和纸币一类的东西。在这些领域里，他们被我们超越，并且变得依赖于我们，但

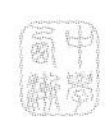

却并非在其文化的根源上，他们的文化目前虽然受到了威胁，但却似乎几乎没有伤筋动骨的生命危险。

中国文化的这个根源与我们当前的文化理想如此背道而驰，以至于我们应当为在地球的另一半拥有一个如此稳固和值得尊敬的相反的一极而感到高兴。希望整个世界随着时间的流逝都被欧洲或者中国文化占据将是愚蠢的；但是，我们应当向这种陌生的思想学习，就像我们几百年以来对位于西亚的东方所做的那样。①

显然，和上面的几段引文一样，黑塞看待问题依然是从文化的角度出发，同时又一次展现出包容异域文化的宽广胸怀。

大约十年之后，也就是1926年7月18日，黑塞在《福斯报》(Vossische Zeitung)上发表了题为《中国拾零》(Chinesisches)一文，② 更加明确地阐述了自己就“中国人的野蛮”(chinesische Grausamkeit)这一问题的看法，除了一种客观的态度，也再次表达出对中国人的欣赏和敬佩：

尽管最近人们对中国情有独钟，然而在我们这里更广泛的范围内，这样的观点依然始终占据着主导——中国人的精神与我们的心灵格格不入。中国人的美德，特别是他们持久的耐心和他们寡言少语而又坚忍不拔的勤奋刻苦，原本具有更多被动的特征，而他们的恶习，特别是出名的中国人的野蛮对于我们来说归根到底相去甚远、完全无法理解。事实上，这都是些愚蠢的偏见。中国人可能是野蛮的，正如西方人也可能是野蛮的一样，中国人也可以是虔诚而富有牺牲精神的，正如欧洲人偶尔也能够做到的那样。如果我们从历史上举出中国人野蛮的实例的话，那么我们就应当将中国及其英雄气概为我们做出表率的那些故事也放到旁边，就像那些在我们的学校中为人熟知的出自《圣经》或者古代文

---

① Hesse, Hermann: Chinesen. In: Aus Indien. Aufzeichnungen, Tagebücher, Gedichte, Betrachtungen und Erzählungen. Neu zusammengestellt und ergänzt von Volker Michels. Frankfurt am Main 1980. S. 197-200; hier S. 197ff. 以下引用简称 Chinesen.

② 可参看 Hermann Hesse und China. S. 75.

化鼎盛时期的英雄般崇高的传说一样。[①]

此外，从亚洲回到德国之后，黑塞还阅读了中国当时的著名学者辜鸿铭的作品《中国的牛津运动》，德语译本名称为《中国抵御欧洲思想》(Chinas Verteidigung gegen europäische Ideen)，从中他了解到了很多关于中国尤其是关于19世纪下半叶中国政治和文化的情况。在发表于1912年《三月》第6卷第1期的为该书所写的评论中，黑塞这样写道：

> 这位其实并不十分古怪的招人喜爱的作者是中国古代文化和道德的一位高雅而聪慧的代表，自然，中国的文化和道德非常需要抵御欧洲。归根到底他是正确的——我们欧洲人没有给中国人带去什么好处，而是给这个国家带去了很多坏的东西。好战的商人和殖民主义政客绝不是西方文化合适的阐释者，自身从欧洲学到和接受很多的辜鸿铭对此避而未谈。[②]

正是出于对中国文化的浓厚兴趣和对当时中国政治文化局势的关注，黑塞才在1921年12月25日的《新苏黎世报》(Neue Zürcher Zeitung)上发表了题为《中国思考》(Chinesische Betrachtung)的文章，[③] 对第一次世界大战之后的局势尤其是中国的情况进行了思考，他首先简要记述了当时在战争结束之后西方列强对中国倚强凌弱的现实：

> 在各民族最为急切的关注下，在华盛顿举行了阻止美国和日本交战并且限制大国海军装备的大会。一部分任务已经完成，某一目的已经达到。在不久的将来，日本和美国之间不会发生战争，投入建造战舰的经费和工作也将减少。世界喘了一口气。
>
> 然而，和这些结果相比，这次华盛顿会议的另一部分内容却

---

① Hesse, Hermann: Chinesisches (1926). In: Gesammelte Werke in zwölf Bänden. Zwölfter Band. Schriften zur Literatur 2. Eine Literaturgeschichte in Rezensionen und Aufsätzen. Herausgegeben von Volker Michels. Frankfurt am Main 1987. S. 27ff; hier S. 28f. 以下引用简称 Chinesisches (1926).

② 引自 Hermann Hesse und China. S. 78.

③ 可参看 Hermann Hesse und China. S. 81.

> 没有受到世人关注。在这次会议上，那些强国在某种程度上达成了一致。但是，一个弱国虽然在场，却得不到什么支持。那就是中国。目前存在的最古老的世界大国，古老的巨大的中国，却找不到适应西方世界的途径，而这条道路日本却在几十年来坚定地奉行。中国变得非常孱弱，几乎不再扮演一个独立的强国的角色，而被其他国家、被那些强国几乎仅仅看作能够小心瓜分的“势力范围”。①

接着，黑塞话锋一转，又将话题引到了文化上面：

> 多年以前，一个中国人，一位古老的、令人尊敬的中国思想世界的拥趸就在一种与政治毫不相干、却与《道德经》的思想颇为接近的意义上表达了对这些事情的看法。他大概是这样说的——就让日本人和其他民族来占领我们吧，夺去我们的土地、领导我们的政府！让他们这样做吧！看上去我们是弱者，他们能够占领我们，把我们吃掉。如果这就是中国的命运，那就让这件事发生好啦！可是然后，当他人把我们吃掉之后，那时他们是否也能够消化我们就一定会显现出来。也许会是这样的——政府和军队、管理和财政会是日本式的、美国式的和英国式的，但是，占领者无法改变中国，相反，他们会被中国的精神占据和改变，他们会渐渐地变成中国人。因为中国虽然在武器制造和政治上羸弱，但却在生活上、在精神上、在最古老的文明方面非常富有。
>
> 当我读到最终的华盛顿报告时，我便想到了这位可爱的中国人。我想，即使是现在，就在中国作为大国走向衰落的过程中，即使是现在，在它没有被占领之前，它已经占领了西方的一大部分！在过去的二十年里，这个古老的、睿智的、此前几乎没有几个学者知晓的中国通过其古老书籍的译本、通过其古老精神的影响开始占领我们。十年以来，老子才通过翻译在欧洲所有的语言

---

① Hesse, Hermann: Chinesische Betrachtung. In: Gesammelte Werke in zwölf Bänden. Zehnter Band. Betrachtungen aus den Gedenkblättern. Rundbriefe. Politische Betrachtungen. Frankfurt am Main 1987. S. 66-69; hier S. 66f. 以下引用简称 Chinesische Betrachtung.

中为人所知并产生了巨大的影响。如果我们此前、直到二十年前，谈论“东方思想”，那么我们只会想到印度，想到吠陀经(Veden)，想到佛祖，想到《薄伽梵歌》(Bhagavad Gita)。如今，每当谈及东方的思想，我们就同样或者更多地会想到中国，想到中国艺术，想到老子，想到庄子，也想到李太白。显然，古代中国的思想尤其是早期道家学说，对于我们欧洲人来说无论如何不是遥不可及的稀罕之物，而是在根本上给了我们证明，在根本上给了我们建议和帮助。并非仿佛我们从这些古老的智慧之书中突然能够获取一种新的救赎的人生观，并非仿佛我们丢弃我们西方的文化而要变成中国人！然而，我们在古代中国，尤其是老子身上看到了对一种我们曾经过分忽视的思维方式(Denkart)的提示，在那里，我们看到那些由于我们心有旁骛而长期不再关注的力量得到了保护和认知。①

作为中国人，读者自然不能要求从没有到过中国、更没有切身经历过民族危亡的赫尔曼·黑塞能够在多大程度上理解中华民族和中国人民所遭受的沉重苦难，理解中国人对民族复兴的渴望，但另一方面，不应忘记的是，黑塞在内心中的确深切感受和经历了西方文化的衰落，因此，正是在这样的一种反衬中，他越发看中中国文化的未来，看中中国文化对未来世界尤其是西方的影响力；而最后的一段议论则更具启发性——一方面说明黑塞在不断地透过文化的表层现象深入其内在的本质，或者说把表面的现象抽象化、提升到更高的思想层面，以至于他在中国文化中最终认识到的是一种思维方式的影响；另一方面，读者又能够很清楚地看到，黑塞认为，他所指的这种思维方式，也就是他在中国文化中最为重视的部分，并非中国人的发明创造，西方人同样具有，或者至少能够同样具有这种思维方式，只不过是长期以来没有重视而已，恰恰是这种思维方式被黑塞看作走出西方文化精神危机的一条途径。

我走向我藏书室的角落，那些中国人就站在那里——一个美

① Chinesische Betrachtung. S. 67f.

妙的，一个宁静的、幸福的角落！在这些古老的书籍之中记载着如此美好、又常常如此值得关注的现实的事物。有多少次，在可怕的战争岁月中我在这里找到给我慰藉和使我振作的思想！

——赫尔曼·黑塞《中国思考》[①]

第三节　对中国古代典籍的阅读和评价

今天，读者能够清楚地了解赫尔曼·黑塞曾经阅读过大量中国典籍译本的依据主要是他所写作的对中国典籍的书评和在各种形式的文字中对以哲学和文学为代表的中国文化的评价。[②] 如上所述，黑塞不仅是一位多产的作家，而且在自身的创作之余，他还阅读了数不胜数的各种书籍并在阅读之后记录下自己的感受、对作品进行评述。据不完全统计，黑塞共撰写过三千多篇书评，发表在大约四十种不同的报纸和杂志上。其中当然也包括黑塞对中国作品的评论。而在其散文、杂文尤其是大量的书信中，黑塞更是不厌其烦地谈及中国、谈及中国文化带给他的不同寻常的感受。

一、中国哲学

中国文化中对黑塞影响最深刻的莫过于中国古典哲学，因此，黑塞关于中国古典哲学的评论自然很多。由于黑塞阅读了几乎所有先秦哲学的经典著作，所以，在评论这些哲学著作时，他也自然发表了对不同流派的哲学家及其思想的看法。从整体上看，中国传统哲学中的三个最主要的思想流派——儒家思想、道家思想和后来发展起来的佛教的禅宗思想黑塞都有涉猎，并给予了这三个思想流派非常高的评价；同时，通过研读，黑塞也十分清楚它们在中国思想史上的地位。比如，在没有接触禅宗之前，黑塞已经明确地了解到，中国的哲学思想主要分为儒家和道家两派，如他1930年在《雅典神殿大门》上以《中国智慧》(Die chinesische Weisheit)为题所描述

① Chinesische Betrachtung. S. 68.

② 夏瑞春教授在《赫尔曼·黑塞与中国》一书的附录中列出了两份文章目录，一份是黑塞所撰写的关于中国的文章目录 Hesses Schriften über China，可参看该书第349至353页，其中包括黑塞所写的关于中国哲学和文学的书评目录；另一份是黑塞家中“中国之角”里关于中国的藏书目录 Die „Chinesische Ecke“ in Hesses Bibliothek，可参看该书第356至360页。

的那样：

> 这些古代中国人的智慧就像任何一种智慧一样一部分是道德学说——这就是中国哲学中儒家思想的那部分。然而，这种智慧的另一部分却是神秘主义，是孤独地沉思的结果和向精神生活的最狂热的宗教的挺进——这就是道家思想的那部分。两者的共同之处在于敬畏和正直的精神，在于放弃任何一种美的存在和任何一种诡辩，在于某种凌驾于一切之上的喜悦，在于某种对尘世的肯定和对世界的虔诚，此外，这种智慧还富于形象而并不抽象，常常变成童话般的比喻式诗作，比如庄子的作品。①

而在研读了禅宗思想的作品之后，1960 年，晚年的黑塞在发表于《宇宙》(Universitas)第 15 期上题为《投向遥远东方的目光》(Blick nach dem Fernen Osten)②的杂文中得以更加全面地评论中国古代哲学思想：

> 两个我曾经从中受益最多、也最崇敬的"有色"民族是印度人和中国人。两者都曾经创造了一种富于智慧和艺术的文化，这种文化比我们的文化历史更悠久，在内容和精彩程度上毫不逊色。
>
> ……
>
> 如果说这种印度的思想是一种主要饱含情感而虔诚的思想的话，那么中国思想家们的精神追求则首先针对于实际生活，针对于国家和家庭。寻找到某个人，从而为了大家的幸福顺利而成功地统治，这是大多数中国智者的最高理想，就像这也是赫西奥德(Hesiod)和柏拉图最关注的事情一样。克己(Selbstbeherrschung)、礼貌、耐心、镇静的美德就像在西方的斯多噶派中那样被人给予很高的评价。然而，除此之外还是有形而上学的、纯粹意义上的思想家，首先是老子及其富于诗意的学生庄子，而在佛教传入之后，中国慢慢地发展出佛教的一种最具特色的、极具影

① 引自 Hermann Hesse und China. S. 114.

② 可参看 Hesse, Hermann: Mein Glaube. Auswahl und Nachwort von Siegfried Unseld. Frankfurt am Main 1971. S. 142.

> 响力的形式——禅宗，和印度佛教的形式一样，它的影响在今天的西方显而易见。众所周知，中国的智慧与一种同样高度发达的、设计精巧的造型艺术遥相辉映。①

一方面，越是到了晚年，黑塞对各种文化思想的思考便越是精深和明晰，从这两段文字中可以清楚地看到，尽管使用的表述方式不同，但黑塞对于中国哲学流派的区分、对儒家、道家以及禅宗的影响力十分了解，甚至有时会给人一种印象，仿佛这些文字是出自一位汉学家笔下；另一方面，如上所述，黑塞在研究中国哲学思想的过程中始终没有忘记滋养自己成长的文化圈，总是在试图寻找中西方文化之间的共性。那么，对于黑塞研读过的中国每个哲学流派，他又是如何看待的呢？

1. 儒家哲学思想

首先来看看儒家，毫无疑问，黑塞所研读过的中国儒家思想的最具代表性的作品便是孔子的《论语》。1909 年，黑塞记录下了他阅读孔子《论语》译文之后的感受，并以《德语孔夫子》(Confucius deutsch)为题发表在 1910 年 7 月 6 日的《雅典神殿大门》上：

> 在我们听说中国文化和宗教的最重要的文献的德语译本将在耶拿的欧根·迪特里希斯出版社以 10 卷本出版时，我们一时间都感到惊诧，几乎被惊呆了。谁会阅读这些书籍？谁能消化它们？难道我们不该把这件事交付给汉学家吗？因为不管我们通常如何高兴地欢迎类似的研究，尤其是关于印度古代的研究，但恰恰在面对中国人时，我们仍然感到完全陌生。我们把来自那里的一切都看作陌生的，与我们的存在和思维不同，建立在一种不同的节奏、一种不同的生活法则上。

---

① Hesse, Hermann: Blick nach dem Fernen Osten. In: Gesammelte Werke in zwölf Bänden. Zwölfter Band. Schriften zur Literatur 2. Eine Literaturgeschichte in Rezensionen und Aufsätzen. Herausgegeben von Volker Michels. Frankfurt am Main 1987. S. 41f. 这篇文章原本是 1959 年 10 月 30 日赫尔曼·黑塞对于苏黎世《世界周刊》(Weltwoche)杂志一次问卷调查所做的书信形式的回答，问卷调查的主题是"我们是有色民族"("Wir sind die farbigen Völker.")。可参看 Hesse, Hermann: Aus Indien. Aufzeichnungen, Tagebücher, Gedichte, Betrachtungen und Erzählungen. Neu zusammengestellt und ergänzt von Volker Michels. Frankfurt am Main 1980. S. 363.和Gesammelte Briefe. Vierter Band 1949-1962. S. 357.

> 这套大型丛书的第一卷就是孔夫子的《论语》，它在某种程度上证明和增强了我的这种情绪。尽管如此，这项巨大工程的编者、生活在青岛的施瓦本神学家威廉聪慧的意识和显而易见的精确细致仍然定会获得承认和赞赏。孔夫子这一卷以译者一篇非常精彩的引言开始，阅读这篇引言已绝不仅仅是一种享受。他对这位伟大的中国人的"谈话"的翻译几乎完全是两者的结合——一种近乎逐字逐句的直译和一种具有解释性的意译。阅读这部作品并不容易，我一再有这样的感觉——在呼吸着一种陌生的空气，这种空气的类型和组成与我们为了生活所需要的空气截然不同。但是，对与这些"谈话"共同度过的日子我却并不感到后悔。如果说我们接触中国人的思想也像注视一个陌生的天体的成果一样，那么这就会使人感到身心舒畅，是一种极好的、洞察比仅仅是表面更多内容的训练。因为这迫使我们不会将我们自身的、个人主义的文化看作理所当然，而是在与其对立面的比较中观察它。而且还不只如此，在读者内心之中，有时会瞬间出现关于两个世界可能的合题的极少闪亮的观念。因为我们认识到，这位伟大的陌生人孔子的本性中最内在的核心正是我们在西方历史的那些伟人们身上早已知晓的相同的个性。我们将在我们看来起初像荒诞的混乱之物看作理所当然，我们觉得使我们首先感觉枯燥得可怕的事物妩媚而美丽。我们这些个人主义者羡慕这个中国人的世界，羡慕他们教育学和系统学的可靠与伟大，我们能够与其相媲美的只有我们的艺术和我们在非人类的自然面前也许更大的谦逊。①

如上所述，这段时间正是黑塞开始接触中国文化的时期，因此，在他的感受中，首先看到的就是他初次面对一种陌生的文化、一些此前毫不认识的思想时所表现出来的好奇，但是，从这段文字中却很容易看出，勤于思考

---

① Hesse, Hermann: Confucius deutsch. In: Michels, Volker (Hrsg.): Materialien zu Hermann Hesses „Siddhartha". Erster Band. Texte von Hermann Hesse. Frankfurt am Main 1976. S. 48ff, hier S. 48f. 以下引用简称 Confucius deutsch；也可参看 Hesse, Hermann: Konfuzius. In: Gesammelte Werke in zwölf Bänden. Zwölfter Band. Schriften zur Literatur 2. Eine Literaturgeschichte in Rezensionen und Aufsätzen. Herausgegeben von Volker Michels. Frankfurt am Main 1987. S. 30f, hier S. 30.

的黑塞还是在很短的时间里抓住了孔子学说的一个重要的特点——对社会伦理的阐释，并且立刻把它与自身原有的思维进行比照，在这种比照中，非常值得关注的是，黑塞提到了对其身处其中的西方文化的评价，即他把这种文化称为“个人主义的文化”(individualistische Kultur)，称包括自己在内的西方人是“个人主义者”(Individualisten)，并且在中国孔子的学说中发现了这种文化的“对立面”，因而将孔子与西方的伟人相提并论。在这段评论后面，黑塞还引用了三段《论语》的德语译文推荐给读者，它们分别是：一、“不患人之不己知，患不知人也。”二、“为政以德，譬如北辰，居其所而众星共之。”三、“子曰：‘吾十有五而志于学，三十而立，四十而不惑，五十而知天命，六十而耳顺，七十而从心所欲，不逾矩。’”①

而在 1911 年发表于《三月》杂志第 5 期上题为《中国拾零》(Chinesisches)的对于中国哲学思想的总体评论中，黑塞又这样写道：

> 自古以来，最著名的中国智者就是孔子，其理由是，在所有思想家中，他对其国家的生活和历史产生了最深刻的影响。如果我们完全“以中国人的方式”想象他，就是说以形式主义的方式直到迂腐死板，我们也会在整体上把他准确地想象出来，但是，如果我们基于这种判断就把中国人的思想完全看作冷漠呆板、看作不谙哲学而又浅薄轻率，那么我们就冤枉了中国人，因为与此相反，孔子自身就包含了足够的证据。始终依然为人知之甚少的是，在中国曾经出现过伟大的哲学家和伦理学家，其知识对于我们来说丝毫不逊色于希腊人、佛祖和耶稣的知识。②

可以看出，黑塞对孔子在中国文化中的地位和影响是非常清楚的，同时，他也提到了西方人看待中国人的偏见。另一篇证明黑塞深知孔子在古代中国思想史地位的文章就是上面引述的发表于 1926 年 7 月 18 日《福斯报》的

---

① Confucius deutsch. S. 49f.

② Hesse, Hermann: Chinesisches. In: Michels, Volker (Hrsg.): Materialien zu Hermann Hesses „Siddhartha“. Erster Band. Texte von Hermann Hesse. Frankfurt am Main 1976. S. 50. 以下引用简称 Chinesisches；也可参看 Hesse, Hermann: Chinesisches (1911). In: Gesammelte Werke in zwölf Bänden. Zwölfter Band. Schriften zur Literatur 2. Eine Literaturgeschichte in Rezensionen und Aufsätzen. Herausgegeben von Volker Michels. Frankfurt am Main 1987. S. 25ff, hier S. 25f.

同样题为《中国拾零》的文章：

> 当我们仔细阅读孔子极具启发性的、闪耀着聪明才智的谈话（指《论语》）时，我们不应当把它们看作来自过往时代的一种已经销声匿迹的稀罕物，而是应当想到，不仅孔子的学说在两千年中维持并支撑着这个巨大的王国，而且应当想到，今天，孔子的后人仍然生活在中国，使用着他的姓氏，自豪地了解他——与他相比，即使是欧洲历史最悠久、最文雅的贵族也显得年幼无知。[①]

而在《最喜爱的读物》中，黑塞则不仅"介绍"了孔子在中国文化中的地位，而且还对孔子的一种思想进行了分析：

> 比如，孔夫子，老子的伟大的"对手"，思想体系的建立者和伦理学家，法规的制定者和礼俗的保持者，古代智者中唯一的、稍显严肃的人，其性格特点有时就被如此描述："知其不可而为之。"这源自一种泰然自若，源自一种幽默和质朴，对此，我没有在任何一篇文献中找到类似的例子。即使当我思考世界上发生的重大事件，在读到那些在几年和几十年后企图统治世界和使其变得完美的人的言论时，我也常常想到这句话和一些其他的箴言。这些人的行为很像伟大的孔子，然而在他们行为的背后却没有孔子的关于"不可为"的认知。[②]

仅从这样一段短短的评论中就能够想象出，黑塞在阅读《论语》译本时花费了多大的心力，也可以看出，孔子的思想在黑塞的头脑中产生了至少一定程度的共鸣——无论如何值得关注的是，为何黑塞会引用"知其不可而为之"来描述孔子的性格特征，但答案似乎并不难寻找，只要想一想黑塞为了实现"做自己"的理想所经历的内心痛苦和遭遇到的各种外在阻力，想一想那个他"最要感谢"而又"摆脱不了"的歌德所提出的"无法实现的理想"在他内心中所产生的巨大共鸣，就不难理解黑塞为何对孔子的那份超然颇有

---

① Chinesisches (1926). S. 28.

② Lieblingslektüre. S. 282.

感慨了。

2. 道家哲学思想

与孔子和儒家学说相比较，黑塞对道家学说的评价就更加全面而深刻。还是在上述的1911年撰写的名为《中国拾零》的评论文章中，在评价孔子之后他继而评价了老子并提到了道家学说的另一代表人物庄子：

我谈论的是老子，《道德经》这本书为我们保留了他的学说。他的关于"道"的学说，即关于所有存在的起始原则（Urprinzip alles Seins）的学说，假如没有包含一种带有强烈个人色彩的、伟大而美好的伦理学，以至于其最后一位德语译者、同时也是神学教授（指格里尔）直接把他与耶稣一视同仁，那么，对于我们来说，它要么会作为哲学体系始终无关痛痒，要么就会吸引极其感兴趣的喜好者。当然，对于我们这些没有学问的人，这个中国人暂时还不能够产生深刻的影响，因为他的著作谈论的是一种对于我们来说困难而又陌生的语言，只有凭借勤奋和真正的努力才能够熟悉这种语言。这不是什么奇珍异事，也无关任何文学一人种学的稀罕之物，而是古代最严肃而又最深髓的著作之一。

……

庄子晚于老子300年，格里尔把他与老子的关系和柏拉图与苏格拉底的关系相提并论。对于我来说，既不睿智地谈论这些中国书籍本身又不巧妙地评价译者的工作都是不合适的；我只想讲述，对于我这样一个对于古老东方的了解仅仅限于佛教和与佛教近似的哲学的外行来说，这些非同寻常的书籍向我介绍了一些全新的价值。在佛教和基督教之间，东亚地区拥有一种从未成为全民宗教的哲学思想，其积极的、充满活力的美好的伦理学较之印度一佛教的伦理学更明显地接近基督教的伦理学。

以前，我曾经抱怨，从我们研究东方的学者们那里我们没有看到多少成果。这里列举了一些，能够期待的只是它们产生影响并且越来越大。因为它们的知识非但不会把我们引上陌生的道路，反而会给我们带来对于我们早已作为最宝贵的财富倍加珍视的事物的愉快的证明。[①]

这里特别值得注意的是黑塞对老子或者说道家学说中的核心概念“道”的解释，这同时也是中国人研究西方人理解中国文化和哲学思想的一个关键内容，显然，黑塞在这里首先接受了格里尔对“道”的理解，因为格里尔把《道德经》的德语书名就译作“Buch vom höchsten Wesen und vom höchsten Gut”[②]（意为关于最高的本质与最高的完满之书），把老子“与耶稣一视同仁”的他将“道”理解为不断创造世上一切个体存在的绝对的最高存在，理解为世界道德秩序的本源。[③] 而 1911 年出版的卫礼贤的《道德经》德语译本则将“道”译成了德语词“SINN”，[④] 老子在《道德经》的开篇中所写的“道可道，非常道；名可名，非常名。”卫礼贤是这样翻译的：

> Der SINN，der sich aussprechen lässt，
> ist nicht der ewige SINN.
> Der Name，der sich nennen lässt，
> ist nicht der ewige Name. [⑤]

按照卫礼贤的解释，之所以如此翻译，其中一个原因是借鉴了德国文豪歌德《浮士德》第一部中浮士德翻译《圣经》的情节，为此他在黑塞也一定读到过的其《道德经》德语译本的前言中这样写道：

> 《道德经》的全部形而上学建立在一种基本的直觉基础之上，它与严格的概念性的记述格格不入，而老子为了使它具有一个名

---

① Chinesisches. S. 50f.

② 可参看 Michels，Volker（Hrsg.）：Materialien zu Hermann Hesses „Siddhartha“. Erster Band. Texte von Hermann Hesse. Frankfurt am Main 1976. S. 52.

③ 可参看 Hermann Hesse und China. S. 95.

④ 关于卫礼贤所译《道德经》的德语书名，1911 年的版本，也就是黑塞所收藏和阅读的版本为 Lao Tse. Tao Te King：Das Buch des Alten vom Sinn und Leben. 可参看 Hermann Hesse und China. S. 359.

⑤ Laotse：Tao Te King. Das Buch vom Sinn und Leben. Übersetzt und mit einem Kommentar von Richard Wilhelm. Erweiterte Neuausgabe. München 1998. S. 41. 以下引用简称 Tao Te King. Das Buch vom Sinn und Leben.

称“不得已”用“道”这个词来称呼这种直觉(可比较第25章[①])，有关这个词的翻译问题从一开始就有各种不同的意见。“上帝”(Gott)、“路径”(Weg)、“理性”(Vernunft)、“逻各斯”(λόγοs)仅仅是一些翻译的建议，同时，一部分译者干脆根本就不翻译而是直接把“道”引入到欧洲的语言中。归根到底，这一表述其实并不重要，因为它即使对于老子本人来说也可以说仅仅是一个对于某种不可言说之物的代数符号。从根本上说正是审美的原因才使得在一个德语译本中具有一个德语词显得值得期待。我们普遍选择了“SINN”这个词。这与《浮士德》第一部中的情节有关——浮士德在复活节散步回来，着手翻译《圣经》“新约全书”，并且试图将《约翰福音》开头的句子用“太初有道”(Im Anfang war der Sinn)表达出来。这似乎是与具有各种含义的中文词“道”最相符合的翻译。中文词以“路径”的含义为出发点，由此含义扩大到“方向”(Richtung)、“状态”(Zustand)，继而是“理性”、“真理”(Wahrheit)。

作为动词使用，这个词意为“谈”(reden)、“说”(sagen)，在引申义中表示“引导”(leiten)。德语词“Sinn”同样具有原始意义“路径”、“方向”，此外的含义是：1. 表示“一个人指向某物的内心”(das auf etwas gerichtete Innere eines Menschen)；2. 表示“作为意识、感知、考虑、思考场所的人的内心”(das Innere des Menschen als Sitz des Bewusstseins，der Wahrnehmung，des Denkens，Überlegens)，可比较“内感”(der innere Sinn)；3.“身体的感官”(leibliches Empfindungsleben)，常用作复数；4.“看法、观念、语句、图案、行为的含义”(Meinung，Vorstellung，Bedeutung von Worten，Bildern，Handlungen)(可比较M. 海涅，《德语词典》，莱比锡1906年)。所有这些含义中，只有第三个解释没有用处，可以略去，以至于这些含义的一致性范围非常广大。另外，为了将这个词的代数特征清楚地表现出来，我们普遍把它都

① 这里指《道德经》第25章：“吾不知其名，字之曰道，强为之名曰大”。卫礼贤的译文是：“Ich weiß nicht seinen Namen. Ich bezeichne es als SINN. Mühsam einen Namen ihm gebend，nenne ich es：groß.”引自Tao Te King. Das Buch vom Sinn und Leben. S. 65.

写成大写字母。[①]

毫无疑问，精通中文的卫礼贤在把道家哲学“道”这个核心词和概念译成德语时经过了一番相当深刻的思考，至少他抓住了《道德经》中“道”的一个重要特征，就是不可言说性，“道”更多地发挥着一个象征符号的功能，因此他没有像格里尔那样一定要把“道”译成一个西方哲学的概念，正因为如此，可以想象，作为读者的黑塞要想理解这个词的含义以及这本书的内涵也必须花费很大的气力，需要“勤奋和努力”才能理解“这种困难而又陌生的语言”，语言（Sprache）一词在这里明显一语双关，既指形式又指内容。因此，需要注意的是，黑塞对道家哲学思想的理解并不是一朝一夕的事情，而是一个不断阅读、不断思考的过程，更多的是与他个人的境遇和感触联系在一起。但几乎可以肯定的是，从黑塞此后的作品和各种言论中可以清楚地分析出卫礼贤的翻译，尤其是对“道”的翻译对他的影响。

同年，在以《东方智慧》（Weisheit des Ostens）为题刊登在《雅典神殿大门》上的为老子《道德经》的德语译本所写的评论中，黑塞这样写道：

> 几个月前，我在这里高兴地谈到了孔夫子《论语》的德语译本。现在，图宾根的摩尔出版社又出版了尤利乌斯·格里尔翻译的老子著作。这位图宾根的东方学者由此也明显地在其圣经旧约的神学范围之外脱颖而出，完成了我们的东方学者们遗憾地如此疏于从事的有益的工作之一。他将《关于最高的本质与最高的完满之书》，即老子的《道德经》完整地按照最好的一个版本译出；就是说，这里不是什么节选的改写或者一个英语版本的复述，而是来自中文的一次尽可能忠实的翻译。由此，这本书也明显地有别于几年前出版的乌拉尔诗意的改写。
>
> 如果与普通欧洲人对中国哲学的想象相比，从表面上看，老子的活力几乎已不像中国人。译者相当明显地直接把他与耶稣相比较，无论如何，在遥远的东方最著名的思想家中没有一个人的道德理想（ethische Ideale）比老子更接近和类似于我们西方的雅利

① Tao Te King. Das Buch vom Sinn und Leben. S. 24f.

安人。和最近一段时间在我们这里再次被如此深入研究的避世的、常常吹毛求疵地冥思苦想的印度哲学相比，这种中国的智慧无论如何给人以实用和简洁的感觉，最终，除了西方思想杂技的有些蜕化的侧跃之外，人们会得到这样的令人感到惭愧的印象：和在其混乱的精英哲学中如此众多的相信天性的西方人相比，这位远古的中国人更深刻地认识了那些基本的价值，并更多地、更有目的地对人类的发展产生了影响。

此外，对于这位古代的中国人，在欧洲似乎一种近乎如饥似渴的理解正方兴未艾。因为除了格里尔的翻译之外，近日，第二个译本由耶拿的 E. 迪德里希斯出版社出版。译者是生活在青岛的理夏德·威廉，和格里尔一样，这个译本直接追溯到了中文的源头。有两篇颇有价值的文章作为该书的引言，我并没有权利评判两个译本在文字方面的准确程度，两者都是完整的、出色的译文。如果说格里尔的译本凭借其丰富的注释在学术上更加便于使用的话，那么，威廉译本的优点则在于一种更有力、更明确、更富于个性的语言，于是也更容易为人所接受。①

显而易见，这段文字的前一部分主要谈及的是格里尔的译本，黑塞在阅读该译本时，明显受到了译者思维的影响，即他在试图寻找东西方哲学思想的相同或者相似之处。然而，诚如黑塞所说，作为作家的他可能更看重一个译本的语言表现力，因此，在这段文字的最后，他引用了卫礼贤所译《道德经》的最后一章，即《道德经》的第八十一章，下面把他引用的卫礼贤的译文和原文对照列出：

信言不美，　　Wahre Worte sind nicht schön,
美言不信。　　Schöne Worte sind nicht wahr.
善者不辩，　　Tüchtigkeit überredet nicht,

① Hesse, Hermann: Weisheit des Ostens. In: Michels, Volker (Hrsg.): Materialien zu Hermann Hesses „Siddhartha". Erster Band. Texte von Hermann Hesse. Frankfurt am Main 1976. S. 51ff. 以下引用简称 Weisheit des Ostens；也可参看 Hesse, Hermann: Laotse: „Tao - te - king". In: Gesammelte Werke in zwölf Bänden. Zwölfter Band. Schriften zur Literatur 2. Eine Literaturgeschichte in Rezensionen und Aufsätzen. Herausgegeben von Volker Michels. Frankfurt am Main 1987. S. 29f.

辩者不善。	Überredung ist nicht tüchtig.
知者不博，	Der Weise ist nicht gelehrt,
博者不知。	Der Gelehrte ist nicht weise.
圣人不积，	Der Berufene häuft keinen Besitz auf.
既以为人，	Je mehr er für andere tut,
己愈有；	Desto mehr besitzt er.
既以与人，	Je mehr er anderen gibt,
己愈多。	Desto mehr hat er.
天之道，	Des Himmels SINN ist fördern,
利而不害。	Ohne zu schaden.
圣人之道，	Des Berufenen SINN ist wirken,
为而不争。①	Ohne zu streiten. ②

客观地说，卫礼贤的译文的确非常忠实原著，也许黑塞摘录此章的目的仅仅是让读到他这篇评论文章的读者有一个切身的尝试阅读的体验，但是，之所以专门引用这最后的一章应该也是别有深意的，因为这一章是《道德经》总结性的一章，这简短的文字概括了人类行为的最高准则，读了这段文字，人们就会明白为什么黑塞会在老子的著作中发现“那些基本的价值”和认识到与欧洲人近似的“道德理想”。因此，1921 年 11 月 8 日，也就是在开始阅读《道德经》的德语译本 10 年后，黑塞在给罗曼·罗兰的信中这样评价了老子，并且点评了《道德经》的德语译本：

> 现在谈老子。多年以来，对于我来说他意味着我所知道的最大的智慧和慰藉，“道”这个词对于我意味着每种智慧的化身。他的篇幅不大的著作有多个德语译本，一个是乌拉尔的在行文上很自由的译本，还有一个更具诗意、完全随意的、与原文相去甚远

① 沙子海，徐子宏译注：《老子全译》，贵阳，贵州人民出版社，1989 年，第 162 页。
② Weisheit des Ostens. S. 53. 即 Tao Te King. Das Buch vom Sinn und Leben. S. 124.

> 的克拉邦德(Klabund)的译本[1]和其他几个译本。尽可能忠实于原著的优秀译本我只能推荐两部——理夏德·威廉的译本(耶拿的E.迪德里希斯出版社出版)和尤利乌斯·格里尔的译本(图宾根I.C.B.摩尔出版社出版)。我最喜欢卫礼贤的翻译。[2]

而在1933年10月，在给凡尼·席勒(Fanny Schiller)的信中，黑塞再次表达了相同的观点：

> 我拥有四五个《老子》的版本，我使用得最多的是R.威廉的翻译，因为我在他其他的译本上已经习惯于他的文风，因为我喜欢他本人和他的德语。遗憾的是他已经作古，故去快三年了，他生前写的最后一封短信就是给我的。[3]

如果说卫礼贤把"道"译成"SINN"是出于审美的原因赋予这个不可言说之物一个语言符号的话，那么，黑塞则凭借其敏锐的思维和高超的语言技巧将"道"所包含的一切归纳到了"智慧"一词上。在1922年2月给一位年轻教师的信中，黑塞更详尽地解释了他所理解的老子与智慧的关系：

> 谁不想证明，而是希望吐纳和体验智慧，谁的感受就会像最睿智的人老子一样，他认识到，将真正的智慧用语言方式表达出来的任何尝试都会将智慧变成愚蠢的行为。然而，对不可言说之物的敬畏和虔诚，这是我们这些愚蠢的人和对世界笃信者的虔诚，因为与那些神学家们不同的是，虽然我们也拥有一种智慧并且非常强烈地意识到它的存在，但我们却不能也不想把它用语言的方式表达出来，无法证明它，无法在唇枪舌剑中维护它，因为

---

① 这里是指原名阿尔费雷德·亨施克(Alfred Henschke)的德国诗人Klabund(1890—1928)：Lao Tse：Sprüche. Berlin 1920. 在1919年10月出版的由黑塞和理夏德·瓦尔特雷克(Richard Waltereck)教授共同主编的政治—文艺杂志《呼唤生者》(Vivos voco)的第一期上，黑塞就摘录了克拉邦德翻译的《道德经》中的21段予以登载。可参看Michels，Volker（Hrsg.）：Materialien zu Hermann Hesses „Siddhartha". Erster Band. Texte von Hermann Hesse. Frankfurt am Main 1976. S. 92-97.

② Gesammelte Briefe. Erster Band 1895-1921. S. 480f.

③ Michels，Volker（Hrsg.）：Materialien zu Hermann Hesses „Siddhartha". Erster Band. Texte von Hermann Hesse. Frankfurt am Main 1976. S. 222.

> 对于我们来说，这种智慧并不是与才智有关的事情。[①]

在黑塞看来，老子经历了一个吐纳和体验智慧的过程，所以他才说“道可道，非常道”，智慧是人无法言说的，人只能意识到它的存在，但是，尽管老子“认识到，将真正的智慧用语言方式表达出来的任何尝试都会将智慧变成愚蠢的行为”，但他却还是将这一智慧写入了《道德经》并流传后世；而尽管赫尔曼·黑塞也认识到不能把他所理解的智慧“用语言的方式表达出来”，但他却仍试图像卫礼贤那样把这种智慧用他的文字，换句话说用西方人“严格的概念性的记述”表现出来。

由于被老子的著作和思想深深吸引，所以，对时代思想文化极为重视的黑塞自然也格外关注老子对当时欧洲文化的影响。在上述的写于1926年的《中国拾零》一文中，黑塞就首先谈到了老子在过去十几年间对欧洲的影响：

> 中国哲学家老子，在此前的2000年中在欧洲并不为人所知，但却在过去的15年里被翻译成了欧洲所有的文字，其《道德经》也成了畅销书。在德国，正是理夏德·威廉的翻译和介绍将中国古典的文学和智慧以迄今为止未知的规模引入欧洲。当中国在政治上孱弱并且四分五裂，看似几乎只会成为西方列强一片巨大而富裕的、至多是需要小心应付的可剥削的区域时，古代中国的智慧、古代中国的艺术却不仅进入了西方的博物馆和图书馆，而且也渗透到了有教养的年轻人心中。在过去十年中，除了妥斯陀耶夫斯基之外，可以肯定，没有任何一位伟大人物像老子那样对被战争激发的德国大学生产生如此强烈的影响。这场运动在一个相当小的范围内发生却丝毫没有削弱其意义——至关重要的恰恰是这个被这场运动感染的少数派，即大学生中最具天赋、最有觉悟、最乐于负责的那一部分人。[②]

这里，黑塞一方面强调了卫礼贤在把中国古代典籍译介到欧洲的过程中所

---

① Gesammelte Briefe. Zweiter Band 1922-1935. S. 10.

② Chinesisches (1926). S. 27.

发挥的重要作用，另一方面，通过他的这段文字，也可以了解到在20世纪初西方人接受中国古代文化尤其是中国古代哲学思想的历史背景。黑塞接下来的个别语句与上面引述的《中国人》一文的一些语句非常相似：

> 我们现代西方的文化理想与中国人的文化理想如此针锋相对，以至于我们应当为在地球的另一半拥有如此牢固而值得敬重的相反的一极而感到高兴。希望整个世界逐渐被欧洲文明或者中国文明所占据是愚蠢的；但是，我们应当在这种陌生的精神面前具有某种敬意，如果缺少这种敬意，我们就什么都学习不到也无法接受任何事物；我们应当把最遥远的东方至少同样当作我们的师长，正如我们——人们只会想到歌德！——长久以来对位于西亚的东方所做的那样。……对于我们来说，老子不应当取代《圣经新约》，但他应当向我们展示，在另一片天空下，在更久远的年代中，也曾出现过类似的情况，这应当加深我们的信仰——人类，无论它被如此分裂成多少彼此陌生的敌对的种族和文化，都是一个整体，并且具有共同的机会、理想和目标。①

十几年过去了，黑塞的一些思想依旧没有发生变化——一方面，他认识到，西方人，尤其是面对当时西方思想史上的精神危机苦寻出路的知识精英应当从东方智慧中吸收有益的成分，在这方面，如上所述，他所向往的古典时代和他最要感谢的、带给他无数思考的歌德成为他的榜样，这里具体所指的是歌德晚年所创作的、表达对东方文化向往之情的诗集《西东合集》(West-Östlicher-Divan)。1814年6月，歌德开始阅读波斯14世纪的诗人哈菲兹(Hafis)诗集的德语译本，立刻产生了强烈的共鸣。在歌德心中本来早已蕴藏的对东方世界的憧憬之情被进一步激发出来；更耐人寻味的是，这一时期也正是歌德对19世纪初欧洲动荡的社会局势、由工业革命造成的人的道德沦丧等问题产生困惑和失望之情的时候，这与100年后黑塞的心境有很多相似之处，于是，在1815年和1816年写下的诗歌中，歌德以哈菲兹及其诗作为母题，一方面表达出对东方，即广义上欧洲以东地区

---

① Chinesisches (1926). S. 27f.

特别是波斯和阿拉伯地区质朴的智慧和纯洁人性的憧憬，另一方面，他也并没有否认东西方文化的差异。[①] 另一方面，如上所述，除了差异之外，他再次强调了人类各种文化之间的相似性和共性，如果说，“超越民族的界限和地域有一个人类存在”这样一个“古老的众人皆知的道理”是黑塞那次东南亚之行的“最后的也是最大的结果”，那么，在对东西方文化特别是精神思想发展的比较中，黑塞更加坚定了这一认识——“在另一片天空下，在更久远的年代中，也曾出现过类似的情况”，这说明对于作为一个整体的人类来说，世界各个地区思想和文化的发展是具有可比性的。持这一观点的绝非黑塞一个人，例如，黑塞的同时代人，德国存在哲学的代表人物，同时也是历史学家的卡尔·雅斯贝斯就在其《关于历史的起源和目的》(Vom Ursprung und Ziel der Geschichte)一书中阐述了其关于“轴心时代”(Achsenzeit)的观点。在雅斯贝斯看来，人类世界历史的发展应当具有一个共同的轴心(Achse)，这个轴心应当“出现在人类自此可能的存在形成的时候，在这期间，在塑造人的存在中出现了最了不起的成果，以一种——缺少一种特定的信仰内容的标准——对于西方和亚洲以及全人类即使并非经验地具有说服力和可以洞察，但也能够依据经验的洞悉令人信服的方式，以至于对于所有的民族来说将会形成历史的自我设想的一个共同框架”。[②] 那么，这个“轴心时代”又该从何时开始？什么才是“塑造人的存在中最了不起的成果”？雅斯贝斯认为，“世界历史的这个轴心似乎大约在公元前500年左右，在公元前800年至前200年发生的思想进程中。那是历史的深刻转折，和我们迄今为止共同生活的那种人出现了”。[③] 可见，雅斯贝斯确定这个“轴心时代”的依据主要是人类思想的发展，于是，在解释“轴心时代”的特点时，雅斯贝斯高度概括了这一时期位于世界各地的人类思想的巨大飞跃：“在这个时期，不同寻常的事情层出不穷。在中国，生活着孔子和老子，出现了中国哲学的所有流派，墨翟、庄子、列子和其他无数人在思考，——在印度，出现了《奥义书》，生活着佛陀，就像在中国

---

① 可参看范大灿主编，范大灿著：《德国文学史》，第二卷，南京，译林出版社，2006年，第498至504页。

② Jaspers, Karl: Vom Ursprung und Ziel der Geschichte. Fünfte Auflage in der Fischer-Bücherei. Bd. 91. Frankfurt am Main/Hamburg 1955. S. 14. 以下引用简称 Vom Ursprung und Ziel der Geschichte.

③ Vom Ursprung und Ziel der Geschichte. S. 14.

一样，所有可能的哲学流派都得到了发展——发展到怀疑论，到唯物主义，到诡辩术，到虚无主义，——在伊朗，查拉图斯特拉讲授着善与恶之间斗争的具有挑战性的世界观，——在巴勒斯坦，出现了诸位先知，从以利亚、以赛亚、耶利米到《第二以赛亚书》，——在希腊看到了荷马，哲学家巴门尼德、赫拉克里特、柏拉图和悲剧作家，修希底德和阿基米德。仅仅由这些名字暗示的一切都在短短几个世纪里近乎同时地出现在中国、印度和西方，而它们彼此之间却并不知晓。”[①]众所周知，这个被雅斯贝斯概括为“轴心时代”的时期的确正是世界上几种历史悠久的文化开始走向繁荣的时期，特别值得注意的是，尽管也举出了其他地区的例子，但雅斯贝斯还是将“中国、印度和西方”看作三个最主要的文化的代表，这恰好与赫尔曼·黑塞“不谋而合”，而作为哲学家的雅斯贝斯更是在这种历史和文化发展的背后看到了更加深刻的思想内涵，那就是人在这个过程中发挥的决定性作用：“在这三个世界中，这个时代新出现的事物是，人意识到了在整体中的存在、意识到了自身及其局限。他体验到了世界的可怕和自身的无力。他提出了各种极端的问题。他在深渊前要求解放和救赎。因为他凭借意识认清了他的局限，他为自己确立了最高的目标。”[②]一言以蔽之，雅斯贝斯认为这个“轴心时代”最大的特征便在于人思想的“觉醒”，它代表着人类思维的一次伟大飞跃。所谓“人意识到了在整体中的存在、意识到了自身及其局限”恰恰是上文提到的人的主体意识发展的必然结果，前者意味着人开始作为主体认识周围的作为客体的世界，区别主体与客体，后者则显然与人的自我意识的产生有关，尽管还没有近两千年后笛卡尔“我思故我在”那样自觉。在雅斯贝斯眼中，只有具备了这两种意识的人才和生活在今天的人一样，换句话说，人类的思想发展到了现代，对世界和自身的认识都是由这一时期开始发展而来的。雅斯贝斯的论断有力地证明了黑塞的观点——在不同的文化氛围中、不同的地域里能够出现类似的思想和精神，人类终究是一个整体。

如上所述，在道家哲学中，黑塞除了阅读和研究过老子的《道德经》之外，他还仔细研读了道家哲学的另一代表人物庄子作品的德语译本。他首

---

① Vom Ursprung und Ziel der Geschichte. S. 14f.

② Vom Ursprung und Ziel der Geschichte. S. 15.

先读到的应该是1910年由岛屿出版社出版的、由德国著名的犹太裔宗教研究者和宗教哲学家马丁·布贝尔(Martin Buber，1878～1965)选编的《庄子的言论和寓言》(Reden und Gleichnisse des Tschuang-Tse)，[1] 两年后，黑塞读到了卫礼贤翻译的《庄子》即《南华真经》(Dschuang Dsi. Das wahre Buch vom südlichen Blütenland)。[2] 在1912年11月10日发表在伯尔尼的日报《联邦》(Der Bund)上的评论中，黑塞毫不掩饰对庄子的喜爱之情，同时他也提到了庄子与老子的区别：

> 两年前，马丁·布贝尔在岛屿出版社出版了一本小册子——《庄子的言论和寓言》，我们当时是怀着感激之情接受它的，把它看作对于挖掘中国精神的一份重要的贡献，其诗意的内容令人惊讶地深深打动了我们。……
>
> 如今，由于在多部作品中以专家和细致工作的译者著称的卫礼贤出版了《南华真经》，这完全是那位庄子(Tschuang Tse)的一部完整的文集。他在这里叫"Dschuang Dsi"，如果说布贝尔的作品首先在其将最有价值的东西精彩地编排当中更加吸引人的话，那么现在人们就会为更加完整地了解这位中国的思想家和智者而感到高兴。尽管将他与老子的关系和柏拉图与苏格拉底的关系做比较有些夸张，但他却并未因此失去光彩。庄子是我们所知道的中国思想家中最伟大和最杰出的诗人，同时也是儒家思想最勇敢和最幽默的攻击者。当然，通过他，人们只是学会感受老子的学说，但却谈不上认识，他是一面活动的彩色的镜子。他是一个过于坚毅的人物，以至于他原本不适合做任何学生和信徒，有时，凭借其雄辩，他给人一种几乎辩证而诡辩的印象。为此，他是一位伟大的诗人，是比喻的一位大师，这种比喻我们在老子身上是无论如何找不到的。他常常写出色彩和光芒，其表现并非完全更多地与神圣的学说相符；但是，他也经常写出血与肉，在他笔

---

① Chinesisches. S. 51.

② Dschuang Dsi：Das wahre Buch vom südlichen Blütenland. Aus dem Chinesischen übertragen und erläutert von Richard Wilhelm. München 1969. 以下引用简称 Das wahre Buch vom südlichen Blütenland.

下，老子那纯粹的思想变得令我们无法把握并偏离了轨道。

在所有我知道的中国思想家的著作中，这本书最具吸引力和声望。然而，谁阅读此书，谁就无论如何应该对老子本人不再完全一无所知。这本书由耶拿的 E. 迪德里希斯出版社出版。[①]

不难看出，尽管无法读懂原文，但通过卫礼贤的翻译和解释，黑塞还是把握住了庄子的一些基本特点，这也从一个侧面反映出卫礼贤的译本不仅忠实原文，而且颇有文采。众所周知，《庄子》是中国先秦诸子百家哲学著作中最具文字表现力的，因此，或许恰恰是《庄子》的文采——尽管由于是译本的缘故与原著相比打了不小的折扣——深深吸引了黑塞，因为黑塞本人也是一位要在自己的文学作品中把他的思辨，最起码是把他的思想表现出来的作家。

除了老子的《道德经》和庄子的《南华真经》之外，黑塞研读的另一部中国道家哲学的经典著作是卫礼贤 1911 年翻译的列御寇即列子的《冲虚真经》，德语的书名为“Das Wahre Buch vom quellenden Urgrund”，副标题是“Die Lehren der Philosophen Liä Yü Kou und Yang Dschu”，即“哲学家列御寇和杨朱的学说”。与上面两部作品不同的是，这部著作在现代中国学术界被普遍认为代表的是魏晋时期而非先秦时代的思想，[②] 对此，卫礼贤在其译本的前言中也有所提及。[③] 但显然，这些情况对于作为读者的黑塞来说其实并不重要，重要的是他从这本书中读到的内容。按照夏瑞春教授的考证，黑塞将在《冲虚真经》中读到的一些对话、轶事和思想引述到了他的评论中。

1911 年，黑塞在《施瓦本镜报》上发表了文章《中国轶事》(Chinesische

---

① Hesse, Hermann: „Das wahre Buch vom südlichen Blütenland“. In: Michels, Volker (Hrsg.): Materialien zu Hermann Hesses „Siddhartha“. Erster Band. Texte von Hermann Hesse. Frankfurt am Main 1976. S. 53f.

② 比如可参看严北溟，严捷译注：《列子译注》，上海，上海古籍出版社，2006 年，前言第 1 至 20 页。以下引用简称《列子译注》。冯友兰著：《中国哲学简史》，涂又光译，载于《三松堂全集 第六卷》，郑州，河南人民出版社，2000 年，第 1 至 289 页，这里第 198 至 200 页。以下引用简称《中国哲学简史》。冯友兰著：《中国哲学史新编 第四册》，载于《三松堂全集 第九卷》，郑州，河南人民出版社，2000 年，第 495 页以下。

③ 可参看 Liä Dsi: Das wahre Buch vom quellenden Urgrund. Die Lehren der Philosophen Liä Yü Kou und Yang Dschu. Aus dem Chinesischen übertragen und erläutert von Richard Wilhelm. München 1996. S. 13f. 以下引用简称 Das wahre Buch vom quellenden Urgrund.

Anekdoten)，其中便收录了两篇出自《冲虚真经》的故事。一篇是《列子·天瑞篇》中的一段，记述的是孔子与隐士荣启期的一番对话。按照卫礼贤的理解，他在翻译时给每一段落或者每几个段落都加上了一个标题，这一段的标题是“Der Alte vom Taischangberg”，即“来自太山的老人”，副标题是“Gründe der Unzufriedenheit”，即“不满足的理由”。[①] 原文是这样的：

> 孔子游于太山，见荣启期行乎郕之野，鹿裘带索，鼓琴而歌。孔子问曰：“先生所以乐，何也?”对曰：“吾乐甚多：天生万物，唯人为贵，而吾得为人，是一乐也。男女之别，男尊女卑，故以男为贵，吾既得为男矣，是二乐也。人生有不见日月，不免襁褓者，吾既已行年九十矣，是三乐也。贫者士之常也，死者人之终也。处常得终，当何忧哉?”孔子曰：“善乎！能自宽者也。”[②]

因为黑塞引述的完全是卫礼贤的翻译，又因为如果和原文对照的话，卫礼贤的这段译文相当准确，所以，如果联想到上文提到的黑塞文学创作的主旨，即对生命的热爱和对尘世生活的肯定，便不难理解他为何引用这段对话：荣启期虽然是位隐士，但在这段话中却道出了对人生的肯定——一方面是生而为人，来到这个世间：“天生万物，唯人为贵，而吾得为人，是一乐也”，卫礼贤的译文是：“Unter allen Geschöpfen，die der Himmel erzeugt，ist der Mensch das edelste. Und mir ist es zuteil geworden，Mensch zu sein：das ist meine erste Freude”；[③] 另一方面是尽管世事无常，但生命终究得以正常地延续：“人生有不见日月，不免襁褓者，吾既已行年九十矣，是三乐也”，卫礼贤把这句话译作——“Unter den Menschen，die geboren werden，gibt es solche，die weder Sonne noch Mond erblicken，die nicht den Arm der Wärterin verlassen. Nun wandere ich schon 90 Jahre umher：das ist meine dritte Freude”。[④] 由于译文即黑塞的引述不会产生任何歧义，因此，黑塞看重这段话的原因自然就在于它为他自己关于人生的想

① 可参看 Hermann Hesse und China. S. 101. 和 Das wahre Buch vom quellenden Urgrund. S. 38.

② 引自《列子译注》，第 10 页。

③ Das wahre Buch vom quellenden Urgrund. S. 38f.

④ Das wahre Buch vom quellenden Urgrund. S. 39.

法在东方哲人的智慧中找到了一个证明。

第二个被黑塞引述的轶事是《列子·周穆王篇》的最后一段，原文如下：

> 燕人生于燕，长于楚，及老而还本国。过晋国，同行者诳之，指城曰："此燕国之城。"其人愀然变容。指社曰："此若里之社。"乃喟然而叹，指舍曰："此若先人之庐。"乃涓然而泣。指垄曰："此若先人之冢。"其人哭不自禁。同行者哑然大笑，曰："予昔给若，此晋国耳。"其人大惭。及至燕，真见燕国之城社，真见先人之庐冢，悲心更微。[1]

卫礼贤给这个故事取名为"Verfrühte Rührung"，即"过早的感动"。[2] 显然，这个故事讽刺了那些没有把情况搞清楚就乱发感慨的人，而卫礼贤则把它解释为"具有一种强烈的反儒家思想的味道"，即作为"儒家学说一切道德'理所当然'的基础，虔敬的神圣感觉被看作以想象作为基础"，[3] 但黑塞为何引用这篇故事，似乎与此并无关联。

紧接着，在1912年2月的《三月》杂志上，黑塞又引述了一段《列子》的译文推荐给其他读者，[4] 这次引用的是《说符篇》中的一段，原文是这样的：

> 晋文公出会，欲伐卫，公子锄仰天而笑。公问何笑。曰：

---

① 引自《列子译注》，第78页。

② 可参看 Hermann Hesse und China. S. 101f. 和 Das wahre Buch vom quellenden Urgrund. S. 84. 为了便于比较，现将黑塞引述的卫礼贤的译文抄录如下：Ein Mann aus Yän war in Yän zur Welt gekommen，aber in Tschu aufgewachsen. Als er alt geworden，kehrte er in sein Heimatland zurück. Er kam durch das Dsin. Da log ihn ein Mitreisender an，deutete auf die Stadt und sprach："Das ist die Hauptstadt des Landes Yän. "Da errötete jener Mann und verzog die Mienen. Er deutete auf die Altäre und sprach："Das sind die Altäre deiner Heimat. " Da seufzte er tief. Er deutete auf eine Hütte und sprach："Das ist die Behausung deiner Ahnen. "Da schluchzte er und schneuzte sich. Er deutete auf die Gräber und sprach："Hier ist die Ruhestätte deiner Ahnen. " Da weinte jener Mann fassungslos. Der Mitreisende lachte laut und sprach："Ha，ha，ha，ich habe eben nur Spaß gemacht. Das ist das Land Dsin. " Jener Mann ward sehr beschämt. Und als er dann ins Land Yän kam und wirklich die Hauptstadt und die Altäre seiner Heimat sah und wirklich die Behausung und die Ruhestätte seiner Ahnen sah，da waren seine gerührten Gefühle sehr zusammengeschmolzen.

③ Das wahre Buch vom quellenden Urgrund. S. 200.

④ 可参看 Hermann Hesse und China. S. 327.

“臣笑邻之人有送其妻适私家者，道见桑妇，悦而与言。然顾视其妻，亦有招之者矣。臣窃笑此也。”公寤其言，乃止。引师而还，未至，而有伐其北鄙者矣。[①]

另一个黑塞接受《冲虚真经》的证据出自上面引用的《中国思考》一文，在其结尾处，黑塞提到了杨朱：“杨朱，一位中国的智者，也许是老子的同时代人，比印度的佛陀年长，曾经说过，人对于生命的态度就像一位主人(Herr)或者像一个奴仆(Knecht)。”[②]这里，黑塞实际上是将卫礼贤对《列子》的一段译文进行了改写，这便是《列子·杨朱篇》中的一段，上面的这番话显然与卫礼贤为这一段文字加的标题有关，因为这个标题是“Sklaven und Herren der Güter des Lebens”，[③] 即“生命财富的奴隶和主人”，黑塞只不过改换了个别词语而已。这段话的原文是：

杨朱曰：“生民之不得休息，为四事故：一为寿，二为名，三为位，四为货。有此四者，畏鬼，畏人，畏威，畏刑：此谓之遁民也。可杀可活，制命在外。不逆命，何羡寿？不矜贵，何羡名？不要势，何羡位？不贪富，何羡货？此之谓顺民也。天下无对，制命在内。”[④]

为了能够更详细地比照黑塞改写的内容，这里有必要摘录卫礼贤的德语译文，其理解和翻译的准确程度可见一斑：

Yang Dschu sprach：“Vier Gründe sind es，dass die lebenden Menschen nicht zur Ruhe kommen：der eine ist das lange Leben，der zweite ist der Ruhm，der dritte ist der Rang und Stand，und der vierte ist der Besitz. Um dieser vier Dinge willen fürchten sie die Geister，fürchten sie die Menschen，fürchten sie die Macht

① 引自《列子译注》，第211页。卫礼贤的译文可参看 Das wahre Buch vom quellenden Urgrund. S. 163.

② Chinesische Betrachtung. S. 69.

③ Das wahre Buch vom quellenden Urgrund. S. 153.

④ 引自《列子译注》，第187页。

und fürchten sie die Strafe. Die das tun, sind Menschen, die nicht zur Besinnung kommen. Man kann sie töten, man kann sie am Leben lassen: ihr Schicksal wird von außen her bestimmt.

"Wer seinem Los nicht widerstrebt, was braucht der hohes Alter zu begehren? Wer sich nicht um Ansehen kümmert, was braucht der Ruhm zu begehren? Wer nicht nach Macht trachtet, was braucht der Rang und Stand zu begehren? Wer nicht nach Reichtum gierig ist, was braucht der Besitz zu begehren? Die solches tun, sind mit sich selbst im reinen. Auf der ganzen Welt finden sie keinen Gegner; ihr Schicksal wird von innen her bestimmt...."①

而黑塞将这段译文的标题改写为"Von den vier Abhängigkeiten",② 即"关于四种依赖性"。其原文是这样的:

Vier Dinge sind es, von welchen die meisten Menschen abhängen, welche sie allzusehr begehren: Langes Leben-Ruhm-Rang und Titel-Geld und Gut.

Der beständige Wunsch nach diesen vier Dingen ist Ursache, dass die Menschen sich vor den Dämonen fürchten, dass sie sich voreinander fürchten, dass sie Angst vor den Mächtigen und Furcht vor Strafen kennen. Auf dieser vierfachen Furcht und Abhängigkeit beruht jeder Staat.

Die Menschen, welche diesen vier Abhängigkeiten unterliegen, leben wie Unsinnige. Einerlei, ob man sie totschlage oder am Leben lasse: das Schicksal kommt diesen Menschen von außen her!

Wer aber sein Schicksal liebt und sich mit ihm eins weiß-was fragt der nach langem Leben, nach Ruhm, nach Rang, nach

① Das wahre Buch vom quellenden Urgrund. S. 153.

② Chinesische Betrachtung. S. 69.

Reichtum?!

Die Menschen dieser Art haben den Frieden in sich. Nichts in der Welt kann sie bedrohen, nichts kann ihnen feind werden. Im eigenen Innern tragen sie ihr Schicksal. ①

这段内容翻译成汉语是这样的：

> 大多数人所依赖的、他们急切渴求的四样东西是：长寿、声望、地位和头衔、金钱和财富。
>
> 对这四样东西的不断渴求是人害怕魔鬼、互相感到恐惧、害怕权贵和刑罚的原因。每个国家都是以这四种恐惧和依赖性为基础的。
>
> 屈从于这四种依赖性的人活着如同行尸走肉。无论杀掉他们还是保全他们的性命——这些人的命运来自外部。
>
> 但是，谁热爱其命运并且与其达成一致——他何须关注长寿、声望、地位和财富?!
>
> 这类人拥有内心的平静。世界上没有任何东西能够威胁他们，没有任何东西能够与他们为敌。他们在自己的内心中承载着命运。

从这个比较中可以清晰地看出，这两段文字在内容上基本上是一致的。首先就是这“四事”即“寿”、“名”、“位”、“货”和“四畏”即“畏鬼，畏人，畏威，畏刑”的德语表达要么是使用了相同的词语，要么就是使用了相似的词语。继而就是都讲到了人与命运的关系，讲到了两种截然不同的情况。显然，黑塞之所以将这段文字加以改写，其原因正在于这里关涉到人与自身生命的关系——人是做生命的主人还是成为其奴隶，一个人的命运是要依赖于外部世界而决定还是主动地接受自己的“命运”，这里的“命运”无疑指的就是上文所说的一个人“自身的意义”。可以推想，正是这个内容触动了黑塞个人的思绪，他发现一位中国古代哲人也具有和他类似的

① Chinesische Betrachtung. S. 69.

主张——一个人必须认识和接受自身的现实，认识和接受自身的意义，只有如此人才能够实现内心的宁静，才可以与外部世界和谐共处。① 因此，虽然名为"中国思考"，但显然，黑塞在这里思考的仍然是他自己格外关注的个人的生存和发展问题。

3. 禅宗思想

在赫尔曼·黑塞所研读的中国哲学思想中，除了上述的儒家和道家哲学思想之外，自然也少不了在中国思想史上占据重要地位的、由从印度传入中国的佛教演变而来的禅宗思想。但比起前面两种哲学思想，黑塞接触禅宗思想的时间较晚。根据夏瑞春教授的考证，黑塞非常有可能首先于1924年通过弗里德里希·E. U. 克劳泽(Friedrich E. U. Krause)的著作《儒道佛——东亚宗教和哲学体系》(Ju-Tao-Fo. Die religiösen und philosophischen Systeme Ostasiens.)②了解到了一点关于禅宗思想的内容。③ 1939 年，他又从 C. G. 荣格(C. G. Jung)为日本佛教学者铃木大拙(Daisetz Teitaro Suzuki，1870～1966)所写的禅宗入门书《伟大的解放——禅宗思想导论》(Die große Befrei-ung. Einführung in den Zen-Buddhismus)④所撰写的前言中获得了更多的关于禅宗思想的知识。⑤

而黑塞真正开始细致地研读禅宗思想则是在他七十岁之后，其主要原因在于他的表弟、著名的日本学学者威廉·贡德尔特(Wilhelm Gundert，1880～1971)，正是他将我国宋代的禅宗经典著作、素有禅门第一书之称的《碧岩录》即《佛果圆悟禅师碧岩录》译成了德语。⑥ 1956 年 11 月或者 12 月，黑塞在给一位来自弗赖堡(Freiburg)的卡萝莉内·卡伦巴赫(Karoline Kallenbach)女士的信中这样写道：

---

① 张岱年先生在其《中国哲学大纲》中就认为"杨子可以说是中国思想史上第一个注重个人的"。引自张岱年著：《中国哲学大纲》，北京，中国社会科学出版社，1982 年，第 282 页。张世英教授也认为"杨子是中国先秦哲学家中最具有主体性思想的哲学家。"引自《天人之际》，第 71 页。

② Krause, Friedrich E. U. : Ju-Tao-Fo. Die religiösen und philosophischen Systeme Ostasiens. München 1924. 引自 Hermann Hesse und China. S. 351.

③ 可参看 Hermann Hesse und China. S. 120.

④ Suzuki, Daisetz Teitaro: Die große Befreiung. Einführung in den Zen-Buddhismus. Übersetzt von Heinrich Zimmer. Leipzig 1939. 引自 Hermann Hesse und China. S. 117.

⑤ 可参看 Hermann Hesse und China. S. 122.

⑥ Bi-Yän-Lu. Meister Yüan-wus Niederschrift von Smaragdenen Feldwand. Verdeutscht und erläutert von Wilhelm Gundert. München 1960. 可参看 Hermann Hesse und China. S. 124.

> 中国人的精神世界具有各种各样的面孔，但是在内部，这个世界却是极其统一的。例如，佛教在中国就具有一个全新的、非常充满生机的形式(禅宗)，在我们这里，人们对此知之甚少，因为汉学家们对此有所顾忌，而我却是通过我的表弟 W. 贡德尔特了解了它。他刚刚再次有几天待在我们这里，我们在几个小时的时间里都沉浸在 7 世纪到 9 世纪禅宗逸闻的严肃又愉快的舒适的空气中。[①]

就在 1960 年贡德尔特翻译的《碧岩录》出版之后，黑塞在 10 月 3 日的《新苏黎世报》上以《圆悟的碧岩录》(Yüan Wus Niederschrift von der smaragdenen Felswand)为题发表了他写于 9 月的向其表弟表达敬佩和感谢的信件，黑塞这样写道：

> 亲爱的贡德尔特表弟！
>
> 自那件美妙的事件以来，也就是自卫礼贤近 40 年前将《易经》翻译成德语以来，没有任何欧洲精神对遥远东方宝藏的占有像这个伟大的、我首先仅仅能大致理解的成就这样如此深深地打动我，在我心中如此令我欢欣鼓舞地唤起了所有从西方走向东方的东西，你将你的晚年、十多年最具耐心和最困难的工作都奉献给了这个成就。
>
> 我如此多方面而发自内心地不仅关注你和你的生活与思想，而且也恰恰关注这部巨著的缓慢的诞生，以至于尽管我既不是汉学家也不是宗教研究者，但我却可以允许自己公开地为这件最高档的礼物向你表示谢意，领会其内容和多样的神奇对于我的余生来说过于短暂了。但是，即使是完整的、未曾虚度的一生也是不够用的。……一个欧洲人能够阅读和理解这本内容丰富的、用七个封印封存的奇书，能够在没有损失任何西方一基督教传统的情况下在思想内涵上把握和研究这本书，解释它，甚至将其(前三分之一的部分)翻译出来，这在不久前还是完全不可能的。……

① 引自 Hermann Hesse und China. S. 123.

> 现在，你的作品将会被人理解多少，仍然需要耐心等待，我们两个人都已经太老了，以至于无法再经历其真正的影响。为了严肃地理解这部作品一个人不得不穿过的障碍、迷途、荆棘和危险的沼泽，显然摆在读者的眼前；将会有很多得到这本书的人无法理解它，读者会像第一个轶事中的皇帝一样向达摩大师询问最高的意义，而他回答说："皇帝无法顺从它。"①
>
> 对于最初的阅读尝试来说这本书有很多可怕的地方，它把其甜美的果肉保留在了如此坚如钢铁的外壳内，这些在我看来也属于它的实质和其重要的价值。它拒绝那种不耐心的人，拒绝那种只是出于好奇的人，尤其是拒绝那种自以为是的人。但是，这甜美的果肉向那种热衷于此的人、向那些敬畏者——即使他们还处在最外面的前院里——通过所有坚硬的外壳散发着其神圣的香气，并始终令他魂牵梦萦。因为，禅宗的大师想要将小和尚所引向的目标和迄今为止所有禅宗智慧的意义、被这本书的很多层次所围绕和包裹的秘密是无法用言语把握的最宝贵的财富，是每一种虔诚的目标和要求。试图触及它、使人想起它的言语有——极乐、安宁、解脱、超越时间进入永恒、涅槃。无论如何，我相信你伟大工作的意义和价值。为了可能性的产生，不可能的事情必须不断被尝试。②

可见，直到晚年，黑塞也还是在试图用西方人的逻辑和概念阐述中国人的智慧。毫无疑问，尽管是借助译文，但他从书中读出的许多智慧恰恰与他在探索人生意义问题时所思考的内容有很多相同和相似的地方，尤其是那"无法用言语把握的最宝贵的财富"和"超越时间进入永恒"必定会在他内心中产生巨大的共鸣。

同样是在1960年，黑塞还撰写了两篇文章更加详细地记述了他阅读《碧岩录》译本之后的感受。一篇是他专门为此书写的评论，发表在1961年

---

① 这里涉及《碧岩录·卷一》的第一个公案，原文是这样的："举：梁武帝问达摩大师：如何是圣谛第一义？摩云：廓然无圣！……"引自《圆悟克勤禅师——碧岩录·心要·语录》，弘学，李清禾，蒲正信整理，成都，四川出版集团巴蜀书社，2006年，第9页。以下引用简称《圆悟克勤禅师——碧岩录·心要·语录》。

② Gesammelte Briefe. Vierter Band 1949-1962. S. 382-386.

的《宇宙》第16期上：[1]

> 中国的禅宗，那种由印度传到中国的佛教所采取的完全针对实践、针对精神修养的形式，按其本质与印度佛教截然相反，本来无论如何厌恶文献、厌恶思辨、厌恶教义学和书本知识。人们可以说，印度佛教和中国佛教的相互关系就像梵文与汉语之间的关系一样。那边是一种印度日尔曼语系的语言，一种与众不同的、深奥的，既是抽象思维也是一种兴旺的烦琐哲学的工具，然而，这边在东方却是一种形象的、更加轻松的、放弃了多数我们熟悉的语法细节和困难的语言，一种胸怀博大的、无论如何并非清楚明确的语言，其词句与其说是我们概念中的词句，毋宁说是形象或者表情。尽管如此，禅宗却也还是产生了一种文献，而今年，1960年的一件大事便是，其最令人敬佩的著作之一(首先仅仅是全书的三分之一)的德语译本出版了，这项翻译工作花费了译者威廉·贡德尔特十余年的时间。这本名为《碧岩录——圆悟禅师碧岩录》的书产生于12世纪初，收录了100位著名禅师的轶事和言论，连同为其创作的赞美诗和撰写的关于它们的解释。贡德尔特翻译了这100个"案例"的前33个。
>
> 这部极其特别的著作就如同一部禅宗的总结性论文，但却并非在一种教义学的意义上，而是在一种宗教的修炼著作的意义上。依照著名的禅师和祖师的言辞，僧侣们看到他们的这个或者那个前辈以怎样的方式实现了目标，就是说达到了大彻大悟，达到了对现实的领悟(das Innen-werden der Wirklichkeit)，这种现实不能够被想象成什么静止不动的事物，而是必须想象成两极之间仿佛一次火花的闪动般的东西，一极是轮回(Samsara)，那个充实而色彩斑斓的现象世界，另一极则是涅槃(Nirwana)，那种绝对的空虚和解脱。在大多数来源于禅师们实践的案例中，一位徒弟提出一个西方读者通常都能够理解的问题，而禅师的回答却使我们一头雾水，而且他的回答常常并不是由言语而是由一个表

---

[1] 可参看 Hesse, Hermann: Mein Glaube. Auswahl und Nachwort von Siegfried Unseld. Frankfurt am Main 1971. S. 142.

> 情或者一个动作组成，这个动作甚至经常是一个耳光或者杖挞。这些大约在公元1100年从几个世纪的传承中记录下的案例即使在800年之后的今天仍然是禅宗大师们一种传统的教育方式。我们今天能够读到它们的德语译本已经十分难得，因为每个案例都会激发人陷入令人惊叹的沉思当中。
>
> 这不是一本人们完全能够“阅读”的书籍；人们必须在其灌木丛中一寸一寸试探地前行，常常会再次返回，在掉头时，文章有时会一下子展现给我们一副截然不同的面孔。这是一部非常另类的、复杂而难以被理解的著作。这是一粒包裹着三四层极其坚硬外壳的坚果。普通的同时代人也许会说，古老的印度、古老的中国、涅槃和禅宗都是已经过去了的事情，再次提起它们，由遥远东方的中世纪翻译和研究这部著作毫无用处，是历史的宝藏挖掘或者浪漫的游戏。
>
> 为此首先应当如此回答，禅宗至今还在日本存在并被实际应用，就像基督教在我们这里一样，此外，释迦牟尼的学说在其东方的各种形式中不仅令叔本华及其信徒神往，而且也引起了今天西方的浓厚兴趣，现代禅师的言论和著作——首先是铃木大拙的作品——在欧洲和美国引起了极大的关注，很遗憾，已经有像禅宗时尚一样的东西存在了。①

即使在普通的欧洲人看来，印度自然也属于世界的东方，但黑塞却已经在他的头脑中将其与中国区别开来，尤其是他从禅宗当中看到了中国人语言的模糊性，也就是在西方人看来中国人思想的非理性和神秘主义色彩；从思维方式上说，黑塞则再次强调了他所理解的人的心灵对外在世界的内化过程(Innewerden)。在这段文字中，黑塞专门提到了禅师们在回答弟子的问题时那些在西方人看来无法理解的神秘方式。以这一内容为题材，黑塞在1961年1月22日的《新苏黎世报》上发表了诗作《竖起的手指》(Der erho-

① Hesse, Hermann: BI-YAEN-LU: „Meister Yüan-Wu's Niederschrift von der smaragdenen Felswand“. In: Gesammelte Werke in zwölf Bänden. Zwölfter Band. Schriften zur Literatur 2. Eine Lite-raturgeschichte in Rezensionen und Aufsätzen. Herausgegeben von Volker Michels. Frankfurt am Main 1987. S. 35f.

bene Finger)：[①]

竖起的手指

(1961 年 1 月 15 日)

如我们所知，俱胝禅师
性情恬静平和，如此谦虚，
以至于他完全放弃了言语和学说，
因为言语是表象，避免任何表象
正是他刻意所求。
当一些徒弟，大和尚和小和尚
喜欢用高贵的言辞和借助思想的灵感
谈论世界的意义和至高的善时，
他却沉默地保持着警觉，
留意着任何感情的洋溢。
如果他们有问题请教于他，
无论空洞还是严肃，关于古代文献的
意义，关于佛陀的名姓，
关于觉悟，关于世界的源起
和没落，他都保持缄默，
只是轻轻地竖起他的手指。
这无声又意味深长的手势
变得越来越真诚而富于教益——它表白，
它教诲，称赞，惩戒，如此独特地
指向了世界与真理的核心，以至于后来
一些徒弟理解了这手指轻柔的
抬起，抖动，觉醒。[②]

---

① 可参看 Michels, Volker (Hrsg.)：Materialien zu Hermann Hesses „Siddhartha“. Erster Band. Texte von Hermann Hesse. Frankfurt am Main 1976. S. 282f.

② Die Gedichte. S. 719.

这首诗的内容出自《碧岩录·卷二》的第十九个公案，黑塞在这里连禅师的名字都直接引用了，公案的原文简洁明了："举：俱胝和尚，凡有所问，只竖一指。"[①]从黑塞在这首诗中的描写可以清楚地看到，通过贡德尔特的翻译，黑塞对原文的内涵有着多么深刻的理解——他敏锐地抓住了禅师这种大彻大悟的表现与语言表达之间的关系，禅理只可意会，不可言传，这不禁又会使人想起在小说《悉达多》中所讨论的佛陀在大彻大悟时只有他自己才知晓的秘密，无论如何，黑塞已经在多处文字中提到了对"言语和学说"的放弃，显然这对于他来说具有不同寻常的意义。同时，从这首诗中也能够清楚地看到黑塞本人的思考和想象：这竖起的手指到底意味着什么，黑塞也从西方人的角度进行了揣摩和联想——无论是"世界的意义"、"至高的善"还是"世界的源起"和"世界与真理的核心"，这些明显打着西方思想史烙印的内容在不在诗中僧侣们真正探讨的范围之内其实已并不重要，重要的是他们追求的终极目标，那就是觉醒，就是达到一种最高的精神境界。

另一篇关于《碧岩录》的文章是以《约瑟夫·克奈西特致卡尔罗·费罗蒙特》(Josef Knecht an Carlo Ferromonte)为题的一封书信，这封信于次年即1961年2月10日，也就是在黑塞辞世前一年，发表在《新苏黎世报》上，[②] 黑塞假托其长篇小说《玻璃球游戏》的两位主人公之名阐述了他本人对于中国哲学思想的接受，尤其是阅读《碧岩录》之后的印象。这封书信既可以被看作黑塞阅读《碧岩录》之后所表达的感受和评价，又能够被视为黑塞对自己接受中国文化特别是中国哲学思想的一个总结。首先，黑塞在文章开头就明确地指出，他"关于完美的人的观念"是在东西方文化思想的共同作用下产生的：

> 我对于中国人的喜爱你早已知晓。这份喜爱首先与佛教和禅宗并无关系，它针对的是古典作家们的那个古老而美好的中国，这个中国对佛陀还一无所知。《诗经》、《易经》、孔夫子、老子直到庄子的著述和关于他们的文字像荷马、柏拉图、亚里士多德一

---

① 《圆悟克勤禅师——碧岩录·心要·语录》，第55页。

② 可参看 Hesse, Hermann: Mein Glaube. Auswahl und Nachwort von Siegfried Unseld. Frankfurt am Main 1971. S. 142.

> 样都是我的师长，他们帮助我塑造自身并形成了我关于善良、智慧、完美的人的观念。①

其次，黑塞也抓住了中国文化具有极大包容性的特征，用赞赏的口吻叙述了佛教传入中国并与中国文化相互融合的过程，无疑，这也符合他寻求各国文化共性、倡导不同文化之间积极交流的主张：

> 于是，即使是中国也没有停留在过去的皇帝那里，停留在孔夫子或者老聃那里，显然，在其第一次灿烂的繁荣之后的几百年间它再次需要一缕光芒。这束光芒并非来自东方，无论它是否适合我们，而是和达摩祖师一起“来自遥远的西方”，从印度传来了佛教学说，并首先凭借印度的教义、凭借印度的冥想、凭借印度的经院哲学征服了其信徒，令其完全沉湎于其中。佛教各教派的全部的卷帙浩繁的文献被翻译和评论，在寺庙中藏书房越来越多，来自西方的光芒照耀着所有古老的本地的星辰。于是，这是或者似乎是一段美好的瞬间，中国人变成了禁欲者，变得虔诚，龙被降伏了。但是有一天，一旦被它吞下的陌生和令人陶醉的事物被消化，龙就会舞动起来、恍然大悟，于是在胜利者和失败者之间、在父亲和儿子之间、在训诫和冥想的西方和悠闲的涌动的东方之间便开始了一场古老的激烈的游戏。佛的本质得到了一个崭新的、一个中国的面孔。无论如何作为外行的我就是这样看待禅宗的来历的。②

接着，黑塞便用大量的篇幅介绍了书中几个著名的“案例”，除了在上面引用的《碧岩录·卷一》的第一个公案和在《竖起的手指》中描述的《碧岩录·卷二》的第十九个公案之外，他还列举了《碧岩录·卷一》的第八个公案和《碧岩录·卷二》的第十七个公案：

---

① Hesse, Hermann: Josef Knecht an Carlo Ferromonte. In: Michels, Volker (Hrsg.): Materialien zu Hermann Hesses „Das Glasperlenspiel“. Erster Band. Texte von Hermann Hesse. Frankfurt am Main 1973. S. 333-339; hier S. 333. 以下引用简称 Josef Knecht an Carlo Ferromonte.

② Josef Knecht an Carlo Ferromonte. S. 334.

如你所知，著名的《碧岩录》的核心存在于简短的轶事中(在书中它们叫“案例”)，这些轶事有的记录了早期著名禅宗祖师的言论，有的记述了他们教育的行为和实践。现在，所有这些言论对于我们这样的人——从前对于11世纪的中国人来说——几乎都是无法理解的，其含义只有借助详细的评论才能或多或少地被推断出来。我随便给你举两个例子：

翠岩在夏季修行结束时对他的听者们传授道：“整个夏天我都为了取悦你们这些兄弟而说话。你们看，翠岩还有眉毛吗!”

保福说：“在那些有偷盗行为的人的内心中一切都是空虚的。”

长庆说：“他们活着!”

云门说：“关上!”①

或者这个：

一个和尚问香林：“祖师从遥远的西方来的意义何在?”

香林回答道：“坐得太久而感到疲惫。”②

不仅如此，在文章的最后两段，黑塞还详细叙述了另一个出自《碧岩录》的故事，即在禅宗发展史上占据重要地位的香林禅师悟道的故事。从中读者可以清楚地感受到，之所以用如此长的篇幅介绍《碧岩录》这部禅宗著作以

---

① Josef Knecht an Carlo Ferromonte. S. 334f. 这里指《碧岩录·卷一》的第八个公案，原文如下：“举：翠岩夏末示众云：一夏以来，为兄弟说话，看翠岩眉毛在么？保福云：作贼人心虚。长庆云：生也。云门云：关。”引自《圆悟克勤禅师——碧岩录·心要·语录》，第29页。为了比较贡德尔特翻译的准确，现将黑塞引用的他的译文抄录如下：Tsui-yän, zum Schluss der sommerlichen Übungszeit, unterwies seine Hörer mit folgenden Worten: Den ganzen Sommer über habe ich euch Brüdern zuliebe geredet und geredet. Seht her, ob Tsui-yän noch seine Augenbrauen hat! Bau-fu sagte: Bei Leuten, die das Diebsgewerbe treiben, ist im Herzen alles hohl. Tschuang-tjing sagte: Gewachsen sind sie! Yün-men sagte: Sperre!

② Josef Knecht an Carlo Ferromonte. S. 335. 这里指《碧岩录·卷二》的第十七个公案，原文如下：“举：僧问香林：如何是祖师西来意？林云：坐久而劳。”引自《圆悟克勤禅师——碧岩录·心要·语录》，第50页。为了比较贡德尔特翻译的准确，现将黑塞引用的他的译文抄录如下：Ein Mönch fragte Hsiang-lin: Was ist der Sinn davon, dass fern vom Westen her der Patriarch gekommen ist? Hsiang-lin erwiderte: Vom langen Sitzen müde.

及自己阅读后的感受，是因为黑塞对这部作品发自内心的喜爱，而究其喜爱的原因，莫过于他在这里探讨最多的那种被他称为“觉醒”的带有神秘主义色彩的顿悟一类的认识，因为通过阅读贡德尔特的翻译，黑塞再次为其中年时思考出来的人内心中无法用语言言说的信仰的想法找到了强有力的“支持”，比如在谈论《碧岩录·卷一》的第一个公案时他就这样议论道：

> 然而，也有少数流传下来的这些大师的言论很简单，使人容易接受。其中的一个，同时也是书中的第一个，像上帝的启示一样打动了我；我想我将不会忘了它。一位皇帝会见祖师达摩。他带着外行的妄自尊大和一无所知问后者：“什么是神圣的真理的最高意义?”祖师回答道：“开放的广度——没有什么是神圣的。”①卡尔罗，这个回答的冷静的伟大之处就仿佛来自宇宙空间的一阵清风一般向我吹来，我感受到像在那些直接的认识(unmittelbare Erkenntnis)或者体验的少见的时刻里一样的陶醉和震惊，这种直接的认识或者体验我称之为“觉醒”，我们曾经在一个非常严肃的时刻谈论过它。
>
> ……
>
> 因为我已经向你讲述了在我们两人对禅宗有所耳闻之前很久我的“觉醒”的方式，所以我必须再提及一些在中国佛教的觉醒上令我刮目相看并使我感到棘手的事情。这种经历本身我已经了解，那是被领悟的电光击中的状态(Vom-Blitz-des-Innewerden-getroffen-Sein)，我已经有过几次这样的经历。这在我们西方也并非什么陌生的事物，所有的神秘主义者和其无数的大大小小的信徒都经历过这些，我提醒你想一想雅各布·伯姆的第一次恍然大悟。然而，在中国人身上，这种觉醒似乎要持续终生，至少在那些大师们身上，他们似乎已经将闪电变成了阳光，将瞬间留住。这里，我的理解有一个漏洞——对于我来说，永恒的醒悟是能够想象的，但是一种变成持续的此在形式的心醉神迷却是我无法想象的。也许是我将太多的西方的态度带到了东方世界中。我

① 原文参看上文注释。

> 唯一能想象的是，那个曾经一次觉醒的人比其他人更可能达到第二次、第三次、第十次的觉醒，他尽管自然而然地一再陷入睡眠和无意识之中，但却从未如此强烈，以至于另外的一道光电无法将他唤醒。①

显然，黑塞在这里讲述的“觉醒”的体验和其小说《悉达多》中主人公在一位智者启发下的感悟直至觉醒又是何其相似，尽管这部小说在他阅读《碧岩录》之前已经存在了近40年。另一方面，尽管黑塞仍然在极力地把这种认识、把这种他自身也曾经有过的感受用语言表达出来——他使用了诸如unmittelbare Erkenntnis和Vom-Blitz-des-Innewerden-getroffen-Sein这样的词汇，但是，诚如他自己所承认的那样，由于语言的障碍，尽管贡德尔特的翻译已经非常准确，但对于西方人来说，要想更深刻地理解和体会那些禅机的确还是有一定的难度，比如，他引用的《碧岩录·卷二》的第十七个公案在中国的禅宗发展史上就曾经产生过极其深远的影响，显然，黑塞无法完全领会其中的深意；然而尽管如此，他用自己的语言形象地描绘那种人内心中由于大彻大悟而豁然开朗的感受仍然难能可贵。

二、中国文学作品及其他

在回顾了赫尔曼·黑塞对中国哲学思想的阅读、思考和评论之后，在其对中国文化的了解方面另一个不容忽视的事情便是他对中国文学作品和其他体裁文字的研读。这一方面似乎顺理成章，因为作为职业作家的黑塞既然对中国文化如此充满兴趣，他自然会关注出自中国的文学作品；另一方面，黑塞对中国文学和其他体裁作品的阅读也再次证明他与中国文化的接触范围之广，内容之丰富。

1. 中国文学作品

上文已经提到，早在1907年，黑塞就阅读了由汉斯·贝特格修订和主编的中国诗集《中国笛》。此后，根据夏瑞春教授的考证，黑塞对中国文学作品的阅读范围主要集中在叙事文学方面，他读到的第一部中国叙事文学作品应当是1911年出版的、由马丁·布贝尔译自英语暨编选的《中国鬼怪

① Josef Knecht an Carlo Ferromonte. S. 335ff. 由于这篇文章篇幅较长，故未在本章节中全文引用，但由于其本身的价值，所以特将全文附于书后。

与爱情故事》(Chinesische Geister-und Liebesgeschichten),[1] 其中便收录了蒲松龄《聊斋志异》中的一些故事,黑塞随即在1912年3月25日的《新苏黎世报》上发表了自己的评论,除了对其艺术性给予了高度评价之外,还把它们与德国文学中的鬼怪小说进行了比较:[2]

> 这本无论如何与众不同的书讲述的既不是诗意地说教的无意义的游戏,也不是对于所谓的民俗学的普通的毫无意义的贡献,而是对一个我们尚未知晓的童话世界的探究,总而言之,它是继《诗经》和庄子的寓言之后我所知道的中国文学中最富有诗意的作品。
>
> 赋予这些稀有的原始故事以形式的诗人是蒲松龄,17世纪一位贫穷的书生和毫无成就的学者,很遗憾,我们没有拥有更多他的作品,因为他的鬼怪故事叙述得如此完整,在语气上如此美妙,以至于人们完全可以把它们与格林兄弟的童话,甚至与"德国的传说"相比较。那都是民间的鬼怪故事,就像其欧洲的姐妹一样,这些故事讲述了死人的鬼魂和魔鬼,讲述了梦境和幻象。只是白日和人的世界并没有与黑夜和魔鬼的世界形成鲜明的对立,鬼怪就像在霍夫曼的童话中一样[3]在光天化日之下、在日常生活中走它们的路,与人的道路相交,与人始终保持紧密的联系,这种联系不是建立在恐惧和害怕的基础上,而是以爱慕和最友好的邻里关系为基础。如同一个少女的被爱的美丽的酮体像幽灵般再次被赋予了生命、赋予了爱情,图画、动物、物体,继而梦境和诗歌都变成了美好而文雅的鬼怪,它们到处在人们的生活之中穿行,凭借妩媚和高贵徘徊在生者之间。
>
> 一位死去的官员的鬼魂找到那位曾经对他彬彬有礼的鲁钝的书生并传授给他智慧。在隐士的花园中,花儿变成了美女并且使他的生活变得美好。天上一个星宿爱上了一个人,来到凡间,为

---

① 可参看 Hermann Hesse und China. S. 139.

② 可参看 Hermann Hesse und China. S. 139.

③ 这里指的是德国著名的浪漫派作家 E. T. A. 霍夫曼(Ernst Theodor Amadeus Hoffmann 1776 —1822)。

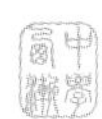

了有福同享、有难同当。人被变成了鸟，深情的鬼怪将土地变成了食物，将树叶变成了衣衫。就像鬼怪故事中那样，事情常常有些混乱和香艳，中国人对于荒诞的乐趣有时创造出不合逻辑的花饰，但总而言之却没有什么愚蠢的东西出现，正像在梦境中一样，随处可见事物的一种关联和可能的一种变迁，就像我们的很多故事那样，所有鬼怪都以一种令我们这些陌生人感到羞怯的方式彻头彻尾地追求正义和善良，而不是追求邪恶和野蛮。

事情发生得如此委婉而幽雅："他注意到一位少妇及其女仆，她刚刚折断一根李子花枝，她微笑着的面孔令人无法抗拒。他注视着她，而没有在意礼貌，当她从身边走过时，她对女仆说：'这个年轻人像一个小偷一样眼睛里喷着火。'当她微笑着、闲谈着继续走时，花掉了下来；王拾起了花，绝望地站在那里，仿佛他的灵魂已经出窍。然后，他心情十分沉重地回到家中；在他将那朵花放在枕头下面之后，他便睡下了。"——谁会想到，这个美貌的少女是鬼，是一个"狐狸精"！但是，她就是如此，后来嫁给了王，并凭借她灿烂的笑容使他的生活多姿多彩。……

同一年撰写的另一段评论虽然篇幅很短，但黑塞对这些作品的喜爱之情却跃然纸上：

这是世界上最优美的童话故事集之一，像格林兄弟童话一样单纯自然，又像在中国找到的那些怪诞的绘画和青铜器一样充满想象。这些故事在一种如此真诚的联系中吐纳着恐惧和最迷人的魅力，如此紧密而质朴地混杂着梦想和生活、魔怪和琐事，以至于除了美梦之外，我不知道该把它们与何物相比。就向我们在梦境中的经历那样，在这里，鬼怪和逝者、现实与信仰的形象都发生了变化，可能与愿望、甜蜜与恐怖手拉着手徘徊在宁静的朦胧之中，一些事物毫无边际地消失在昏暗之中，一些事物提升为象征的表达。我希望每个夜晚都有这样的梦境，我希望每年都能够得到一本此类的新书。然而，它们却太少见了！[①]

两年后，当卫礼贤出版了他翻译的由 100 个故事组成的《中国民间童话》(Chinesische Volksmärchen)之后，黑塞又在发表于 1914 年第 3 期《三月》杂志上的评论中再次表达出对这些故事的喜爱和关注，继而也表现出他对遥远东方的好奇与向往：[②]

> 在我们看来，对于东亚的彻底研究越是显得必不可少，在纯粹政治上理解东方的需求越是迫切，由东亚的那些民族自身的思考和本质出发认识它们就变得越发重要，为此，除了通过它们的艺术和文学之外别无他途。这里，民间童话发挥着重要的作用，因为除了戏剧之外，它们是民族养分的真正源泉。我从这些童话中读出的东西无论如何与在新加坡的中国人给我留下的印象相一致。我们找到了许多质朴、童贞和游戏的东西，除此之外还有在审美当中极其灵敏的感觉，对诗意的细节的强调，除了针对叙述结构(艺术童话是例外)某种无所谓之外在细节上的乐趣，相信鬼神和其他泛灵论的观念无论如何占据主导，个人的优势很少战胜这种魔鬼的依赖性。但是为此，与这种约束性和质朴相对立的是一座道德一政治掌控生活的建筑，教化的威信，礼仪的培养，建立在家庭基础上的社会威信的神圣，这些都是我们必须充满敬意地赞赏的东西。[③]

从这篇短短的评论中可以看出，一方面这些民间故事勾起了黑塞对东南亚之行的美好回忆，另一方面，在他眼中，道德和秩序绝非一无是处，也不一定总是会成为个体发展的桎梏，而是要与个人的自由保持和谐的关系。

---

① Hesse, Hermann: Pu Ssung - Ling: „Chinesische Geistergeschichten". In: Gesammelte Werke in zwölf Bänden. Zwölfter Band. Schriften zur Literatur 2. Eine Literaturgeschichte in Rezensionen und Aufsätzen. Herausgegeben von Volker Michels. Frankfurt am Main 1987. S. 37-40.

② 可参看 Hermann Hesse und China. S. 145.

③ Hesse, Hermann: Chinesische Volksmärchen. In: Gesammelte Werke in zwölf Bänden. Zwölfter Band. Schriften zur Literatur 2. Eine Literaturgeschichte in Rezensionen und Aufsätzen. Herausgegeben von Volker Michels. Frankfurt am Main 1987. S. 31f.

在这之后的几年中，随着对中国文化的兴趣日益浓厚，黑塞又大量阅读了翻译成德语的中国小说。1914 年 6 月 26 日，他先是在柏林的《每日》(Der Tag)上发表了文章《东方文学的杰作》(Meisterwerke orientalischer Literaturen)，实际上，这是对慕尼黑格奥尔格·米勒(Georg Müller)出版社出版的一套名为"东方文学的杰作"的丛书所发表的评论。该丛书包括三卷，其中第二卷便是由保罗·屈内尔(Paul Kühnel)翻译的《中国中篇小说》(Chinesische Novellen)，[①] 黑塞这样写道：

> 第二卷的内容是"中国中篇小说"，由保罗·屈内尔翻译，连同简短的、在书目上有价值的导言和准确的注释。这一卷包括 9 篇选自中国流行的中篇小说的篇幅较长的短篇小说。它会给那些自格里泽巴赫(Griesebach)的中篇小说集[②]和布贝尔非常美妙的中国鬼怪与爱情故事以来喜爱短篇小说艺术的所有的人带来很大的快乐。……
>
> 中国的中篇小说——并非以古老的学术语言创作，因此也不属于古典文学——对于我们来说具有特殊的价值，因为它们在上千个生动的细节中描绘了那个强大的、对于我们来说变得日益重要的民族的生活——家庭生活、商业、官员、法律案件、领养、艺术生活和这个世界上最古老的民族文化的其他反映。这些故事中最古老的出自 15 世纪，但是，素材和道德的基本价值却在这些世纪之后一如既往。其共同点就在于，对家庭生活的纯洁的高度尊重和对物质财产的同样完全中国式的重视。自古以来，道德高尚和发财致富二者都是中国人的理想，在普遍的观点中它们并不会互相排斥。通过对逝者的尊敬，日常生活赢得了联系和深度，相信灵魂和鬼怪也以上百种形式贯穿大多数中国中篇小说，由此，很多故事原本变成了童话。人们不禁会想到中国城市，其街道上处处可见最丰富多彩的生活，充满了最强烈的时代氛围，而在其周围，宽大而密集的墓碑则到处占据着土地。尤其需要提到

---

① Kühnel, Paul (Übers.): Chinesische Novellen. München 1914. 可参看 Hermann Hesse und China. S. 357.

② 这里指 Griesebach, Eduard: Kin-ku-ki-kuan: Chinesisches Novellenbuch. Stuttgart 1887.

的是，屈内尔的译文是译自原文的。[①]

几乎整整一年后，即1915年6月27日，《新苏黎世报》又登载了黑塞的一篇题为《藏书年》(Ein Bibliotheksjahr)的评论文章，其中他着重谈论了他阅读中国小说的感受：

> 在我的藏书室里还有一个角落，一个很小的，但却是令我喜爱和保护完好的角落得到了丰富和扩展。那是东方文学作品和童话保存的地方，《一千零一夜》、《诗经》、《福者之歌》和此类的东西，以及日本的诗歌、印度的格言和孔夫子的《论语》。直到短短几年前，这里还缺少几乎全部中国作家的小说。四年前，马丁·布贝尔编选的几篇中国鬼怪故事出版了，一本绝妙的小册子，因为我本人当时在一次亚洲之行中惊讶地而又近乎痴迷地了解到了中国人的生活，所以，这些令人陶醉的故事一定觉得我对它们有所准备，并且比起我除此之外一直以来所读到的东西，这些故事给我留下了更加深刻的印象。但是，这仅仅是对于一个新的世界的第一个决定性的印象，我是从格鲁贝(Grube)的文学史[②]和与专家的谈话中了解了这个中国民间流传的叙述文学的概况，现在，喜欢上了这个极其引人注目的领域，就像春天里的鲜花，人们长久地、不耐烦地等待，然后，突然一切都令人惊异地到来，我的情况就是这样。年复一年总是有随便什么东西补充进来，现在，短短几个星期前，又有了两本题为《中国中篇小说》的小册子，由H. 鲁德尔斯贝尔格尔(H. Rudelsberger)在岛屿出版社编选。[③] 此外，还应当提到布贝尔的那本小册子和莱奥·格赖纳的《中国夜晚》以及在迪德里希斯那里出版的卫礼贤的中国童话。保罗·屈内尔在慕尼黑的格奥尔格·米勒那里出版了一本中国小说，其中

---

① Hesse, Hermann: Meisterwerke orientalischer Literaturen. In: Michels, Volker (Hrsg.): Materialien zu Hermann Hesses „Siddhartha". Erster Band. Texte von Hermann Hesse. Frankfurt am Main 1976. S. 72-76; hier S. 74f.

② 这里指 Grube, Wilhelm: Geschichte der chinesischen Literatur. Leipzig: Amelang, 1902.

③ 这里指 Rudelsberger, H.: Chinesische Novellen. 2 Bände. Frankfurt 1914. 可参看 Hermann Hesse und China. S. 357.

有三部短篇小说人们在鲁德尔斯贝尔格尔那里会再次找到，但略有改动。这已经使人预感到一条通向检验译者、通向文本比较的途径。这些书籍中的每一本都带来了属于自己的中国的一部分，并且使人清楚地感受到其遴选的主观性，这几本书在无数的日子当中引起我的思考、带给我愉悦，在最近一段时间里，除了多卷本的歌德作品，它们是我几乎每天的读物。从中，我看到了中国的两张面孔；因为一切中国的存在，特别是中国的文学创作对于我的感觉来说都具有两张面孔，两个方面，两个极端。一个方面是一种宁静的、质朴的现实性，一种在日常生活的现实中具有保守风格的实用的坚持，一种对生活，对健康，对家庭幸福，对任意形式的繁荣、财产、富足的尊重。而第二张表现出很多印度影响的脸孔则是一种对于沉思冥想的倾向，这种沉思冥想在古代中国那些真正的思想家身上始终保持着纯粹的精神性并且近乎没有形象，但在民间却产生了多姿多彩的、常常具有荒诞的异样的神话和神怪。假如凌驾于一切之上的不是使一切变得神圣的东方伟大而最古老的理念，不是对于一切存在的统一的认识，那么，人们也就一定无法到处带着喜爱的心情承认这个幻想世界的地狱与天堂、鬼怪和魔法。但是，它们却是真正的神明长袍上古怪的衣角，如果人们正确地思考，人们便不仅在我们的中世纪，而且在今天欧洲人的信仰中找到足够的反例。

我们西方人吃惊地面对这种最清晰的真实意义与未受阻碍的想象的混合，只有当我们想象出时至今日仍然存在于东方的思考和感觉的天堂般的统一时，这种混合的奥秘才变得显而易见。谁想要对中国有所预知，这些小说会告诉他比那些更高尚的中国文学更多的东西。我希望，我的藏书的这个最受欢迎的角落每年都有新书加入。①

其实，与其说是黑塞通过中国文学作品在中国人的本质上看到了两个对立

① Hesse, Hermann: Ein Bibliotheksjahr. In: Die Welt der Bücher. Betrachtungen und Aufsätze zur Literatur. Zusammengestellt von Volker Michels. Frankfurt am Main 1977. S. 123-127; hier S. 126f, S. 369.

的极端，毋宁说他将西方人传统的二元思维方式带入了他的阅读和理解中——无论是上一篇文章中提到的“道德高尚和发财致富”，还是这篇评论中的“现实性”、“对实用的坚持”与“沉思冥想”，黑塞都在中国人身上洞察到了和西方人相同的代表着精神和物质的两极。也正是在这个意义上，他在这里格外强调的“凌驾于一切之上的”“对于一切存在的统一的认识”就愈加发人深思。

此外，在叙事文学方面，黑塞还阅读过由著名汉学家弗兰茨·库恩(Franz Kuhn)摘译的中国明代的小说《金瓶梅》，众所周知，这部小说的作者究竟是谁迄今为止在国内也没有定论，库恩接受了中国学者的一种看法，认为这部小说可能是王世充所著，黑塞为这部作品所写的评论很短：

> 这里，我们看到的并非智者和英雄们的那个神圣的中国，这部古老的民间小说凭借通俗的愉悦感描绘了中国人日常生活的场景。淫秽的内容比比皆是，并不比其他民族民间故事书中的此类内容更有趣。与此相反，这部了不起的在中国历经几百年受人喜爱的小说却是这个民族和家庭生活的一幅丰富的画卷。①

在由福尔克尔·米歇尔斯主编的《赫尔曼·黑塞十二卷本全集》的第十二卷《文论二，评论和文章中的一部文学史》中，还收录了一小段黑塞关于中国诗歌的评价，这是黑塞为卫礼贤同样以《中德四季晨昏杂咏》为题翻译的诗歌所写的评论，文章发表于 1922 年 5 月 2 日巴塞尔的《民族报》(National-Zeitung)上：②

> ……迄今为止，中国诗歌的本质和意义对于西方来说仍然就像中国绘画的本质和意义一样陌生。在最受限制的调色板上细节的丰富，手迹的高超技艺，神圣的抱负，借助最少的外在手段表

① Hesse, Hermann: Wang Schi Tschong (?): „Kin Ping Meh, oder die abenteuerliche Geschichte von Hsi Men und seinen sechs Frauen“. In: Gesammelte Werke in zwölf Bänden. Zwölfter Band. Schriften zur Literatur 2. Eine Literaturgeschichte in Rezensionen und Aufsätzen. Herausgegeben von Volker Michels. Frankfurt am Main 1987. S. 37.

② Michels, Volker (Hrsg.): Materialien zu Hermann Hesses „Siddhartha“. Erster Band. Texte von Hermann Hesse. Frankfurt am Main 1976. S. 162.

达最高层次的事物，暗示、相似、关联的异常精巧的游戏，无论如何这种暗示、令人猜测、省略和含蓄的绝妙艺术，这一切对于今天的欧洲人来说都是陌生的；为了欣赏这些艺术，人们必须首先训练耳朵、眼睛和指尖并且习惯于最精巧的细微之处。①

由于语言差别所造成的障碍，在不同国家之间文学的交流中尤其以诗歌作品的译介最为困难，但是尽管如此，黑塞仍然阅读了大量翻译成德语的中国诗歌，其中既有上文提到的贝特格、克拉邦德对中国古代诗歌的带有再创作色彩的“翻译”，也有迄今为止已经得到德国乃至西方汉学界公认的、汉学家君特·德博(Günter Debon)的优秀译本。② 在众多中国诗人中，黑塞最欣赏的还是在上述多篇评论中被他称为“李太白”(Li Tai Pe)的李白，这一点在其小说《克林索尔最后的夏天》中表现得再清楚不过。小说的一开始，主人公画家克林索尔就“常常自称李太白并把他的一位朋友称为杜甫”。③ 这两个名称与人物的德语名字交替出现在整部作品中，而且和李白一样，克林索尔也喜欢狂饮，性格放浪不羁，如果说这些内容还只是人物披上的一层中国式外衣的话，那么在“卡勒诺日”(Der Kareno-Tag)一章中，黑塞还专门引用了译成德语的李白的诗歌，按照夏瑞春教授的考证，其中第一段出自汉斯·海尔曼的翻译，另一段则是克拉邦德的译文：④

生命匆匆消逝有如闪电，
光华乍露便难觅踪影。
但见天空大地常驻不变，
无常的时间倏忽掠过人的容颜。
噢，斟满酒杯因何不饮，
你还在等待谁人光临？

---

① Hesse，Hermann：Chinesische Lyrik. In：Gesammelte Werke in zwölf Bänden. Zwölfter Band. Schriften zur Literatur 2. Eine Literaturgeschichte in Rezensionen und Aufsätzen. Herausgegeben von Volker Michels. Frankfurt am Main 1987. S. 32.

② 可参看 Hermann Hesse und China. S. 357f.

③ Klingsors letzter Sommer. S. 294.

④ 可参看 Hermann Hesse und China. S. 223.

今晨你的头发还乌亮似黑绸，
夜晚时便已像白雪覆盖，
谁若不愿活生生被折磨至死，
请举起酒杯邀明月共饮！①

由于这两段诗的内容非常清楚明了，对中国古代文学略知一二的人便能够看出它们相应的原诗分别是什么——第一段出自李白的《对酒行》，原诗是：

浮生速流电，
倏忽变光彩。
天地无雕换，
容颜有迁改。
对酒不肯饮，
含情欲谁待？

第二段显然便是脍炙人口的《将进酒》的开头：

（君不见）
高堂明镜悲白发，
朝如青丝暮成雪。
人生得意须尽欢，
莫使金樽空对月。

显然，在这两段引用的诗歌中，都涉及了一个共同的主题，那就是人生苦短，时光飞逝，无疑，黑塞引用这两段诗作的原因自然在于他自身关于人生，特别是上文所论述的生命有限性的思考，关于此下文还将进行详细的讨论。除了这两段引用的李白诗歌之外，黑塞还在 1937 年 9 月 25 日写下了《中国诗》(Chinesisch)：

---

① Klingsors letzter Sommer. S. 308.

月光从乳白色的云缝之间
仔细地数着尖尖的竹影，
在水面上画出圆圆的明晰的
像猫弓背的高拱桥的倒影。

这是我们温情地喜爱的图画，
在世界和夜的黯淡的背景上
神秘地浮现，神秘地描写出来，
转眼间已消逝得不知去向。

在桑树下陶然沉醉的诗人，
他善于运笔，就像他善饮一样，
他对着使他欣然感动的月夜，
写下飘动的阴影和柔和的光亮。

他迅急的笔势很快写出
月亮和云彩以及从他这位
陶醉者身旁飞逝的一切，
让他歌颂这些无常的事物，
让他体验这份亲切的温情，
让他给它们赋予精神和永续。

它们就会变得永恒不朽。①

诗中这位“善饮”的中国诗人无疑便是黑塞心目中李白的形象，前者之所以如此地欣赏后者，其原因自然在于诗人之间的心有灵犀——“歌颂无常的事物”、“给它们赋予精神和永续”既是黑塞对于李白诗作的理解，又何尝不是黑塞自己文学创作的理想呢？

2. 其他作品

除了阅读中国文学作品之外，通过卫礼贤的译作，黑塞还阅读了中国

① Die Gedichte. S. 657.

先秦时代的另外两部重要的著作——《易经》和《吕氏春秋》[1]并分别写下了评论。在1925年为《易经》所写的评论是这样的：

> 有的书籍人们是无法阅读的，圣者和智慧的书籍，在它们的陪伴下和氛围中人们能够生活很多年，而无需像读其他书籍那样如此地阅读它们。《圣经》的一些部分还有《道德经》都属于这样的书籍。……这些书籍人们放到了触手可及的地方或者在走进树林时装在口袋里，从来没有花半个小时或者几个小时去阅读其中的内容，而是每次仅仅拿出一句话、一行文字，以便为此而沉思，以便在日常的琐事之外，也包括其他阅读之外，一再建立起伟大和神圣的标准。
>
> 现在，对于我来说，这些书籍中又多了一本新书，我把这看作一种幸福。自然，和少数其他的书籍一样，这是一本年代久远的书，有几千年的历史，但是，德语翻译的尝试迄今为止却没有。这本书叫作《易经》(I Ging)，“变化之书”(das Buch der Wandlungen)，是中国人一本远古的智慧和符咒之书。人们可以把它用作占卜之书，以便在困难的生活状况中获得建议。人们也能够“仅仅”因为那些智慧的缘故而喜爱和使用它。在这本我从来只能够理解为用来预测并且在瞬间领会的书中，构建了一个用于整个世界的比喻的系统，这个系统的基础是八种特性或者图像，其中两个初始的特性是天和地、父亲和母亲、强健和柔弱。这八种特性分别由一个简单的汉字表达，它们彼此组合然后产生了64种可能，占卜就建立在这个基础上。例如，你向预言提问，得到这样的卦辞：“中孚：豚鱼吉。利涉大川。利贞。”[2]关于此，你可以沉思，此外还有评论。

---

① 可参看 Hermann Hesse und China. S. 358f. 卫礼贤的译作分别是：Wilhelm，Richard (Übers.)：I Ging. Das Buch der Wandlungen. Zwei Bände. Jena 1924.（夏瑞春教授的记录有错误）和 Ders.（Übers.）：Frühling und Herbst des Lü Bu We. Jena 1928.

② 该卦辞出自《周易下经·中孚第六十一》。引自徐子宏译注：《周易全译》，贵阳，贵州人民出版社，1991年，第329页以下。以下引用简称《周易全译》。这里，黑塞完全引用了卫礼贤的译文：“Innere Wahrheit. Schweine und Fische. Heil! Fördernd ist es, das große Wasser zu durchqueren. Fördernd ist Baharrlichkeit.”引自 I Ging. Text und Materialien. Aus dem Chinesischen übersetzt von Richard Wilhelm. München 1973. S. 221. 以下引用简称 I Ging.

半年以来，这本变化之书就放在我的卧室中，阅读它，我没有一次超过一页。当人们看到一个汉字的组合，沉浸在乾——创造力、沉浸在巽——柔弱之中时，那就不是阅读，也不是思考，而是仿佛看到流动的水或者浮动的云彩。在那里书写着能够思考和经历的一切。[1]

这段评论文字虽然不长，但可以清楚地看出，黑塞对其中蕴含的智慧具有非常浓厚的兴趣，他自己还依照着卫礼贤的译文尝试着勾勒64卦的卦画。[2] 后来，在其著名作品《玻璃球游戏》中，黑塞也把《易经》的内容写了进去。在“研究年代”(Studienjahre)一章中，主人公克奈西特常常向人提起他研究《易经》的被称为“竹林茅舍”的隐居地及其主人“年长的长老”——为了彻底研究《易经》，他了解到了关于精通《易经》的“年长的长老”的情况，并亲自去寻访他。这里，黑塞把他多年来关于中国文化的许多知识都拿来描写这位精通中国文化、过着像中国古代隐士一样的田园生活的智者；当克奈西特向他表达在这里逗留并学习《易经》的请求时，这位年长的长老便用算卦的方式来决定他的去留，黑塞详细描述了年长的长老用竹签卜卦的过程，然后说出了此卦的卦名和卦辞：

“本卦为蒙。”他说，“卦名是童蒙。上为山，下为水，上为艮，下为坎。山下涌出泉水，是童年的象征。但卦辞却是：

蒙：亨。
匪我求童蒙。
童蒙求我，
初筮，告。
再三渎，
渎则不告。

---

① Hesse, Hermann:„I Ging“. In: Gesammelte Werke in zwölf Bänden. Zwölfter Band. Schriften zur Literatur 2. Eine Literaturgeschichte in Rezensionen und Aufsätzen. Herausgegeben von Volker Michels. Frankfurt am Main 1987. S. 33ff.

② 可参看 Hermann Hesse und China. S. 285ff.

利贞。”①

正是由于这个卦辞的含义，克奈希特才得以留在年长的长老身边研习《易经》。而在下一章节“两个宗教团体”(Zwei Orden)中，克奈希特被派往玛丽亚费尔斯修道院教授关于玻璃球游戏的课程，出发前，他也为自己算了一卦，得到的卦名是“旅”，卦辞为“旅：小亨。旅贞吉。”由于在第二位上的是阴爻“六”，经过查询，他了解了这一爻的含义：

旅即次，
怀其资，
得童仆，
贞。②

因为又是一个吉卦，所以克奈希特在道别离去时带着喜悦之情。在玛丽亚费尔斯修道院，通过一次与同样对《易经》感兴趣的修道院院长的交谈，克奈希特开始应邀每周讲授两次关于《易经》的课程，而且，他认为卦辞的内容都得到了应验——所谓“怀其资”，在他看来就是他满怀着卡斯塔林的精神和力量；而“得童仆，贞”则表现在他结识了一个名叫安东(Anton)的青年学生。

然而，尽管在这两个段落中黑塞都引用了《易经》的内容并且使这些内容推动了小说情节的发展，但是，由此即得出结论认为黑塞深受这本书籍的影响仍然不免武断，相反，恰恰是在这两个段落之间，黑塞却描述了一段克奈希特对在年长的长老那里学习生活的反思——这段经历带给他的绝不仅仅是深谙这部中国古代典籍的收获，相反，就是在这段经历之后，克奈希特却加深了他对自己作为人的使命的思考：

① Das Glasperlenspiel. S. 138. 黑塞在这里几乎全部引用了卫礼贤的翻译，只是在“再三渎，渎则不告”的译文上做了微小的改动，卫礼贤原来的译文是：Fragt er zwei-, dreimal, so ist das Belästigung. 引自 I Ging. S. 40. 黑塞在小说里的译文是：Fragt er mehrmals, ist es Belästigung. 可见对原意没有什么影响。中文原文引自《周易全译》，第 30 页。

② Das Glasperlenspiel. S. 160. 黑塞完全引用了卫礼贤的译文，可参看 I Ging. S. 206f. 中文原文引自《周易全译》，第 303 和 305 页。

> 对他而言，重要的也许仅仅还有一个问题，那就是：这个游戏是否确应成为卡斯塔林的最高成就，并且值得自己为之奉献一生？……他从自己的经验中体会到：信仰与怀疑是相互关联的，就像吸气与呼气一样互相制约，伴随着在游戏的微观世界的一切领域所取得的进展，他对于游戏所有问题的洞察力和敏感程度自然也已增强。竹林茅舍的田园理想在一个短暂的时期里也许使他平静或者令他困惑。年长的长老的例子告诉他，总还是存在摆脱这些难题的出路。比如：一个人可以让自己变成一个中国人，把自己封闭在篱笆后面，过一种自得其乐的完美生活。一个人也可以成为毕达哥拉斯哲学的信徒，或者去当和尚和经院哲学家。然而，这只是一条出路，只是对于少数人来说对普遍性的可能的被允许的放弃，是为了往昔的完美对现在和未来的放弃，是逃避的一种精细的形式，克奈希特及时地觉察到，这不是自己要走的道路。但是他的道路何在呢？除了对音乐和玻璃球游戏的极高天赋之外，他知道自己身上还具有其他的力量，一种特定的内在的独立性，一种强烈的固执己见，他虽然绝不会阻止他服务或者加大他服务的难度，但它却要求仅仅他侍奉至高无上的主人。①

按照上文对黑塞文学创作主旨的分析，读者从这段文字中分明又读到了那个埃米尔·辛克莱尔，又读到了那个悉达多，和他们一样，克奈希特也要寻找属于自己的道路。这里，黑塞又一次强调了作为个体的人的独立性，强调了人的“固执己见”，也就是自身的意义，由此也就是不难理解上文题记里引用的那段话：“我所有的作品都是在无目的性和倾向性的情况下产生的。但如果要我在事后于这些作品中找出一种共同的意义的话，那我就只能找到这样一种——从卡门青到荒原狼和约瑟夫·克奈西特，他们都可以被解释为对人格、对个体的一种捍卫(有时也是一种呐喊)。”更耐人寻味的是，这番思考的一个直接原因正是主人公在年长的长老那里度过的几个月时光，但显然，仅就这种生活方式而言，克奈希特并没有给予肯定，相反，他觉得这只是一条出路，是一种逃避。这也再次证明了上文引用的黑

---

① Das Glasperlenspiel. S. 141f.

塞日记中的一番话："我们不能也不可能成为中国人，而在内心当中，我们也根本不想这样做。我们不能在中国和在任何一种往昔中寻找生活的理想和最完美的形象，否则我们就会迷失方向，并将自己禁锢在一种模式之中。我们必须在自身当中发现中国，或者说发现中国对于我们的意义，并将它们保持下去。"同时，这也留给了读者另一个问题——什么才是黑塞在自身当中发现的中国和中国对于他的意义呢？

在研读《易经》四年之后，黑塞又阅读了卫礼贤翻译的《吕氏春秋》，在1929年的评论中他这样写道：

> 吕不韦并非中国伟大的思想家，在中国文人那里，他的名气一般，他生活在近2000年前，做过宰相，是一个在政治上诡计多端的人，他伟大的作品《春秋》并非他本人所作，而是让由他供养的一些文人来写。这无需干扰我们，我们非常感谢卫礼贤把这部著作译成了德语。古代中国的全部智慧——其真正的源泉大部分在焚书事件中遗失——都能够在这部文集中找到，为此有很多描述和轶事。阅读此书是一种莫大的享受。在这本睿智和可爱的书籍陪伴下我度过了美好的时光。它的智慧在当前的世界中已经消失，仅仅在书籍中记载，这同样对我没有什么干扰，就像这种智慧与我们时代的那些非常愚蠢的，但却更加偏激的生活信条（无论是美国市民的还是俄国布尔什维克的）完全背道而驰一样。时间流逝，智慧永存。它变换着它的形式和程序，但它在任何时候都建立在相同的基础上——人顺应自然，顺应宇宙的节奏。假如纷乱的时代一再追求将人从这种秩序中解放出来，那么这种表面上的解放就始终会导致被奴役，就像今天非常解放的人成为金钱和机器的意志薄弱的奴隶一样。就像一个人从大城市的流光溢彩的沥青回归到森林中，或者从雄伟的殿堂的轻快的令人兴奋的音乐回归大海的音乐，带着感激和还乡的感觉，我也从生命和精神的所有短期的和紧张的历险中一再返回到这些古老的、取之不尽的智慧。在每一次回归中，它们都没有变老，它们安静地待在那里等待着我们，它们又一再是新鲜的、光彩照人，就如同每天的阳光，而昨日的战争、昨日时髦的舞蹈、昨日的汽车今天都已经

如此地过时，已然变得凋零和可笑。[①]

显然，和阅读其他中国书籍一样，黑塞对这部《吕氏春秋》也是赞赏有加，仅就这段评论文字而言，它格外突出了智慧的重要和永恒，这也一定与黑塞本人的思考有关，关于此下文还要详细论述。而黑塞阅读《吕氏春秋》的最直接的收获也体现在小说《玻璃球游戏》当中，在“引言”部分，在讨论音乐文化与政治的关系时，他就摘录了好几段《吕氏春秋》中关于音乐的章节：

音乐之所由来者远矣，生于度量，本于太一。太一出两仪，两仪出阴阳。

天下太平，万物安宁，皆化其上，乐乃可成。成乐有具，必节嗜欲。嗜欲不辟，乐乃可务。务乐有术，必由平出。平出于公，公出于道。故唯得道之人，斯可与音乐。

凡乐，天地之和、阴阳之调也。

沉沦之国，颓废之人，亦不可无乐，但其乐不欢。是以，乐愈杂，则民愈衰，国愈危，君愈消沉。职是之故，音乐亡矣！

凡古之圣王，所贵乐者，为其乐也。夏桀殷纣，作为侈乐，以钜为美，以众为欢，俶诡殊瑰，耳所未尝闻，目所未尝见：务以相过，不用度量。

楚之衰也，所谓巫音，侈则侈矣，自有道者观之，则失乐之情。失乐之情，其乐不乐。乐不乐者，其民必怨，其生必伤。此生乎不知乐之情而以侈为务故也。

故治世之音安以乐，其政平也。乱世之音怨以怒，其政乖也。亡国之音悲以哀，其政险也。[②]

---

① Hesse, Hermann: Lü Bu We: „Frühling und Herbst“. In: Gesammelte Werke in zwölf Bänden. Zwölfter Band. Schriften zur Literatur 2. Eine Literaturgeschichte in Rezensionen und Aufsätzen. Herausgegeben von Volker Michels. Frankfurt am Main 1987. S. 32f.

② Das Glasperlenspiel. S. 27f. 汉语原文引自廖名春，陈兴安译注：《吕氏春秋全译》，成都，四川出版集团巴蜀书社，2004年，第400至403页。

三、黑塞与卫礼贤

在这一部分的最后，还有必要简要谈一谈黑塞与卫礼贤的关系，因为如上所述，在黑塞书房的“中国之角”里摆放的他曾经阅读过的关于中国文化的书籍中对黑塞影响最为深刻的大多数中国哲学著作和一部分文学作品都是由卫礼贤翻译的，黑塞也曾经多次为卫礼贤的译本撰写评论文章。那么，人们不禁要问，黑塞何以对卫礼贤的译本如此情有独钟呢?

要想解答这个问题，首先有必要了解卫礼贤其人。卫礼贤，原名理夏德·威廉，1873 年 5 月生于德国斯图加特，1891 年进入图宾根大学学习神学，1899 年，卫礼贤作为德国同善会传教士，肩负着传播基督教的使命万里迢迢来到中国被德国殖民者强行租占的青岛。然而，这个德国传教士却并没有尽全力去恪尽职守，而是利用一切可以利用的时间刻苦学习汉语，并在广泛的游历中通过自己的所见所闻领略和了解中国文化。从 1909 年起，卫礼贤开始将中国的古代典籍翻译成德语并陆续在德国出版，这就是上述的翻译作品。为了表达对中国文化的倾慕之情，他为自己起了一个中国味儿十足的名字——卫礼贤，字“希圣”。第一次世界大战之后，卫礼贤曾短期回国，1922 年，他再次来华，担任德国驻华使馆学术顾问，后又受聘做过北京大学的德语教授。1924 年，卫礼贤回到德国，任法兰克福大学教授，并在那里成立了德国第一所旨在促进德国和中国的文化交流的中国学院，从那时起直到逝世，他还完成了一系列研究中国文化的专著和论文。1930 年 3 月 1 日，卫礼贤与世长辞。纵观其一生，可以毫不夸张地讲，卫礼贤为了中西方文化交流，尤其是中国和德国的文化交流以及中国日尔曼语言文学的发展做出了令人赞叹的伟大贡献。因此，1930 年，在卫礼贤逝世之后，赫尔曼·黑塞在柏林的《书迷》(Bücherwurm)杂志上发表文章，高度评价了卫礼贤一生的业绩：

> 越来越多的人已经慢慢地注意到，卫礼贤毕生的事业是我们这个时代几项伟大的事业之一……他微笑着、友善地、以中国人的方式置身于长久的误解之中，默默地从事着其伟大的事业，这项事业的规模和意义尚未完全被德国的舆论理解。但他还有时间，他不仅仅是为一代人而工作的……在过去的几十年中，在我

们身边很多东西被发现、被翻译、被重新出版。对我而言，在所有这一切当中，20年里没有任何东西比卫礼贤对于中国经典作品的德语翻译更重要、更珍贵。它们向我和很多人展现了一个世界，假如缺少了这个世界，我们就都不愿意再生存下去了。[①]

可以说，正是中国文化将这两人联系到了一起，正如黑塞在1926年6月4日给卫礼贤本人的信中所写道的那样：

> 对于我来说，长期以来您（指卫礼贤）是那样的亲切而重要。我与中国有关系的几乎一切都要归功于您，而在多年对印度的了解之后，这一切对我来说变得非常重要。
>
> 长期以来，因为您的一些文章，尤其是您的老子、您的庄子等等等等，我都应当向您表达深深的谢意，现在，我也想要把这份谢意表达出来。我还经常感到高兴的是，生活在水户（Mito）的我的表弟贡德尔特是我们共同的朋友。
>
> 对于您目前的工作我知之甚少，因为我过着局外者的生活，对当前的思想世界漠不关心。……
>
> 您的中国世界凭借其神奇的一面吸引着我，而尽管很多人都对中国了不起的道德秩序感到赞赏，但我这样一个离群索居的人却始终与这种秩序格格不入。遗憾的是，由此即使是对于《易经》我也仅仅是一知半解，我偶尔会在与道德评论毫无关联的情况下思考它深邃的、丰富的图像世界。在我坐着的干枯的枝桠上很遗憾无法盛开国家、家庭和社会关系的花朵。
>
> 越是如此，我越是要感谢生命带给我的那些宁静的精神上的爱的联系，而我通过您认识的中国也属于此，因此我要感谢您和您的作品。[②]

由这两段文字，卫礼贤的译作对于黑塞的重要性已经显而易见。究其原因，一方面固然是因为卫礼贤的德语译本不仅大大地加深了黑塞对中国的

---

① 引自 Hermann Hesse und China. S. 340f.

② Gesammelte Briefe Zweiter Band 1922-1935. S. 142f.

了解和理解，而且还在黑塞对东方思想的关注由印度转向中国的过程中发挥了至关重要的作用；另一方面，这还与两个人各自的切身经历不无关联。概括起来，至少在三个方面两人具有相同和类似的经历和观念：

第一，两人都有过亲身接触中国人、中国文化的经历，也都在这种接触中对中国文化产生了浓厚的兴趣。黑塞在东南亚之行对中国文化的“发现”上文已经做了详尽的陈述，而本来作为传教士来到中国的卫礼贤，也因为被中国文化所深深吸引在中国前后生活了将近四分之一个世纪，学会了这个国家的语言，目睹了中国社会的动荡和发展，游览了中国的壮丽河山，接触了各个阶层的中国人。

第二，仅仅是出于好奇、出于兴趣的观察和体会是远远不够的，无论是卫礼贤还是黑塞都在感性的体验之后凭借他们深邃的思考力尽力发掘表面现象背后所隐藏的东西并将其上升到理性的高度。就哲学著作而言，卫礼贤为他所翻译的每一本中国哲学著作都写下了长长的、内容丰富的序言、评论和注释，也就是说，他的工作绝不仅仅局限于文字上的翻译，而是要把他对每部作品的理解也同时传递给读者；而作为读者的黑塞也绝没有把阅读这些书籍当作娱乐消遣，而是试图挖掘其中隐藏的智慧。

第三，无论是卫礼贤还是黑塞，对中国文化欣赏也好，钻研也罢，都既怀着平等交流的渴望，又始终站在本国和本民族文化的立场上，换句话说，他们都希望中国文化能够带给他们自己及西方文化一些有益的东西。上文论述的卫礼贤如何翻译“道”这个概念就是一个很典型的例子，而黑塞更是将中国文化视为对他终生都产生强烈作用的第二大影响。

正因为如此，几天以后，也就是1926年6月8日，卫礼贤就给黑塞回了信，篇幅虽然不长，但却表达出一种惺惺相惜的理解和赞赏：

> 我很高兴在生活中的任何一个地方与您相遇，无论是在您的书籍中抑或在像格奥尔格·赖因哈特或者贡德尔特这样的朋友那里。即使互相不通音信，这些多重的关系也会建立起来；因为对于写信，我和您的感觉是完全一致的。但是，我还是希望能够见到您本人，和您在一起度过一个晚上，假如您并不反对饮酒，我们可以喝一杯不错的葡萄酒，在一起谈论很多话题或者沉默不语。

……如果人们能像您和我那样如此地认清世界，那么，人们就能够以双重的方式隐藏起来——像您那样在孤独中和像我这样在世事里。但是，我却相信我们能够相互理解，我可以向您介绍几位完全离群索居的中国古人，比如庄子。孔夫子很反感他们，但却非常理解他们。(这总比当着他弟子的面装假要好。)①

1956年，在卫礼贤的夫人萨洛美·威廉(Salome Wilhelm)将其撰写的卫礼贤传记《卫礼贤——中国与欧洲之间的一位使者》(Richard Wilhelm. Ein Mittler zwischen China und Europa)交给出版社后不久，4月24日，黑塞便在《世界周刊》(Die Weltwoche)上发表评论，高度评价了卫礼贤及其在中西文化交流方面的巨大贡献。在文章开头读者看到了和上面引文类似的内容，黑塞强调了卫礼贤的译作和阐释在其生活和思考中所发挥的重要作用，记述了卫礼贤为他和下一代人打开了一扇大门，接着，他写道：

我从这幅图片中读到的东西与我在卫礼贤的人格和生命中始终热爱和敬重的东西完全一致。我的朋友们和我作品的读者都知道，首先是印度，然后是中国如何成为了我精神的家园或者慰藉。无论在什么地方当我遭到特别强烈的抵触、遇到本能的仇恨或者原则上的不愿理解时，那么这种抵触几乎总是针对在我的小说中出现的古代亚洲思想的影响。在我看来，这种对于印度和中国生活及思维方式中陌生的、非欧洲的事物的惧怕无异于每种种族狂热和种族仇恨。这虽然是些已知的、从历史和心理学角度可以理解的东西，但却是落后的东西，没有活力的东西，也就是必须消除的东西。支撑这种落后的不仅是西方对进化和科技的狂热情绪，而且还有恪守教规的基督教唯我独尊的要求。如果要我来勾画一位跨越这道鸿沟，并长久地在亚洲和欧洲人之间不仅在思想而且在现实生活中完成必要的融合的未来欧洲人的形象，那么

① 引自 Hermann Hesse und China. S. 346f.

这个理想的人的形象就会和卫礼贤的形象相同。[1]

显然，黑塞在这里所说的对于来自东方陌生事物的恐惧，是指世纪之交西方流行的“黄祸论”，即一些西方人担心西方的精神文明和物质财富会受到来自东方的威胁，同时，西方的精神世界又面临着前所未有的危机，于是，像卫礼贤和黑塞这样高度重视民族和人文精神的人就自然而然地会把目光投向另外的世界，为未来寻找出路。上文引述的黑塞对于中国文化完整性的思考，就恰恰反映了这一点。而黑塞更是从卫礼贤及其译著成就中看到了中西文化交流融合的实现：

> 他是一位先驱和一个榜样，一个和谐的人，是东方和西方、沉静和活跃的结合，在中国，在多年与古代中国智慧的密切接触中、在与中国的学界精英的个人友好的交流中，他（指卫礼贤）既没有失去和忘记其基督教信仰也没有失去和忘记其打着施瓦本—图宾根烙印的德意志民族特性，既没有丢失和忘却耶稣、柏拉图和歌德，也没有丢失和忘却西方人对工作和教育的健康而浓厚的兴趣，他没有回避过任何欧洲的问题，没有躲避过任何现实生活召唤，没有屈从于任何思考的和审美的清静无为，而是一步步地在自己身上完成了两个伟大的古代理想的交流与融合，使中国和欧洲、阳与阴、思考和行动、忙碌与宁静在自己身上达到了和解。因此，他美丽的、温和训诫的语言风格，比如在《易经》当中，人们同样会在歌德和孔夫子那里听出来，因此，他在东西方诸多高层次的人身上产生了吸引力，因此，才会有他脸上那如此睿智而友善、如此机警而戏谑的微笑。[2]

这段话既使人看到了黑塞对卫礼贤有别于常人的深刻理解，又使人再次认识到了黑塞自身在接受异域文化时的基本态度。唯一的问题是，在同样钟情于中国文化的赫尔曼·黑塞身上是不是也能够实现东方文化思想的某种融合呢?

---

① Michels, Volker (Hrsg.): Materialien zu Hermann Hesses „Siddhartha“. Erster Band. Texte von Hermann Hesse. Frankfurt am Main 1976. S. 264.

② 引自 Hermann Hesse und China. S. 343.

第三章　中国文化对黑塞思想和创作的影响

不懂汉语和从未去过中国的我，在两千五百年后有幸在古老的中国文献中找到自己设想的一种证实，找到一个精神的氛围和家园，就像我通常只是在由出生和语言赋予的世界中拥有它们那样。

——赫尔曼·黑塞《最喜爱的读物》[①]

如我在本书前两部分中对赫尔曼·黑塞文学创作的主旨、他接触中国文化的过程以及他对中国文化的评价和讨论所分析的那样，一方面，作为个体的人如何实现其自身的意义的主题贯穿着黑塞文学创作的始终，另一方面，通过亲身体会和阅读、思考，原本陌生而神秘的中国文化得到了黑塞由衷的喜爱和赞赏，通过在东南亚之行中的所见所闻和对中国哲学、文学作品的阅读，对人与社会的精神和思想高度重视的黑塞把中华民族看作一个“具有高度文化的民族”，并且把中国文化对他的影响视作对他“终生都产生强烈作用的三大影响”之一。中国、中国文化对于黑塞创作的影响既可以表现在本书第二部分里已经涉及的他在一些作品中提到的中国和与中国文化有关的名称概念，引述一些他通过阅读所了解到的中国文化知识，又可以表现为他给笔下的人物的经历披上一层中国的“外衣”，还可以

① Lieblingslektüre. S. 281.

是在一些读到的中国故事和诗歌基础上进行加工再创作,[①] 但是,假如中国文化对黑塞的影响仅仅局限于这几个方面,那么,他充其量也就是对中国文化具有浓厚兴趣的欧美作家之一而已。黑塞与中国文化这个题目之所以值得研究,其原因恰恰在于,不同于很多西方作家,中国文化对黑塞尤其是其思想的影响之深刻的确非同一般。关于此,或许黑塞写于1927年夏天、发表于1929年的文章《世界文库》(Eine Bi-bliothek der Weltliteratur)中的一段话能够给人更具体、更具启发性的提示:

几十年来,从这些中国的书籍中,我获得了越来越多的乐趣,它们当中的一本经常放在我的床边。那些印度人缺少的东西——贴近生活、一种高贵的、决心朝向最高的道德要求的精神实质与感性的日常生活的进程和魅力的和谐——在高度的精神化和纯真的生活愉悦之间充分地反复考虑,这一切在这里都那么丰富充盈。如果说印度在禁欲和在僧侣的放弃世界中实现了崇高和感动的话,那么,古老的中国则在对一种精神实质的培养中达到了并不逊色的美妙,对于这种精神实质来说,自然和精神、宗教和日常生活并非敌对的,而是友善的对立,两者都得到了应有的重视。[②]

---

① 除了在本书第二部分中提及的作品之外,另外还有几个典型的例子:一个是黑塞根据中国历史上周幽王的故事创作的《幽王——一个古代中国的故事》(König Yu. Eine Geschichte aus dem alten China),因为虽然故事中的人物出自中国历史,但这却完全是黑塞的一篇现代演绎。载于 Hesse, Hermann: Gesammelte Werke in zwölf Bänden. Sechster Band. Märchen. Wanderung. Bilderbuch. Traumfährte. Frankfurt am Main 1987. S. 453-459;另一个是童话《诗人》(Der Dichter),也载于 Hesse, Hermann: Gesammelte Werke in zwölf Bänden. Sechster Band. Märchen. Wanderung. Bilderbuch. Traumfährte. Frankfurt am Main 1987. S. 32f. 夏瑞春教授在其著作中分别就两个故事在中国文献中可能的"出处"进行了讨论,可参看 Hermann Hesse und China. S. 157-164, S. 188-196. 另外,黑塞还根据中国《愚公移山》和唐代诗人祖咏创作《终南望余雪》的故事改写成《中国寓言》(Chinesische Parabel),可参看 Hermann Hesse und China. S. 328f;和 Hesse, Hermann: Legenden. Zusammengestellt von Volker Michels. Frankfurt am Main 1983. S. 183. 再有就是他发表于1959年5月17日的《中国传奇》,也可参看 Legenden. S. 184f.

② Hesse, Hermann: Eine Bibliothek der Weltliteratur. In: Gesammelte Werke in zwölf Bänden. Elfter Band. Schriften zur Literatur I. Über das eigene Werk. Aufsätze über seine Verleger. Einführung zu Sammelrezensionen. Eine Bibliothek der Weltliteratur. Frankfurt am Main 1987. S. 335-372; hier S. 369f. 以下引用简称 Eine Bibliothek der Weltliteratur.

联系上文引述的黑塞在不同时期对中国文化的评价，可以看出，中国文化对赫尔曼·黑塞思想的影响至少体现在两个方面：第一，通过自身阅读和像卫礼贤这样的汉学家和翻译家的翻译和介绍，黑塞深刻地意识到中国人在高度发展的文化基础上对日常生活、对道德秩序、对社会伦理的重视，尽管个体的人的地位在中国文化中看上去并没有像在西方那样突出，尽管黑塞从极度强调人的个体性的视角出发对这些可能阻碍个体发展的秩序和群体有些敬而远之，但他仍然能够深切地感受到作为主体的人在中国文化中的决定性作用，“贴近生活”(Lebensnähe)，中国文化对人的生命的高度重视和对人的现实生活的极力宣扬恰恰与黑塞所理解的“做你自己”的根本含义相吻合；第二，一方面，无论从中国哲学还是从中国文学，黑塞都发现了和西方人传统思维方式相同或者类似的二元对立的思考模式，发现了万事万物中相互对立的两极，发现了人身上感性和理性这两种彼此相反的本质，但另一方面，黑塞一次次在中国人的思想中感到，这种在西方人看来似乎无法调和的矛盾在中国人那里却给人一种和谐的印象，高尚的精神追求和物质享受并非水火不容，那么，这种高度发展的文化当中必定蕴藏着非同寻常的智慧，在最后一句话里黑塞将自己对这种智慧的理解表达了出来——这些矛盾“并非敌对的，而是友善的对立(freundliche Gegensätze)”。这句话又有何深刻的含义呢?

第一节　另一种“认识”——对立背后的统一

如上文所分析的那样，在赫尔曼·黑塞围绕着个体的发展这一主体所进行的思考中，个体作为认识主体始终发挥着至关重要的作用。当人的认识能力由简单的感性认识上升到了复杂的理性认识，当人在主观意识上意识到了自身与周围环境和他人的区别时，人作为认识主体便以知性为工具认识作为客体的外界和自身，于是形成了对世界的看法和自我认识，在这两种认识中始终贯穿着二元对立的模式——就外物而言，人总是认识到了世界的两个对立的极端，而对自身而言，人也认识到了自己身上感性和理性的本质。然而，如上所述，和诸如歌德、席勒这样的前辈文学家与思想家一样，黑塞也认为这样的二元对立是无法调和的，或者调和的尝试总是会失败，就像黑塞在《感谢歌德》里所言，“在这里和那里会张开一道宽大的裂痕，在这里和那里会出现尴尬的、无法忍受的冲突”。但另一方面，正如黑塞在《神学片段》中勾勒人的三个发展阶段所讲到的那样，假如人无法进入另一个更高的精神王国，那么这种认识在第二个阶段的终点带给人的只有绝望。所以，对于黑塞本人而言，他要做的就一定是成功地“调和”这种矛盾，他采取的方法便是改变自身的思维方式，使个体在人的主观认识上达到对立背后的统一。

实际上，就在写作以人的个体化为主题的小说《德米安》的同时，黑塞已经在思考着如何完成这种思维方式的转变。1919 年 12 月，他写下了一部短篇小说《内与外》(Innen und Außen)，故事的情节异常简单——耽于思考、博学且醉心于逻辑思维的主人公弗里德里希在对朋友埃尔温的一次拜访中在后者书斋的墙壁上看到了这样一句话：“无物在外，无物在内，因为外在之物即在内。”[①]应弗里德里希要求，埃尔温对这句话做出了这样的解释：

> 无物在外，无物在内。其宗教意义你是知道的：上帝无处不在。他在精神中，也在自然里。一切都是神圣的，因为上帝是万物。以前，我们称之为泛神论。然后是哲学含义：我们的思维已习惯于区分内与外，但这种区分对于我们的思维来说却并不必要。对于我们的精神来说，存在着隐退到我们为其设定的界限背后、隐退到彼岸的可能。在组成我们世界的诸多对立的彼岸，会出现新的不同的认识。[②]

无疑，内与外便是众多为常人的思维所习惯的一种对立，即包含在上述的主客体分裂关系中的对立。只要人的思维仍然处在这样一种模式之中，那么作为主体的“我”就永远与作为客体的世界处于对立状态，这就是埃尔温所说的为人们的理性思维所习惯的“区分内与外”。这种思维方式虽然能够使人对包括人自身在内的世间万物做出区别，给人带来无穷无尽的知识，但是，黑塞却已经认识到了它的“局限性”：

---

① Hesse, Hermann: Innen und Außen. In: Gesammelte Werke in zwölf Bänden. Vierter Band. S. 372-386; hier S. 375. 以下简称 Innen und Außen.

② Innen und Außen. S. 378.

这种“科学的思维”可能并非最高的，并非摆脱时间的、永恒的、预先确定的和不可动摇的思维方式，而仅仅是多种思维方式中的一种，是一种有限的、在改变和没落面前无法提供保护的思考方式。[①]

然而反之，一旦人在主观上超越了这种对立的思维方式，即用黑塞的话说，打破两者之间的界限，人就会摆脱这种对立的羁绊；在主体和客体之间，作为主体的人是起决定作用的，因此，黑塞所谓的“外在之物即在内”即是指在人的主观思维上消除主客体分裂的范式，把它们看作一体，换句话说，主客体在这里达到了同一。

更耐人寻味的，是黑塞在这部小说里如何描写人这种思维方式的改变。这构成了小说的主要情节：自称正在钻研一种新的认识论的埃尔温在做出上述解释后送给了弗里德里希一个陶土烧制的神像，它最大的特点便是具有两张完全相同的面孔，显然，这正象征着内与外的同一，而习惯了主客体分裂思维方式的弗里德里希在这个神像身上感受到了一种神秘的力量，他的精神经历了从对神像感到厌恶、恐惧到觉得它必不可少、觉得它已渗透到自身心灵中的转变过程，他终于获得了内与外之间没有任何差别的认识，这也象征着他思维方式的彻底改变。于是在小说结尾处，当弗里德里希再度拜访埃尔温时，后者做出了这样的判断：“你已经经历过：外能够变成内。你已经到达了对立的两者的彼岸。你看，这就是魔法。”[②]显然，对弗里德里希思想变化的描写就是黑塞自身对这种思维方式改变的切身感受，如果说《内与外》的内容仅仅是这种转变的开始，黑塞还只能把这一过程用“魔法”来概括的话，那么，在两年后出版的小说《悉达多——一部印度作品》中，黑塞对这种思考方式变化的描写就显得愈加成熟而生动。

在对主人公悉达多身上感性和理性本质之间的对立与斗争做了详细地描述之后，[③] 悉达多带着对现实的失望和对死亡的恐惧来到了多年前他曾

① Innen und Außen. S. 373.

② Innen und Außen. S. 386.

③ 可参看马剑：《寻求“自我”之路——论赫尔曼·黑塞的〈悉达多〉》，载于《外国文学评论》，2000年第四期，第101至110页，北京，2000年。

经横渡过的那条河的河边，在此，黑塞终于为主人公思维方式的转变找到了一个具有象征意义的事物——河水。

悉达多留在了河边，开始从河水那里“学习”他想要了解的“秘密”。首先，他看出了河水的一个特点——它既是“不变”的，又是“常新”的：

> 这河水流啊流，永不停息，却又总是在这里。它在任何时刻都是一个样，但在每个瞬间又是全新的！①

显而易见，河水的这一特点已将个体的感性与理性的两个本质都“包容”了进去，说其“不变”，是因为作为人的本质，那个永恒的“我”始终如一；而说其“常新”，是由于那个感性的“我”无时无刻不在变化，正如席勒所说：“人只有在变化时，他才存在；只有保持不变时，他才存在。”②于是，河水俨然已成为了人的生命的象征，成为了感性的“我”和理性的“我”的“结合体”。而它们之所以如此“结合”在一起，归根结底是因为人改变了其思维的方式，或许我国宋代大文豪苏轼在《前赤壁赋》中的一句话可以为此做一个清晰的注脚：“盖将自其变者而观之，则天地曾不能以一瞬；自其不变者而观之，则物与我皆无尽也。”——值得读者思考的是，这一议论也是由江水引发的——正是这种思维方式的变化使两个互相矛盾的“我”在每一个瞬间都得到了肯定，它们之间的对立斗争已经“荡然无存”。

接着，悉达多遇到了河畔渡口的摆渡人瓦苏德瓦（Vasudeva）——一个像佛陀一样已达到了完善的智者，并和他住在了一起。从他那里，主人公学会了“倾听”河水的声音，于是他对河水又产生了更加深刻的认识：

> 河水在所有地方都是一样的，在源头，在河口，在瀑布，在渡口，在急流中，在大海里，在山区，到处都是一样的，对于它来说，只存在“现在”，而不存在过去和将来的阴影。③

无疑，由于主人公已将河水的包容性从时间扩大到了空间，所以河水在这

① Siddhartha. Eine indische Dichtung. S. 432.

② 《审美教育书简》，第 58 页。

③ Siddhartha. Eine indische Dichtung. S. 436.

里已不仅仅象征着人的生命，而是已代表了天地之间的万事万物。于是，黑塞终于借悉达多之口向瓦苏德瓦提出了那个关键的问题：“你是否也从河水中学到了这个秘密：时间是不存在的?”[①]他终于从对河水的感悟中得出了这样的结论：“所有的一切都没有过去，所有的一切都没有将来，一切都是现在，一切都只有本质和现在。”[②]

瞬间即永恒，时间是一切变化与不变的“结合点”，一旦主体不再意识到时间的存在，那么他也就在主观观念上，在思维的层面上既在自身当中使对立的两个“我”合而为一，又使世间万物之间的区别不复存在，也就是说，在每一时刻，世界在他眼中都是一个和谐统一的整体。正如席勒在《审美教育书简》中所言：“在时间中扬弃时间，使演变与绝对存在，使变与不变合而为一”。[③] 显然，这个认识主体主观意识中的整体并不是以“牺牲”对立两极中的任何一个为代价的，恰恰相反，这个整体正是建立在对立的两极基础之上；之所以对立的两极在黑塞的主观意识中变成了和谐的整体，其根本原因就在于这对立的两极虽然对立，但却不再像上面所论述的那样形成一对又一对相互斗争、相互对抗、不可调和的矛盾，而是变成了对立而不对抗的元素，这也就是黑塞所说的他从中国人的精神实质中所理解的“并非敌对的，而是友善的对立”的含义，而得出这一结论的思考方式则带有典型的相对主义的色彩。因此，黑塞这种相对主义的思维方式既是他自己为了解决主客体分裂思维模式所造成的困难冥思苦想的结果，又一定受到了他阅读的中国哲学和文学作品的启发。对于前者，黑塞在大约1919年秋天写给卡尔·泽里希(Carl Seelig)的信或许可以作为很好的证明：

> 亲爱的朋友，您处于两极之间，时而倾向于一极，时而又倾向于另一极。……两者都必须存在，尽管我祝愿您不要遭受痛苦，但也不希望您停留在两极中的一极上。凶杀一再高声而烦扰地使人想起充满泥泞和阴暗的原始世界的我们的内心深处。另一种冲动走向净化、神化、善良，但它也走向对难堪的美化，走向

① Siddhartha. Eine indische Dichtung. S. 436.

② Siddhartha. Eine indische Dichtung. S. 436.

③ 《审美教育书简》，第 73 页。和 Ueber die ästhetische Erziehung des Menschen in einer Reihe von Briefen. S. 353.

对未曾消化之物的回避和隐瞒。

……

亲爱的卡尔·泽里希，即使是我也时而在心中总是纠缠于凶手、纠缠于动物和罪犯，但也同样因为道德主义者，因为过早地想要达到和谐，因为轻率的听天由命，因为向纯粹的善良、高尚和纯洁的逃避而烦恼。两者都必须存在，假如我们内心中没有动物和凶手，我们就是缺少真正生活的纯洁的天使，而假如没有始终而迫切的对神化、净化，对崇拜精神和无我的渴望，我们也一无是处。

我的情况是——作为诗人，在诸如歌德、凯勒等榜样的影响下，由于我隐瞒和在沉默中承受着我内心中所有阴暗而野蛮的东西，而强调和独自描述"善"、神圣的意义、敬畏和纯洁，我得以构建起一个美好而和谐的，但在根本上却是虚假的世界。这……最终将我——无论作为人还是作家——带进了一种疲惫的听天由命，这种听天由命虽然在轻柔的琴弦上奏出了音乐，并不难听的音乐，但它却使我的生活失去了感觉。现在，我几乎已经是一个老人了，在生活给予了我在外在的善良和成就方面的一切之后我重新……回归到自身，必须荡涤我自己的内心，必须首先观察和承认我以前否认抑或隐瞒的东西，那些我内心中一切的混乱、野蛮和冲动、"恶"。为此，我失去了我此前美好而和谐的风格，我不得不寻找新的语调，不得不为我自己内心中一切未救赎和原始的东西伤透脑筋——并非为了根除这些，而是为了理解这些，为了将这些用语言表达出来，因为我早已不再相信善与恶，而是相信，一切都是善的，也包括我们称之为犯罪、肮脏和恐惧的东西。①

而对于后者，黑塞的几封书信的片段或许可以从一个侧面提供更多的启示：

首先是关于对立背后统一的认识。1922年2月中旬，他在致菲利克斯·

① Gesammelte Briefe. Erster Band 1895-1921. S. 423f.

布劳恩(Felix Braun)的信中提到了《悉达多》的结尾与中国哲学的关系：

> 赫拉克勒斯的道路我也很熟悉，很长时间以来，我一直在创作一些与此类似的东西，它们裹着一层印度的外衣，缘起于梵和佛陀，而终止于“道”。①

尽管黑塞没有更具体地谈及他在这里所借鉴或者说给他自己的思想以证明的道家哲学思想到底是什么，但是，如上文所引述的那样，他曾经将“道”理解为“所有存在的起始原则”，而在1932年4月8日致德国一位年轻人的信中，黑塞则更详尽地解释了他所理解的“道”的含义：

> 被耶稣称为“上帝的王国”、被那些中国人称为“道”的东西并不是一个以牺牲其他祖国为代价应当服务的祖国——那是对于世界整体的感受，包括其所有的矛盾，那是对于所有生命的秘密统一的感知。这一感知或者理念在许多形象中被表达和被尊重，它有很多名称，其中一个名称就是——上帝。②

所以，道家哲学思想中“道”的内涵一定与黑塞在这里所思考的关于囊括所有对立的统一的观念有关。

其次是关于思考方式。在1922年8月29日致海蕾娜·威尔蒂(Helene Welti)的另一封信中，黑塞这样论及《悉达多》的结尾：

> 《悉达多》的结尾与其说是受了印度的影响，倒几乎毋宁说具有道家哲学的色彩。③

关于此，同样在1932年4月8日的信里也有所涉及：

---

① 引自 Michels，Volker（Hrsg.）：Materialien zu Hermann Hesses „Siddhartha“. Erster Band. Texte von Hermann Hesse. Frankfurt am Main 1986. S. 158.

② Ausgewählte Briefe. S. 65.

③ Gesammelte Briefe. Zweiter Band 1922-1935. S. 28.

> 您在我的书籍中感到了一种思维方式，您把我看作这种思维方式的老师。但是那是所有才智的思维方式，无论如何，它与政客、与将军们和“领袖”的思维方式正好相反。这种思维方式被极其准确地表达在《新约》四福音书中，表达在中国智者，首先是孔子和老子的格言以及庄子的寓言中，在印度的一些教育诗歌如《福者之歌》中。这种思维方式还隐秘地流传于所有民族的文学中。①

尽管无法完全肯定，这里从黑塞的文字中分析出来的变换了的思维方式就是上文引述的黑塞在《中国思考》里提到的在古代中国“发现”的、被西方人长期忽视的那种思维方式，但是，不可否认的是，这种“新”的思维方式一定与以区别事物不同为特征的逻辑分析的思考方式大相径庭，正如黑塞在《中国智慧》中对道家哲学思想的论断那样——它是带有神秘主义色彩的智慧，他在这里所说的道家哲学色彩很有可能指的就是由相对主义思维方式导致的人在主观上消除事物之间的差别，继而克服主客体分裂从而达到对立背后统一的认识，而这种思维方式和认识又恰恰在黑塞格外喜爱的道家哲学代表人物，尤其是庄子的文章中得到了充分的阐述；② 如果用中国20世纪新儒家的代表人物冯友兰先生的论断来概括的话，那种逻辑分析的思考方法可以被称为“正的方法”，而中国道家哲学的这种试图在人的主观意识中消除事物差别的方法被叫作“负的方法”，逻辑分析的方法在西方哲学中占统治地位，负的方法在中国哲学中占统治地位。③ 于是，黑塞在这里所展现的思维方式的变化实质上是中西方思想在思维方式方面的一次直接的碰撞。

在《悉达多》的结尾，黑塞借主人公之口在认识的层面上阐述他关于世界是一个对立背后的统一体的理论：

> 每一个真理的反面也同样是真实的！……可以用思想去想和用言语表达的一切都是片面的，一切都是片面的，一切都不完

① Ausgewählte Briefe. S. 64.

② 可参看《中国哲学简史》，第94至105页。

③ 可参看《中国哲学简史》，第277页和第287页。

整，一切都缺少整体、圆满和统一。……然而，世界本身，也就是我们周围和我们心中的存在却从不是片面的。……时间是不真实的，……当时间是不真实的时候，那么尘世和永恒之间、痛苦和极乐之间、邪恶与善良之间表面上存在的差距便也是一种错觉。①

显然，一方面，黑塞在这里明确地指出了时间在主体这种认识过程中所起的决定性作用，另一方面，他再次强调了在这样一个和谐的统一体之中，包括每一个生命个体在内的世界上所有对立的事物所达到的统一便不再是那种暂时的、"否定"的统一，而是一种永恒的"肯定的"同一，它们对立却不对抗，它们相辅相成，相互化入，也就是说，每个人、每个事物都是这种"肯定的"同一的体现。

然而，即使是认识主体得出了这样的一个关于对立背后的统一的认识，就能够说明各种对立在人的思维中已经不再矛盾了吗？就能够表明人已经克服主体与客体的分裂了吗？认识终究只是认识，这一认识似乎还需要一个在个体身上变成现实的过程，就像在《内与外》中主人公弗里德里希的内心变化一样。而且，黑塞之所以思索和描写这种思维方式的转变及其结果，其最终的目的还是为了使个体的发展达到那第三个最高的阶段。因此，正如他在《神学片段》里所表述的那样——走向那第三个精神王国简而言之就是"走向信仰"，在1931年的散文《我的信仰》(Mein Glaube)的开头读者便可以读到这样的语句：

我不仅偶尔会在文章中表白自己的信仰，而且，在大约十几年前，我还尝试着将我的信仰在一本书中记录下来。这本书就是《悉达多》，……②

也就是说，在上文所分析的这种关于对立背后的统一的认识和黑塞在这里

① Siddhartha. Eine indische Dichtung. S. 463.

② Hesse，Hermann：Mein Glaube. In：Gesammelte Werke in zwölf Bänden. Zehnter Band. Betrachtungen aus den Gedenkblättern. Rundbriefe. Politische Betrachtungen. Frankfurt am Main 1987. S. 70-74；hier S. 70.

所说的“信仰”之间必然存在着某种联系；而1954年12月，在给来自达姆施塔特(Darmstadt)的卡尔·Fr. 博雷(Karl Fr. Borée)的信中，黑塞关于这种联系的表述就更为直接：

> 我看事物与您不同，可以肯定，但并非在您来信的意义上——您投身于积极的生活，而我沉迷于内省的生活。对于虽然受过基督教新教教育，但却继而以印度和中国为师的我来说，将世界与人两分为一个个对立并不存在。在我看来，首要的信条(Glaubenssatz)就是在这些对立背后和凌驾于这些对立之上的统一。①

由此，“信仰”这样一个带有明显宗教特征的概念便成了理解黑塞思想的钥匙——如上所述，黑塞本人虽然出身和成长于一个极其虔诚的基督教家庭，但却始终没有皈依基督教，相反却对其充满了怀疑的态度，因此，“在《圣经》意义上必须被理解为与值得信赖和在此意义上忠实的上帝及其见证的信赖关系”②的信仰的含义无疑与黑塞的理解大相径庭，那么，黑塞心中的“信仰”又有何特殊的含义？它又如何能够帮助个体达到更高的发展阶段呢？

> 这部小说是一个出身于基督教家庭、受基督教教育的人的自白，他很早就告别了教会，并且努力去理解其他宗教，尤其是印度人和中国人信仰的形式。我尝试着去探究所有宗教信仰和所有人性的虔诚方式的共性，探究凌驾于一切民族差异之上的东西，探究被每一个种族、被每个个人所信仰和尊敬的事物。
>
> ——1958年黑塞致波斯语读者的信谈《悉达多》③

---

① Ausgewählte Briefe. S. 433.

② Metzler Philosophie Lexikon. S. 214.

③ Michels, Volker (Hrsg.): Materialien zu Hermann Hesses „Siddhartha“. Erster Band. Texte von Hermann Hesse. Frankfurt am Main 1986. S. 268.

第二节 从“哲学信仰”到“天地境界”

1923 年，也就是在小说《悉达多》发表后的一年，黑塞在其散文集《疗养者》(Kurgast)中，进一步阐释了由二元对立思维模式通过相对主义的思维方法获得对立背后统一的认识：

> 在世界上，令我诚实笃信的、令我感到如此神圣的莫过于统一的观念——整个世界是一个神圣的统一体，所有的痛苦、所有的罪恶只是因为我们个人不再把自身看作整体的不可分割的部分，因为自我的妄自尊大。在我的生命中，我经受了许多痛苦，犯下了很多过错，不少荒唐和辛酸的事也总来找我的麻烦，但是，我总是能顺利地将自己解脱出来，忘却并且奉献自我，感受统一，将内与外、自我和世界的矛盾看作错觉，闭上眼睛欣然融入统一之中。[①]

这是一段无论在内容还是形式上都非常具有启发性的阐述，尤其是因为和小说《悉达多》中的描述相比，黑塞更加直接地把关于“统一”的认识与人作为认识主体的认知和思维方式结合了起来。从形式上看，这段话从一开头就使用了德语“我相信”(Ich glaube an . . .)的表达方式，而在后面的短短几句话中也多次提到了“我”(ich)这个词，由此，黑塞格外强调了“我”作为主体在这种信仰中的地位和作用。毫无疑问，这一方面不但肯定了这种信仰的唯一性和个体性，另一方面，在这段阐述中，黑塞又突出了主体“我”的对立面——被他称为“世界”的“我”之外的客体，于是，这段对信仰的表述便建立在主体一客体分裂的基础之上；而在内容上，尽管简而言之，黑塞“信仰”的内容就是在人的思维中对一种关于“统一”的观念的确信，但是，如果把这个信仰的内容与主客体分裂联系到一起，就会发现，这两者之间存在着某种“矛盾”——如果遵循主体与客体的对立，那么如上所说，主体“我”就处在客体“世界”的对立面，“整个世界是一个神圣的统一体”便是主

---

① Hesse, Hermann: Kurgast. In: Gesammelte Werke in zwölf Bänden. Siebter Band. Frankfurt am Main 1987. S. 5-113; hier S. 61f.

体“我”的信仰的内涵；然而，如果“整个世界是一个神圣的统一体”，那么，“我”到底又在哪里呢？黑塞表达得很明确——“我”是整体不可分割的一部分，也就是说，如果按照这种说法，“我”与这个统一的世界便不再是对立的，就像黑塞所言，主体的“我”能够融入客体的“统一”之中。因此，黑塞这种对于“统一”观念的信仰便充满了深刻的哲学内涵，即主体“我”把包括自己在内的客体，即我与世界看作“统一体”。

耐人寻味的是，思考和探究以及用言语来阐释这种有别于宗教含义的信仰的绝非只有黑塞一个人，1947 年 7 月，上文已提到的德国存在哲学的代表人物卡尔·雅斯贝斯在巴塞尔大学的讲台上全面阐述了其“哲学信仰”(Der philosophische Glaube)的思想，赋予了“信仰”一词有别于宗教信仰的全新内涵。从表述来看，雅斯贝斯所思考的内容与黑塞的思想有很多相同和近似之处——关于主体和客体构成的统一体，雅斯贝斯就这样阐述：“信仰的主体方面和客体方面是一个整体。……因此，虽然信仰始终都是对于某物的信仰。但是，我既不能说：它是一个并非由信仰决定的，而是决定信仰的客观真理，——我也不能说：它是一个并非由客体决定的，而是决定客体的主观真理。信仰是被我们区分为主体和客体之物的合一。”① 这个在黑塞的表述中包括主体“我”在内、又被“我”所相信的“统一体”在雅斯贝斯那里被称为“大全”(das Umgreifende)，从德语的原意来看，这个由动词 umgreifen 的第一分词派生出的名词形式有围绕、包含的意思，“大全既不是包围着我们的存在自身(Sein an sich)，也不是作为存在的我们(Sein，das wir sind)”。②

显然，无论是黑塞还是雅斯贝斯都清楚地意识到了主体所处的这样一种“矛盾”的境地，于是，为了保证主体能够在自己身上“实现”这一“哲学信仰”的内涵，他们思考了一个相同的问题——信仰如何超越认知？一方面，他们都肯定了信仰的内涵与认知的必然联系，假如抛开主客体分裂的问题，那么无论是黑塞还是雅斯贝斯的关于“统一体”和“大全”的表述都可以仅仅被看作人的认识的内容，正如雅斯贝斯所言：“哲学信仰，即进行思考的人的信仰，在任何时候都具有这样的特征，即它只与知识(Wissen)

① Der philosophische Glaube. S. 14.

② Der philosophische Glaube. S. 17.

有关。”[①]换句话说，哲学信仰是以人的认知为基础的，并以人的认知的形式表现出来；另一方面，黑塞和雅斯贝斯又都认识到，鉴于哲学信仰的深刻内涵，它又一定有别于知识，正因为如此，悉达多才会在佛陀如此完美的学说中发现那个关键的漏洞——为什么佛陀无法用语言和教义告诉任何人在他大彻大悟的那一时刻在其身上到底发生了什么。在黑塞看来，不管佛陀的学说有多么完美，在这样的知识当中，也没有将认识主体被信仰充实时所发生的事情描述出来。这恰恰证实了雅斯贝斯的判断——“真正的信仰的一个特征，即对真理的确信，但我无法像证实关于有限事物的科学认识那样证明这一真理”。[②]

在小说《悉达多》的结尾处，在与好友乔文达(Govinda)的长篇交谈中，悉达多着重强调了信仰与认知的区别，就像上文引用的他在写给一位年轻教师的信中所阐释的那样，“将真正的智慧用语言方式表达出来的任何尝试都会将智慧变成愚蠢的行为”：

> 人可以传达知识，但是智慧却不行。人能够找到智慧，人能够经历体验智慧，人能够被它所承载，人能够凭借它创造奇迹，但人就是不能够把它说出来、教授出来。……如果一个真理是片面的，它就总是能够被表达出来并包裹着语言的外衣。[③]

于是，黑塞这样描述着主人公将此信仰变成现实时的状态：“那不过是心灵的一种准备，一种能力，一种神秘的艺术，在生活中的每时每刻能够思考着统一的思想，感受和纳入这种统一。”[④]由此，悉达多终于实现了其内心的完善，实现了“觉悟”。而在1930年冬，在一封给一位正在找寻“领袖”的年轻人的信中，黑塞将他对信仰的理解表达得更加清楚明了：

> 我所提及的信仰并不容易用言语表达。我大概能够如此表述：我相信，尽管存在着明显的荒谬，但生命仍然具有一种意

---

① Der philosophische Glaube. S. 13.

② Der philosophische Glaube. S. 12.

③ Siddhartha. Eine indische Dichtung. S. 462f.

④ Siddhartha. Eine indische Dichtung. S. 454.

> 义，我听命于借助知性无法把握这最后的意义，然而却准备好投入这种意义，即使我不得不牺牲我自己。我在内心中听到这种意义的声音，在那些我真地极其活跃和清醒的时刻。
>
> 我希望试图实现在这些时刻里生命对我的要求，即使这会与通常的时尚和规则相悖。……
>
> 人不能命令这种信仰，也无法强迫自己获得它。人只能经历这种信仰。正如基督教徒对"宽宥"……只能虔诚地经历那样。谁做不到，谁就会在教会中，或者在科学里……或者在随便什么存在现成道德、纲领和方法的地方寻找信仰。①

显然，黑塞再次强调，这种精神状态最终并不是通过知性的认识途径，而是通过带有神秘主义色彩的顿悟方式达到的——"人只能经历这种信仰"，这也可以解释为什么黑塞在晚年读到《碧岩录》后会产生如此强烈的心灵共鸣，雅斯贝斯称这样的一种精神状态是哲学信仰在主体意识中变得明晰(sich erhellen)的过程："信仰虽然不能成为普遍有效的知识，但通过自身的确信，我应当感受到其存在。它应该不断地变得明朗、清晰，被意识持续地激发出来。"②

这里，之所以把黑塞在小说中对于信仰的描述与雅斯贝斯关于"哲学信仰"的理论文字进行比较，一方面是因为如此可以展现出黑塞思想的深邃，另一方面则是由于他们把这样的思考提升到信仰的高度，其目的也是相同的，那就是为了给人的生存提供一种精神和思想上的支持与帮助。依照这样的分析，读者才能够更加深刻地理解黑塞在《神学片段》中关于把个体的人的发展分成从低到高三个阶段的思想。如上所述，这三个阶段代表着人的精神和思想的三种不同的状态——在第一个阶段里人还无法区分主体和客体，没有自我意识，处于混沌朦胧的状态；在第二个阶段中，人能够区别主体和客体并将它们对立起来，有了自我意识和自我认识，能够发觉世间万事万物的区别，在这个阶段里，人的个体化可以得到极大的发展；最大的困难出现在从第二个阶段向第三个阶段的过渡过程中，由于人自己身上感性和理性元素的矛盾，由于主客体的分裂，个体无法向更高的

---

① Ausgewählte Briefe. S. 43f.

② Der philosophische Glaube. S. 14.

精神王国迈进从而导致“绝望”。而一旦人的思想由思维方式的转变经过获得对立背后统一的认识到能够经历这样一种以此为内涵的信仰，人也就在主观上消除了主客体的分裂，切实达到了个体精神与世界同一的状态。显然，尤其是这第三个阶段完全关乎人的精神和思想世界。

如果说雅斯贝斯关于“哲学信仰”的理论能够帮助读者在西方思想史的框架下更透彻地理解赫尔曼·黑塞思想的深邃的话，那么，借助同样是黑塞的同时代人、20世纪中国新理学的代表人物冯友兰先生关于人生境界的阐释则可以在跨文化的语境中为黑塞的思想做出更具启发性的解释，因为上述被黑塞所思索的两方面的问题在冯先生的《贞元六书》，尤其是《新理学》和《新原人》中都出现了相同或类似的阐述。

首先，关于对世界作为统一体的思考方面，第一个把西方思想史逻辑分析的方法纳入中国哲学的冯友兰在建立自己的形上学体系时创造和使用了理、气、大全、道体等哲学概念。这里的“大全”，即是有包罗一切的含义，他是这样给“大全”下定义的：“上文说真际，可从类之观点看，亦可从全之观点看。所谓从全之观点看，即我们将一切凡可称为有者，作为一整个而思之，则即得西洋哲学中所谓宇宙之观念。在中国哲学中有时亦以天地指此观念。”[①]这里，冯先生强调了“大全”的哲学内涵，它并非科学中所讲的宇宙，而是哲学上所讲的“大一”，是“至大无外”的，[②] 由此可见，这个“大全”的哲学含义与黑塞思想中的“统一”和雅斯贝斯的“大全”是一致的。于是，冯友兰也意识到并阐述了这个“大全”与人的认识的关系——也就是上文提到的“矛盾”：“严格地说，大全，宇宙，或大一，是不可言说底。因其既是大无外底，若对之有所言说，则此有所言说即似在其外。……严格地说，大全，宇宙，或大一，亦是不可思议底。其理由与其是不可言说同。但我们于上文说，将万有作一整个而思之，则是对之有所思。盖我们若不有如此之思，则即不能得大全之观念，即不能知大全。既已用如此之思而知大全，则即又可知大全是不可思议底。”[③]然而，正像黑塞和雅斯贝斯要把他们的哲学信仰分别通过不同的方式用语言文字表达出来一

---

① 冯友兰著：《新理学》，载于《三松堂全集·第四卷》，郑州，河南人民出版社，2000年，第1至193页，这里第26页。以下引用简称《新理学》。

② 《新理学》，第27页。

③ 《新理学》，第27页以下。

样，冯友兰也认为要把这“不可思议底”东西用语言讲出来，由此也揭示出这样的文字神秘主义色彩的缘由：“但不可思议者，仍须以思议得之；……以思议得之，然后知其是不可思议底；……不可思议底，亦是不可言说底。然欲告人，亦必用言语言说之。不过言说以后，须又说其是不可言说底。……有许多哲学底著作，皆是对于不可思议者底思议，对于不可言说者底言说。……哲学的神秘主义是思议了解的最后底成就，不是与思议了解对立底。”[①]如上所述，黑塞也是先获得了关于世界是统一体的认识，然后才把它看作其信仰的内涵并认识到这一信仰并不容易用言语来表达，由此，虽然不是哲学著作，但黑塞文字中为了描写其哲学信仰所带有的神秘主义色彩也就不足为奇了。正如他在 1932 年 9 月给格奥尔格·温特尔(Georg Winter)的信中所说：

> 我的作品，一位日渐衰老的诗人的自白，正是试图……将不可描述的东西描述出来，使人们回想起不可言说的事物。……严肃地讲，您真的知道随便哪一种文学作品或者哲学不是试图将恰恰不可能的变成可能，不是凭借负责的感觉敢于讲出禁忌之事吗？[②]

其次，就是关于个体发展的阶段。虽然在冯友兰先生的理论体系中并未专门论述“个体”这个概念，而只是在探讨“人”的问题，但显然，这里的“人”就是指的作为个体的人，而非类属的概念。和黑塞一样，冯友兰在探讨人的发展问题时也赋予了人的认知能力和自我意识以关键的作用，冯先生谓之“觉解”：“觉是自觉。人做某事，了解某事是怎样一回事，此是了解，此是解；他于做某事时，自觉其是做某事，此是自觉，此是觉。……人是有觉解底东西，或有较高程度底觉解底东西。……有觉解是人生的最特出的显著底性质。因人生的有觉解，使人在宇宙间，得有特殊底地位。”[③]于是，根据人的认知能力即解和自我意识即觉的发展状况，冯友兰

---

① 冯友兰著：《新原人》，载于《三松堂全集·第四卷》，郑州，河南人民出版社，2000 年，第 461 至 627 页，这里第 572 页。以下引用简称《新原人》。

② Ausgewählte Briefe. S. 74.

③ 《新原人》，第 472 页以下。

将人的精神和思想世界划分成若干个阶段，为此，冯友兰借用了佛教的术语"境界"，"境"是指心之所对与心之所知的对象，境有层次的区别，也就是说层次和层次之间存在界限，被界限分开的不同层次的界域就是境界。一方面，冯先生指出"觉解"是境界构成的基础："人对于宇宙人生底觉解的程度，可有不同。因此，宇宙人生，对于人底意义，亦有不同。人对于宇宙人生在某种程度上所有底觉解，因此，宇宙人生对于人所有底某种不同底意义，即构成人所有底某种境界。"①另一方面，他也强调了境界的个体性："各人有各人的境界，严格地说，没有两个人的境界，是完全相同底。每个人都是一个体，每个人的境界，都是一个个体底境界。没有两个个体，是完全相同底，所以亦没有两个人的境界，是完全相同底。"②但是，概括而言，他把人的精神境界分成了四个由低向高发展的阶段，即自然境界，功利境界，道德境界，天地境界。③

按照冯友兰的理论，精神处于自然境界中的人，其最大的特征便在于"一个人做事，可能只是顺着他的本能或其社会的风俗习惯。就像小孩和原始人那样，他做他所做的事，而并无觉解，或不甚觉解。这样，他做的事，对于他就没有意义，或很少意义。"④实质上就是说，处于这种精神境界中的人没有或者几乎没有认知能力和自我意识，这与上文分析的黑塞所探讨的个体的第一个发展阶段的内涵是基本相一致的。

一旦人的认知能力由感性阶段上升到了理性阶段，人就不仅能够强烈地意识到自身的存在即"我"与"世界"的区别，又能够以主体认识客体的方式认识自身和世界，这个被黑塞称为人"走向了解善与恶，走向对文化、道德、宗教和人类理想的要求"的阶段在冯友兰那里又被划分为了功利和道德两个境界，然而，对于主体的人来说，这两个境界的共同点却显而易见，那就是无论人的行为是为己还是为他，都是建立在理性思维的基础上的，人的知性、人的逻辑思维即冯友兰所谓的"正的方法"得到了最大程度

---

① 《新原人》，第 496 页。

② 《新原人》，第 497 页。

③ 这里，还需要提及的是，张世英教授在《天人之际》一书中也从在中国哲学史上占主导的天人合一和在西方哲学史上占主导的主客二分的角度入手探讨了人的精神发展的阶段问题，也把人的精神活动分为由低到高的三个阶段——原始的天人合一，主客二分，高级的天人合一。可参看《天人之际》，第 203 至 217 页。

④ 《中国哲学简史》，第 285 页。

的发展，也就是说具备了更多的觉解。但必须指出，由于思想文化背景的不同，在相同的认知前提下双方关注的关于人的发展的具体内容却大相径庭。

而在这个阶段之上，如上所述，无论赫尔曼·黑塞还是冯友兰都为个体的人思考出了一个更高的也是最高的精神发展阶段。这个阶段首先建立在主体对一个"大全"的认识之上，那就是"整个世界是一个神圣的统一体"，个体把自身看作整体不可分割的部分。用冯友兰的话说就是："人对于宇宙有进一步底觉解时，他又知他不但是社会的分子，而又是宇宙的分子。……因为人虽本来都是宇宙的分子，但他完全觉解其是宇宙的分子，却又是极不容易底。人都是宇宙的分子，但却非个个人都完全觉解其是宇宙的分子。"[①]正是这样一种上文所说的由"负的方法"引起的、对大全可思议又不可思议、可言说又不可言说的精神和思想状态使人在主观意识上"消除"了主客体的分裂，将事物之间的对立和差别包容在这个统一之中。于是，人便有了一种庄子所说的"天地与我并生，而万物与我为一"的感觉。正是在这个意义上，读者才能够理解为何黑塞将"消除个性"看作"我们的任务和使命的另一方面"，为何断言"一切智慧都消除了个人"，正如1923年1月10日在写给弗里茨·马尔蒂(Fritz Marti)的信中他所谈到的那样：

> 我并不认为，我的道路不断从脱离文学创作走向哲学，与此相反，我却将《悉达多》看作一种对思辨思维的价值的放弃。……即使是基督教苦行主义的冥想虽然也把个性看作一个重要的阶段，因为个体化对于它来说也是一个神圣的过程，但是，它却仅仅把个体化看作走向真正的人的道路的第一部分，第二部分则要超越个性，正如所有宗教追求的最终目标是完全走入上帝，也就是个性的逐渐消失。……自然，对我来说，这里无论如何并不涉及通常意义上的"思想"，而是涉及到在我看来作为真理和生活条件的那些事情。[②]

---

① 《新原人》，第561页。

② Gesammelte Briefe. Zweiter Band 1922-1935. S. 44f.

当人在主观上达到了这样一种精神和思想状态的时候，人在主观意识中已经做到了“无己”，这非但不是对于个体的否定，反而意味着人的主观精神已经超越了理性的认知。对于此，冯友兰沿用了中国古代哲学的词汇，他写道：“一名言底知识，在经验中得了印证，因此而确见此名言所代表底概念，及此概念所代表底理。……得此种印证底人，对于此经验及名言有一种豁然贯通底了解。……此经验对于此人，本是混沌底，但现在知其是怎么一回事了。……此种忽然豁然贯通底了解，即是所谓悟。此种了解是最亲切底了解，亦可以说是真了解。”[1]可见，这里所谓的“悟”是建立在知识基础之上但又超越认知的一种主观的经验；而赫尔曼·黑塞则只能用西方语言的词汇来描写这种经验，这就是上文引述的诸如“经历”、“融入”等词语，或者如《悉达多》中对主人公这种“与天地参”的主观感受的描绘：

> 一切就是一体，一切都相互交织、联系、千百次地纠结在一起。所有的一切，所有的声音，所有的目标，所有的欲念，所有的痛苦，所有的喜悦，所有的善与恶，所有的一切构成了这个世界，所有的一切构成了事情的长河，构成了生活的旋律。悉达多全神贯注地倾听着河水的声音，倾听着这千百种声音的歌曲，他既不听命于烦恼也不受制于欢笑，他的心灵不受任何声音的羁绊，他的自我也不融入其中，相反，他聆听着一切，感受着整体，感受着统一。然后，这支由上千种声音组成的歌曲便凝聚成一个字，那就是“唵”——达到完善。[2]

由此，在与冯友兰关于人生境界的思想的比较中，读者不仅能够更加深刻地理解黑塞笔下文字的内涵，同时又可以领略到其思想的深邃。无论如何，二者在一个观念上是相同的——哲学的思辨、人的睿智的思想可以为人的现实存在提供帮助，甚至是至关重要的帮助。仅对于黑塞来说，凭借这种最高的精神境界，他便为个体的发展之路画上了一个完美的句号，使这一发展达到了他理想中那个最高的阶段。

但正如黑塞自己所承认的那样，他的作品正是试图将那不可描述的东

---

① 《新原人》，第468页以下。

② Siddhartha. Eine indische Dichtung. S. 458.

西描述出来，因此，即使是在主观上体验到了这种最高的与宇宙一体的精神境界之后，尽管并不容易，但黑塞却依然试图把自己心中的这份信仰用各种文字的方式表达出来，和上文引述的文字一样，这些表达方式的共同之处在于他极力强调的依旧是个体的主观意识和情感，而常用的几个象征性的标志则是人包容一切的心灵、具有神性的永恒的精神实质和服务于对个体的超越。

例如，在小说《荒原狼》中，在用大量篇幅探讨了人性中互相对立的感性和理性因素之后，黑塞这样谈论了人内心的另一种可能的变化，实质上仍是上文所述的思维方式变化的一种表现：

> 替代使你的世界变得狭窄，使你的心灵变得简单的是，你必须包容越来越大的世界、必须最终将整个世界容纳到你痛苦地扩大后的心灵之中。……每次出生都意味着与宇宙的分开，意味着划定界限，意味着与上帝的脱离，意味着充满痛苦的更新。回归宇宙、扬弃沉痛的个体化，成为上帝意味着：将心灵如此扩展，以至于它能够将整个宇宙再次包含其中。①

这里，引人注意的无疑是黑塞使用的词汇，如上所述，无论是“宇宙”还是“上帝”，在黑塞的观念中都代表着那个“大全”，于是，“成为上帝”、将宇宙包含在人的心灵之中也就代表着人的主观意识与大全相同，达到那种与宇宙同一的精神状态。在黑塞看来，此时，由于人已经扬弃了个体化——当然这是在个体化充分发展之后意义上的扬弃——，于是，人的精神实质便具有了神性，便被赋予了无比重要的意义，上文引述的个体“在神明”、“在非我和超我中”占据一部分的那个“我”才真正得以主宰人的心灵。正如他在1920年2月28日致海蕾娜·威尔蒂的信中所阐述的那样：

> 但是，对于您关于辛克莱尔和“寻找自我”(Suchen des eigenen Ich)的补充我必须还要讲几句，正是因为这个问题多年来对我都很重要，现在，几个月来我又在很多条途径上对此进行了

① Der Steppenwolf. S. 248.

研究。

您认为，出自自我的生活简直就是利己主义。但是，只有对“我”一无所知的欧洲人会这么看。寻找者所指的“我”，所有欧洲以外的思想世界——只有欧洲的科学是例外——三千年来在研究的这个“我”，并非单独的人，如他自己所感觉的那样，而是每个灵魂最内在的本质核心，印度人称之为“梵”(Atman)，它是神圣而永恒的。谁找到了这个“我”，无论是在佛祖抑或吠陀的路上，还是在老子或者耶稣的路上，谁就在他的内心中与宇宙、与神相连，并在神的允许下行动。

您说，寻找“我”并不比找到与他人正确的关系更重要。但是，这根本就不是两回事。谁在寻找那真正的“我”，谁就同时在寻找一切生活的形式，因为这最内在的“我”在所有的人身上都是相同的，它是神，是“道”(Sinn)。……

我们今天的人过于习惯于按照法则和常规去确定对他人的行为，而这些法则和常规我们却不能够按照上帝的意志去衡量，因为我们根本就不了解上帝，因为我们从未学过寻找作为我们内心最深处的他。……

欧洲的哲学在对认识的批判上取得了很大的成就，但是在关于人的本质和生命的那些基本的思想上，它却没有补充什么新鲜的更不要说更好的内容了。……①

正因为黑塞认为人在最高的精神境界中时他的精神实质已经具有了永恒的神性，所以，人的精神此时也就被赋予了神性，人得以在有限的存在中实现精神的永恒，正如他在1933年11月22日的诗歌《沉思》(Besinnung)的第一节中所写道的那样：

神圣而永恒的精神，
我们是它的形象和工具，
我们的道路迎它而行，我们最真挚的渴望：

---

① Gesammelte Briefe. Erster Band 1895-1921. S. 445f.

成为它，在它的光芒中闪亮。[①]

而当这种精神转化为人的情感，在黑塞笔下就变成了人对世界的爱和对神圣的生命的敬畏。在小说《悉达多——一部印度作品》的最后一章，已经达到精神完善的悉达多面对好友乔文达就表达出达到最高精神境界的人对爱的理解：

因此我觉得，凡是存在的事物都是好的，我觉得，死亡和生存是相同的，罪孽和圣洁是相同的，聪颖和愚蠢是相同的，一切都必定是如此，一切都只需要我的赞成，只需要我的同意，只需要我怀有爱意的认可，……我从自己的身体和心灵中感到，我非常需要罪孽，需要肉欲，需要追求财富，需要爱慕虚荣，需要最为可耻的绝望，以便学会放弃抗争，学会爱这个世界，不再拿它与任意一个我所希望的、臆想的世界相比较，与一种我凭空臆造的完美相比较，而是顺其自然，爱它，欣然从属于它。

……

我觉得爱是一切事物中最重要的。……我所关心的只是能够爱这个世界，不去蔑视它，不憎恨它和我自己，能够带着爱心、钦佩和敬畏去观察世界、我自己和所有的生命。[②]

如果说由神性的精神实质转化成的这种深沉的爱的情感表达出的是一个达到最高精神境界的个体对世界、对社会、对他人，甚至对自身的态度，那么，对生命的敬畏——这早已不是简单的对生命的肯定——则抒发出个体面对永恒的宇宙的无比虔诚。在1930年7月15日写给G. D. 小姐的信中，黑塞就强调了这种敬畏之情对于他的非同寻常的意义：

你们充满了追求，你们拥有很多渴望，你们具有很多模糊的冲动，这种冲动希望以随便什么方式升华。但你们不具有的却是“敬畏”。

---

① Die Gedichte. S. 623.

② Siddhartha. Eine indische Dichtung. S. 464f.

……我无法想象，为我自己或者甚至为了他人能够找到诸如一种新的宗教、一种新的表述或者教育的可能一类的事物，……即使当我不得不对我的时代，甚至我自己感到绝望的时候，我却始终坚持，不会抛开对生命及其可能的意义的敬畏。我这样做并非出于任何一种希望——对于世界和对于我本人，随便什么东西会变得更好，我这样做，仅仅是因为假如缺少一种敬畏、假如缺少对神的献身精神，我就无法生存下去。①

于是，带着这样的爱与敬畏，此时个体的人的任务已不再是此前的对人的个体化的极力追求，而是像黑塞对歌德所评价的那样，要致力于"服务于一种超越个人的精神本质和品德"。如黑塞在小说《玻璃球游戏》中所记述的那样：

无论如何，这就是我们今天对于个性的理解，它与古代的传记作者和历史学家的表述有很大不同。……人们要说，对于他们来讲，一种个性的本质便在于背离、在于离经叛道，在于独一无二，……而对于我们今天的人来说，只有当我们遇到了那些在一切特性和古怪的彼岸成功地尽可能完全地将自身纳入到普遍之中、成功地尽可能完美地服务于超越个体的人时，我们才会谈及重要的品格。②

抑或，他于1918年1月21日撰写的诗歌《自白》(Bekenntnis)可以概括上述的全部内涵：

美丽的假象，你看着我
欣然沉醉于你的游戏，
其他人拥有意图、目的，
我却仅仅满足于生活。

---

① Ausgewählte Briefe. S. 31f.

② Das Glasperlenspiel. S. 9.

譬喻希望向我展现一切，
一切打动我感官的事物，
但无限和大一，
却被我始终真切地感受。

阅读这样的图画文字，
是生命对我永远的酬劳，
因为我知道，永恒、本质
只停留在我自己心中。[①]

一个过着真实的生活而又在内心中洞见宇宙的人，难道不就是一个完美的人吗？

> 我无法从世界历史中断定，人是善良的、高贵的、热爱和平的和无私的，但是我断定，在属于他的可能性中，也存在这种高贵而美好的可能，存在对善良、和平和美的追求，并且在幸运的情况下能够达到辉煌，我相信和肯定地知道这些，假如这种信仰需要一种证明，那么，在世界历史中，……这一信仰也找到了佛陀、苏格拉底、耶稣这样的现象，找到了印度人、犹太人、中国人的神圣的文字，在艺术世界中找到宁静的人的精神的优秀作品。
>
> ——1955 年 2 月赫尔曼·黑塞致戈尔克(Gohlke)先生的信[②]

第三节 总 结

越是到了晚年，类似题记里的话语就越是频繁地出现在黑塞的各种文字中，显然，作家正在不断总结自己一生的经历，特别是一生中思想发展的历程。假如对于中国文化黑塞仅仅停留在好奇和兴趣的层面上，那么，

① Die Gedichte. S. 432.

② Ausgewählte Briefe. S. 439f.

中国文化带给他的充其量也就是创作之余的些许消遣快乐；假如黑塞对于中国文化仅仅是赞叹和欣赏，那么，他充其量也就是比其他不了解中国的普通人多获取了一些关于中国文化的知识；假如黑塞仅仅满足于在主客体分裂思维模式下对自身和世界的认知，假如他为个体勾勒的理想的发展道路仅仅把人的充分的个体化视为终点，那么，赫尔曼·黑塞，这个在与中国文化的接触和对中国文化的接受中独一无二的德国作家今天也就不会引起人们，尤其是中国人那么浓厚的兴趣。但是，恰恰是因为这些"假如"都不是事实，所以，除了其文学作品之外，黑塞这个人、这个人的思想才令人格外刮目相看——简而言之，黑塞对于中国文化的接受没有局限在简单的阅读和了解，而是通过作家的亲身体验，尤其是通过阅读中国文化典籍之后的深入而详尽的思考渗透到了作家本人的思想之中，继而是其作品的字里行间。于是，在作家倾尽毕生心血为其本人，也为广大读者描述的一条个体发展的理想道路之上，在这个典型的西方文化的主题当中，中国文化发挥了它能够发挥的，甚至是至关重要的作用。

如上所述，隐藏在黑塞所描绘的这条分成阶段的个体发展的道路背后的，是人的认知能力的发展过程。在本书的分析中，通过与雅斯贝斯和冯友兰哲学思想的比照，一方面可以清晰地看到黑塞所思考的问题在他那个时代，无论在世界的东方还是西方都具有多么重要的思想史意义和哲学内涵；另一方面，在思维方式上，黑塞的思想以西方传统的思维方式为起点，最终走向了东方的思考模式，从而在这个思想的个案中完成了一个普遍的哲学思考的过程。正如冯友兰所断言的那样："一个完全的形上学系统，应当始于正的方法，而终于负的方法。如果它不终于负的方法，它就不能达到哲学的最后顶点。但是如果它不始于正的方法，它就缺少作为哲学的实质的清晰思想。"[①]对于这种普遍性，黑塞本人也深有感悟，例如他在1937年12月1日给奥托·巴斯勒(Otto Basler)的信中就这样写道：

> 我十分看重圣洁，然而，我却并非圣徒，我属于完全另一种类型，我所拥有的知识和秘密并没有给我启示，而是被学习和搜集，我的道路是通过阅读、思考和找寻，这虽然不是最神圣和最

---

① 《中国哲学简史》，第288页。

> 直接的道路，但却也是一条道路。有时在佛陀那里、有时在《圣经》当中、有时在老子或者庄子身上、有时在歌德和其他诗人笔下我感觉接触到了那个秘密，渐渐地我注意到，那始终都是同样的秘密，始终出自同样的源头，超越了所有的语言、时代和思考方式。①

这秘密究竟是什么？或许上面引述的黑塞本人的两个论断就是最好的回答——人是不朽的，一切智慧都是永恒的。

① Gesammelte Briefe. Dritter Band 1936-1948. S. 71.

附　　录

附录一　约瑟夫·克奈西特致卡尔罗·费罗蒙特

朋友，令人感到愉快和在根本上带给人慰藉的是，一切，也包括那些看起来完全过往的东西都有能力回归和开始新的生活。前不久你告诉我，最近你的一些同事在忙于阅读佛教的著作，而且是专门研究禅宗的文献，无论是以中国还是以日本的形式。你似乎更倾向于把这看作一种纯粹的时尚和悠闲的游戏；归根到底，你本人决心并不更多地涉猎于此。由于你为此恳求我，所以我乐意告诉你我关于这个主题的一些想法，因为这个"时尚"即使在这里的、在华尔采尔也能够被感受到，以至于我有必要通过阅读略微重温我的关于这一材料的微薄知识。最近，我首先常常再次阅读《碧岩录》。

我对于中国人的喜爱你早已知晓。这份喜爱首先与佛教和禅宗并无关系，它针对的是古典作家们的那个古老而美好的中国，这个中国对佛陀还一无所知。《诗经》、《易经》、孔夫子、老子直到庄子的著述和关于他们的文字像荷马、柏拉图、亚里士多德一样都是我的师长，他们帮助我塑造自身并形成了我关于善良、智慧、完美的人的观念。对于我来说，无论过去还是现在，作为词汇和概念的"道"都比涅槃重要，中国的绘画给我的感觉也是如此——和许多禅宗大师的那种更强烈的、更热烈的、让人感到更具天赋的艺术相比，我更喜欢那种传统的、讲究的、倾向于书法的绘画。有时，作为一个东方朝圣者和"来自东方之光"(Ex Oriente Lux)说法的信徒，令我感到奇怪和略微不快的是这样的观念——中国最宝贵的精神财富都是它从西方，从西方之国印度接受的。现在，这都是些吹毛求疵的狭隘想法，就像人们有时做梦一样地短暂地希望历史停滞不前，希望吉兰达约(Ghirlandaio)、彼埃罗·德拉·弗朗西斯卡(Piero della Francesca)和利比(Lippi)之后没有出现米开朗基罗(Michelangelo)，希望贝多芬(Beethoven)之后没有出现瓦格纳(Wagner)，或者希望西方的宗教停留在原始基督教的状态，因此无需严肃对待。

于是，即使是中国也没有停留在过去的皇帝那里，停留在孔夫子或者老聃那里，显然，在其第一次灿烂的繁荣之后的几百年间它再次需要一缕光芒。这束光芒并非来自东方，无论它是否适合我们，而是和达摩祖师一起“来自遥远的西方”，从印度传来了佛教的学说，并首先凭借印度的教义、凭借印度的冥想、凭借印度的经院哲学征服了其信徒，令其完全沉湎于其中。佛教各教派的全部的卷帙浩繁的文献被翻译和评论，在寺庙中藏书房越来越多，来自西方的光芒照耀着所有古老的本地的星辰。于是，这是或者似乎是一段美好的瞬间，中国人变成了禁欲者，变得虔诚，龙被降伏了。但是有一天，一旦被它吞下的陌生和令人陶醉的事物被消化，龙就会舞动起来、恍然大悟，于是在胜利者和失败者之间、在父亲和儿子之间、在训诫和冥想的西方和悠闲的涌动的东方之间便开始了一场古老的激烈的游戏。佛的本质得到了一个崭新的、一个中国的面孔。无论如何作为外行我就是这样看待禅宗的来历的。

然而我想，如果我告诉你一些在研究了《碧岩录》之后以特殊的韧性保留在我记忆中的完全个人的印象，就会对你更有用。我不知道我是否该向你建议自己去阅读。这本书充满了引人入胜、又使人震惊的内容，但是，核心却隐藏在非常厚实和坚硬的外壳里面，对于一个像你这样眼前有明确目标的人来说，生命已经过于短暂，以至于不会将时间花在辨认这些象形文字上。我的情况与你不同，我还没有如此精确地专注于特定的任务，还凭借着口味和良知徜徉于人类思想史的无穷无尽的草地上。

如你所知，著名的《碧岩录》的核心存在于简短的轶事中(在书中它们叫“案例”)，这些轶事有的记录了早期著名禅宗祖师的言论，有的记述了他们教育的行为和实践。现在，所有这些言论对于我们这样的人——从前对于11世纪的中国人来说——几乎都是无法理解的，其含义只有借助详细的评论才能或多或少地被推断出来。我随便给你举两个例子：

> 翠岩在夏季修行结束时对他的听者们传授道："整个夏天我都为了取悦你们这些兄弟而说话。你们看，翠岩还有眉毛吗!"
>
> 保福说："在那些有偷盗行为的人的内心中一切都是空虚的。"
>
> 长庆说："他们活着!"
>
> 云门说："关上!"
>
> 或者这个：
>
> 一个和尚问香林："祖师从遥远的西方来的意义何在?"
>
> 香林回答道："坐得太久而感到疲惫。"

你看，这是一种多义的字谜。在其背后人们预感到暗示、含义、咒语，似乎是魔术的套语，但却不是，而是对明确目标的提示，人们只需找到对此的钥匙就行了，但对《碧岩录》的改写和解释还不足以使我们找到它，为此我们还需要一个接受过汉学和佛学教育的向导。

然而，也有少数流传下来的这些大师的言论很简单，使人容易接受。其中的一个，同时也是书中的第一个，像上帝的启示一样打动了我；我想我将不会忘了它。一位皇帝会见祖师达摩。他带着外行的妄自尊大和一无所知问后者："什么是神圣的真理的最高意义?"祖师回答道："开放的广度——没有什么是神圣的。"卡尔罗，这个回答的冷静的伟大之处就仿佛来自宇宙空间的一阵清风一般向我吹来，我感受到像在那些直接的认识(unmittelbare Erkenntnis)或者体验的少见的时刻里一样的陶醉和震惊，这种直接的认识或者体验我称之为"觉醒"，我们曾经在一个非常严肃的时刻谈论过它。

为了这一目标，有多少人就有多少条途径，有多少禅宗的师傅就有多少位向导。关于弟子和师傅人们可以说——在他们当中能够找到中国人的所有类型和种类。在这些轶事中，弟子的类型通常并不像师傅的性格那样如此显而易见，然而，在我看来，和在我们的童话里类似，那些不起眼的和纯真的人比那些出色的和机灵的人取得了更大的成就。但是，在那些师傅当中既有严格的又有温和的，既有口若悬河的又有沉默寡言的，既有虚怀若谷的又有沽名钓誉的，还有火冒三丈的、鲁莽好斗的，就是说粗暴凶恶的。关于“开放的广度”的伟大的一个说法迄今为止我没有再发现过，但却发现了很多无言的唤醒，通过一记耳光、通过一次杖挞、通过牛尾的一捋、通过点燃并立刻吹灭一支蜡烛令人警醒。在沉默不语的师傅中有一位，他不用嘴来回答其弟子的问题，而是用食指，他善于做出如此生动的表情竖起食指，以至于那些对此易于接受的、成熟的弟子在看到这指头时便经历了那些无法言说的东西。有的故事在第一次阅读时甚至平淡无奇；它们听起来就像是用随便什么完全陌生的人种或者动物的语言表述出来的闲话或者口角——但在后来的再次思考时，它们却一下子就打开了通向所有苍穹的门窗。

因为我已经向你讲述了在我们两人对禅宗有所耳闻之前很久我的“觉醒”的类型，所以我必须再提及一些在中国佛教的觉醒上令我刮目相看并使我感到棘手的事情。这种经历本身我已经了解，那是被领悟的电光击中的状态（Vom-Blitz-des-Innewerden-getroffen-Sein），我已经有过几次这样的经历。这在我们西方也并非什么陌生的事物，所有的神秘主义者和其无数的大大小小的信徒都经历过这些，我提醒你想一想雅各布·伯姆的第一次恍然大悟。然而，在中国人身上，这种觉醒似乎要持续终生，至少在那些大师们身上，他们似乎已经将闪电变成了阳光，将瞬间留住。这里，我的理解有一个漏洞——对于我来说，永恒的醒悟是能够想象的，但是一种变成持续的此在形式的心醉神迷却是我无法想象的。也许是我将太多的西方的态度带到了东方世界中。我唯一能想象的是，那个曾经一次觉醒的人比其他人更可能达到第二次、第三次、第十次的觉醒，他尽管自然而然地一再陷入睡眠和无意识之中，但却从未如此强烈，以至于另外的一道光电无法将他唤醒。

最后，我想再给你讲一个出自《碧岩录》的奇特而富于启发性的故事。那时，10世纪有位禅师名叫云门；关于他有很多令人惊奇的故事。他的住所在中国南方的“云门山”，在广东省。一次，一个寻访者从遥远的地方来找他，一个单纯的名叫“远”的小伙子。他长期漂泊，寻访了半个中国，到处在寺庙里打探，直到他来到云门山。他被接纳，云门命他作为徒弟服侍左右。显然，这位了不起的伯乐在这个朴素而年轻的求道者身上感到了隐藏的宝贵的力量，而他自己却对此一无所知；因为对于这个在理解方面并

不敏捷的人，云门表现出了极大的长久的耐心。我听到你问：“有多长?”我的回答是：“十八年。”日复一日，云门都呼唤他一次或者多次：“侍者远!”远每次都谦恭而顺从地回答：“是。”每次禅师都和他交谈：“你说‘是。’但你是何意?”侍者总是吃惊而尴尬地再次辩解并借故为自己开脱，因为随着岁月的流逝，他强烈地感受到，这种呼唤和对于其回答的不客气的批评都另有含义。他尽力为自己的“是”进行常常是有力的辩护；或许他已经有一半的时间都在为第二天如何回答禅师的问题而绞尽脑汁。师傅关于他的“是”的含义的问题是一道远日复一日、最终用了整整18年的时间要去破解的难题。然后，又有一天，似乎平淡无奇，徒弟再次听到了师傅的呼唤——但是这一次，“远”却具有了一种完全不同的声音。那是他的名字，是他，是他自己，唯独他一人，在那时被呼唤、被提及、被命令、被选中、被委以重任！那声“远”对于他来说听起来就如同来自遥远天际的闪电，如同来自广阔世界的惊雷。你看，禁忌已被打破，面纱已经掉落，远变得耳聪目明，他看到了在其真实形象中的世界，看到了自己身处其中，那伟大的光芒令他大彻大悟。这一次他没有回答“是”，而是轻声地缓慢说出：“我明白了。”

这是一个异常美妙的故事。但是它却并没有结束。侍者远不仅能够达到觉醒，即使他不得不为此长久地等待。他的使命还有更多，他似乎已经感觉到了这些，而禅师云门对此的感受更肯定，因为他又让远在其身边待了三年之久并且格外地关注着他。然后，这位曾经的侍者已经具备了成为禅师的条件并被允许离去，在返回故乡的途中他再次走遍了半个王国，接管了一座寺庙，以“香林”为名在那里生活了四十年之久。有的人称他是云门最优秀的弟子。当他在八十岁或者八十多岁感到去日无多时，他去找姓宋的侯爵，当地的知府，也是他的崇拜者和寺庙的施主，向他表示感谢并和他道别，因为他说，他决心再次去求道。侯爵手下的一位官员拿这件事开玩笑并认为，这位住持一定是年老昏愦，如此老迈而羸弱，他又怎样还能够远行呢？但是，侯爵却为他辩护，不发表任何评价，有礼貌地与他道别并亲自陪他走出去。老人回到寺庙，召集他所有的徒弟，坐下对安静的人群说：“老和尚在此——他四十年才打成一片。”然后毫无痛苦地安详地圆寂。[1]

再见，卡尔罗。

你的 J. K.

---

① 黑塞在这里讲的这两段故事的主要内容均出自《碧岩录》，这里提到的云门禅师和香林禅师都是在禅宗发展史上举足轻重的人物。《碧岩录》中与此有关的一段原文是："乃洞山初，智门宽，德山密，香林远，皆为大宗师。香林十八年为侍者，凡接他，只叫远侍者，远云：喏。门云：是什么？如此十八年，一日方悟。门云：我今后更不叫汝。"引自《圆悟克勤禅师——碧岩录·心要·语录》，第 24 页。另一段原文是："是时云门旺化广南，香林得得出蜀，与鹅湖镜清同时，先参湖南报慈，后方至云门会下，作侍者十八年，在云门外，亲得亲闻，他悟时虽晚，不妨是大根器。居云门左右十八年，云门常只唤远侍者，才应诺。门云：是什么？香林当时也下语呈见解弄精魂，终不相契。一日忽云：我会也。门云：何不向上道将来？又住三年，云门室中，垂大机辩，多半为他远侍者，随处入作。云门凡有一言一句，都收在远侍者处。香林后归蜀，初住导江水晶宫，后住青城香林。……云门虽接人无数，当代道行者，只香林一派最盛。归川住院四十年，八十岁方迁化。尝云：我四十年，方打成一片。"引自《圆悟克勤禅师——碧岩录·心要·语录》，第 50 页。按照我的考证，黑塞所讲的故事的最后一段并没有收入《碧岩录》，应当另有出处。这段故事多有记载，例如明代朱时恩在《佛祖纲目》卷三十五中就提到："（丁亥）香林院澄远禅师入寂（云门偃法嗣云门第二世）——澄远。住青城香林四十年。雍熙四年二月。将入灭时。远年八十。往辞知府宋珰曰。老僧行脚去。通判曰。这僧风狂。八十岁行脚。到那里去。珰曰。大善知识去住自繇。远归示众。老僧四十年。方打成一片。言讫而逝。"

附录二 在中华人民共和国范围内(不包括港澳台地区)已发表的赫尔曼·黑塞研究文献

1. 楚旭.《谈谈赫尔曼·黑塞的小说〈在轮下〉》. 载于《当代外国文学》,1981 年第 1 期. 第 80 至 83 页.

2. 黎奇.《赫尔曼·黑塞》. 载于《外国文学评论》,1983 年第 2 期. 第 36 至 43 页及 62 页.

3. 张佩芬.《通向内在之路的独白——谈黑塞的〈荒原狼〉》. 载于《读书》,1987 年第 5 期. 第 66 至 76 页.

4. 张佩芬.《托马斯·曼和黑塞——略论 20 世纪艺术家小说的思想先驱问题》. 载于《外国文学评论》,1988 年第 4 期. 第 59 至 64 页.

5. 赵晓丽,屈长江.《孤独吟——论〈荒原狼〉的主题》. 载于《外国文学评论》,1988 年第 4 期. 第 65 至 70 页.

6. 赵晓丽,屈长江.《慎独——从黑塞与鲁迅所想到的》. 载于《西北大学学报(哲学社会科学)》,1989 年第 3 期. 第 88 至 94 页.

7. 方晓明.《追踪生活之母——读黑塞〈纳尔齐斯和歌尔德蒙〉》. 载于《山东师大学报(社会科学版)》,1990 年第 6 期. 第 78 至 83 页.

8. 张佩芬.《架起一座"魔术桥梁"——谈赫尔曼·黑塞的〈玻璃球游戏〉》. 载于《读书》,1990 年第 6 期. 第 64 至 70 页.

9. 董之林.《返归自然——张承志与赫尔曼·黑塞作品异同谈》. 载于《当代文坛》,1991 年第 2 期. 第 31 至 34 页.

10. 冀桐.《表现主义大师与浪漫主义骑士——浅论卡夫卡和黑塞》. 载于《外国文学评论》,1992 年第 1 期. 第 46 至 52 页.

11. 张佩芬.《黑塞——罗兰联盟佳话》. 载于《外国文学研究》,1992 年第 1 期. 第 138 页以下及第 40 页.

12. 陈世忠.《超脱与永恒——陶渊明〈诸人共游周家墓柏下〉与黑塞〈乡村墓园〉对读》. 载于《名作欣赏》,1993 年第 3 期. 第 69 至 71 页.

13. 桂林.《论海尔曼·黑塞的〈荒原狼〉》. 载于《兰州大学学报》,1996 年第 2 期. 第 128 至 133 页.

14. 张弘.《论〈荒原狼〉与二重性格组合人物的终结》. 载于《外国文

学评论》，1996 年第 3 期. 第 38 至 46 页.

15. 谢莹莹.《诗人黑塞》. 载于《外国文学》，1997 年第 6 期. 第 16 至 19 页及第 29 页.

16. 陈壮鹰.《赫尔曼·黑塞的中国情结》. 载于《中国比较文学》，1999 年第 2 期. 第 151 至 155 页.

17. 马剑.《寻求"自我"之路——论赫尔曼·黑塞的〈悉达多〉》. 载于《外国文学评论》，2000 年第 4 期. 第 101 至 110 页.

18. 方厚升.《略谈〈纳尔齐斯与歌尔德蒙〉的救赎主题》. 载于《四川外语学院学报》，2002 年第 4 期. 第 46 至 49 页.

19. 宋坚.《寓深意于象征之中——浅析黑塞〈荒原狼〉的主题内涵及其艺术特色》. 载于《名作欣赏》，2002 年第 6 期. 第 83 至 87 页.

20. 李世琦.《人类文化史上伟大的智者黑塞》. 载于《河北大学学报(哲学社会科学版)》，2003 年第 4 期. 第 132 至 134 页.

21. 曹霞.《论黑塞小说创作中的道家思想》. 载于《湖南省社会主义学院学报》，2004 年第 2 期. 第 113 至 115 页.

22. 曹霞.《试析黑塞小说中的道家思想》. 载于《合肥工业大学学报(社会科学版)》，2004 年第 5 期. 第 123 至 127 页.

23. 廖峻.《分裂与统一　对立与融合——浅析赫尔曼·黑塞作品中双极性主题的发展》. 载于《四川外语学院学报》，2004 年第 1 期. 第 74 至 77 页.

24. 林国良.《精神超越者的崇高与脆弱——从佛教思想看黑塞的〈玻璃球游戏〉》. 载于《社会科学》，2004 年第 2 期. 第 112 至 116 页.

25. 罗勇.《黑塞与中国》. 载于《四川文学》，2005 年第 4 期. 第 57 至 61 页.

26. 夏光武.《黑塞热在美国》. 载于《外国文学评论》，2005 年第 3 期. 第 83 至 91 页.

27. 易水寒.《时间的线团——黑塞〈荒原狼〉的纵剖与横切》. 载于《国外文学》，2006 年第 4 期. 第 92 至 101 页.

28. 詹春花.《黑塞小说对中国文化的创造性吸收》. 载于《东方论坛》，2006 年第 1 期. 第 32 至 37 页.

29. 詹春花.《黑塞与道家》. 载于《同济大学学报(社会科学版)》，

2006 年第 4 期．第 49 至 55 页．

30．张佩芬．《黑塞研究》．上海：上海译文出版社，2006 年．

31．朱锋．《关于孤独的一种诠释——黑塞小说〈荒原狼〉主题初探》．载于《开封教育学院学报》，2006 年第 2 期．第 4 页以下．

32．刘小麓．《〈荒原狼〉：双重困境中人的生存与毁灭》．载于《安徽文学》，2007 年第 6 期．第 41 页以下．

33．詹春花．《赫尔曼·黑塞视野中的儒家文化及其启示》．载于《同济大学学报(社会科学版)》，2007 年第 4 期．第 27 至 32 页．

34．张弘．《黑塞的"通向内在"之路与东方智慧》．载于《外国文学评论》，2007 年第 3 期．第 83 至 90 页．

35．张勐．《"荒原狼"：鲁迅小说与黑塞小说互阐》．载于《鲁迅研究月刊》，2007 年第 5 期．第 76 至 81 页．

36．张敏，申荷永．《黑塞与心理分析》．载于《学术研究》，2007 年第 4 期．第 44 至 48 页．

37．张弘．《黑塞与审美主义》．载于《浙江大学学报(人文社会科学版)》，2008 年第 1 期．第 98 至 105 页．

38．夏光武．《关于黑塞与托马斯·曼及罗曼·罗兰之间的交往》．载于《南京晓庄学院学报》，2008 年第 1 期．第 69 至 74 页．

39．付天海．《从〈轮下〉解读赫尔曼·黑塞的人道主义情怀》．载于《重庆科技学院学报(社会科学版)》，2008 年第 3 期．第 150 页以下．

40．王滨滨：《黑塞传》．上海：华中师范大学出版社，2008 年．

41．方厚升．《再谈精神分析视角的启发意义——以茨威格和黑塞的小说为例》．载于《内蒙古社会科学》，2008 年第 3 期．第 68 至 71 页．

42．吴华英．《堕落时代里的自我拯救——从〈荒原狼〉看黑塞的悲剧幽默观》．载于《西北农林科技大学学报》，2008 年第 5 期．第 137 至 140 页．

43．孙春凤．《止于蜕变：无法完成的化蛹成蝶——论赫尔曼·黑塞作品〈轮下〉的成长主题》．载于《衡水学院学报》，2008 年第 6 期．第 40 至 42 页．

44．马剑．《赫尔曼·黑塞的哲学信仰》．载于《四川外语学院学报》，2009 年第 1 期．第 19 至 22 页．

45. 马剑.《“中国与欧洲之间的一位使者”——从黑塞对卫礼贤的评价看中西方文化交流》. 载于《德语学习(学术版)》, 2009 年第 1 期. 第 218 至 225 页.

46. 胡继华.《生命的悖论与游戏的衰落——评赫尔曼·黑塞〈玻璃球游戏〉》. 载于《外国文学》, 2009 年第 2 期. 第 46 至 54 页.

47. 王家勇.《成长如蜕——论黑塞成长小说的独特艺术个性》. 载于《昆明学院学报》, 2009 年第 4 期. 第 30 至 32 页.

48. 吴华英.《死亡叙述——赫尔曼·黑塞小说艺术初探》. 载于《湘潭师范大学学报(社会科学版)》, 2009 年第 6 期. 第 198 页以下.

49. 罗红.《黑塞小说〈荒野狼〉的叙述层次分析》. 载于《宜宾学院学报》, 2010 年第 1 期. 第 72 至 74 页.

50. 陈壮鹰.《从心灵黑洞走向现实荒原——感受黑塞小说中创伤记忆的自我救赎》. 载于《德国研究》, 2010 年第 1 期. 第 57 至 62 页.

51. 王家勇.《论黑塞成长小说的中国文化情结》. 载于《湖南人文科技学院学报》, 2010 年第 1 期. 第 45 至 48 页.

52. 王静.《黑塞对歌德教育精神的接受与反思》. 载于《东北大学学报(社会科学版)》, 2010 年第 4 期. 第 372 至 376 页.

53. 王静.《黑塞“教育小说”的精神探索》. 载于《世界文化》, 2010 年第 10 期. 第 24 页及第 29 至 31 页.

54. 张弘.《东西方文化整合的内在之路》. 载于《华东师范大学学报(哲学社会科学版)》, 2010 年第 4 期. 第 81 至 88 页.

55. 郝春燕.《可见者与不可见者的对话——赫尔曼·黑塞〈堤契诺之歌〉的诗画哲学》. 载于《美苑》, 2010 年第 5 期. 第 28 至 31 页.

56. 王静.《探索精神的成长之路——黑塞教育小说的主题分析》. 载于《贵州师范大学学报(社会科学版)》, 2011 年第 2 期. 第 87 至 91 页.

57. 范劲.《〈玻璃球游戏〉、〈易经〉和新浪漫主义理想》. 载于《中国比较文学》, 2011 年第 3 期. 第 109 至 120 页.

58. 王静.《黑塞教育小说研究: 理想教育与精神自救》. 载于《重庆交通大学学报(社科版)》, 2011 年第 3 期. 第 82 至 85 页.

59. 陈琳娜.《试从〈荒原狼〉中的原型意象浅析其现代意识》. 载于《无锡商业职业技术学院学报》, 2011 年第 4 期. 第 103 至 106 页.

60. 陈敏，戴叶萍.《〈东方之旅〉中尼采与老庄思想共存现象及其探究》. 载于《德国研究》，2012 年第 1 期. 第 95 至 105 页.

61. 郑海娟.《“万有”之路——读黑塞〈玻璃球游戏〉》. 载于《伊犁师范学院学报(社会科学版)》，2012 年第 2 期. 第 81 至 85 页.

62. 卞虹.《寻找自我——从心理分析学角度解析〈德米安〉》. 载于《外国文学》，2012 年第 2 期. 第 83 至 89 页.

63. 陈敏.《〈东方之旅〉中的多文化共栖思想》. 载于《中国社会科学院研究生院学报》，2012 年第 4 期. 第 92 至 97 页.

64. 李世琦.《赫尔曼·黑塞对禅宗的研究与评价》. 载于《书屋》，2012 年第 9 期. 第 77 至 81 页.

65. 马剑.《黑塞对歌德“对立统一”思想的接受与发展》. 载于《同济大学学报(社会科学版)》，2012 年第 6 期，第 10 至 15 页.

66. 马剑.《“假如没有音乐，我们的生活会是什么样子!”——赫尔曼·黑塞诗歌中的音乐主题》. 载于《欧美文学论丛·第八辑·文学与艺术》，北京：人民文学出版社，2013 年. 第 66 至 77 页.

67. 詹春花.《黑塞的〈玻璃球游戏〉与〈易经〉》. 载于《外国文学评论》，2013 年第 4 期. 第 196 至 211 页.

68. 郝春燕.《赫尔曼·黑塞诗化生存哲思中的悖论研究》. 载于《信阳师范学院学报(哲学社会科学版)》，2013 年第 5 期. 第 124 至 129 页.

69. 来颖燕.《“没有绘画我也许走不了那么远”——作为小说家和画家的黑塞》. 载于《上海文化》，2014 年第 7 期. 第 104 至 111 页.

70. 邵志华.《中国道家思想对赫尔曼·黑塞的影响》. 载于《井冈山大学学报(社会科学版)》，2014 年第 5 期. 第 96 至 101 页.

71. 马剑.《赫尔曼·黑塞诗歌中的生命主题》. 载于《德语文学与文学批评·第八卷》，北京：人民文学出版社，2014 年. 第 195 至 205 页.

72. 马剑.《“做你自己”与“固执己见”——赫尔曼·黑塞眼中的“有个性的人”》. 载于《人格》，北京：北京大学出版社，2014 年. 第 171 至 176 页.

73. 吴华英.《俄罗斯与“欧洲的没落”——黑塞论“俄罗斯灵魂”》. 载于《湘潭大学学报(哲学社会科学版)》，2014 年第 6 期. 第 134 至 137 页.

74. 杨洁.《辞别卡斯塔里与克乃西特的寓意——由赫尔曼·黑塞的

〈玻璃球游戏〉说起》. 载于《时代文学》，2015 年 9 月下半月刊. 第 71 至 74 页。

75. 马剑.《作为文学批评者的赫尔曼·黑塞——评〈书籍的世界〉》. 载于《同济大学学报(社会科学版)》，2015 年第 6 期. 第 13 至 21 页.

76. 王滨滨.《〈彼得·卡门青〉中人与自然的和谐关系溯源》. 载于《同济大学学报(社会科学版)》，2015 年第 6 期. 第 7 至 12 页.

77. 翁琬甯.《表现主义之辩与黑塞的灵魂诗学》. 载于《福州大学学报(哲学社会科学版)》，2016 年第 2 期. 第 85 至 90 页及第 95 页.

78. 唐妍.《浅析黑塞中期作品中知识分子与大众的关系》. 载于《嘉应学院学报(哲学社会科学)》，2016 年第 4 期. 第 60 至 64 页.

79. 马剑.《一个世纪的思想和文化传承——赫尔曼·黑塞眼中的〈威廉·迈斯特的学习时代〉》. 载于《欧美文学论丛·第十辑·成长小说研究》，北京：人民文学出版社，2016 年. 第 192 至 210 页.

80. 郝春燕.《黑塞对德国浪漫主义文化传统的接受与传承》. 载于《关东学刊》，2016 年第 8 期. 第 86 至 93 页.

81. 朱丹琼.《思想文化交往中自我的真实性及意义的探寻——关于赫尔曼·黑塞〈悉达多〉哲学语境的解析》. 载于《人文杂志》，2016 年第 11 期. 第 7 至 14 页.

82. 次晓芳.《德国作家笔下的中国古代“女英雄”——文化记忆视角下中国“美女褒姒”故事在德国的接受》. 载于《郑州航空工业管理学院学报(社会科学版)》，2016 年第 6 期. 第 33 至 36 页.

83. 廖心可.《赫尔曼·黑塞的诗哲人生与艺术追求》. 载于《盐城师范学院学报(人文社会科学版)》，2016 年第 4 期. 第 88 至 92 页.

84. 郝春燕.《论赫尔曼·黑塞的艺术本体论思想》. 载于《信阳师范学院学报(哲学社会科学版)》，2017 年第 1 期. 第 127 至 130 页.

85. 卢荻，汪云霞.《〈变形记〉与〈荒原狼〉形象塑造之比较》. 载于《江汉大学学报(社会科学版)》，2017 年第 3 期. 第 89 至 93 页.

86. 谢魏，赵山奎.《破除二元对立世界的精神幻象——论〈荒原狼〉中的魔剧院》. 载于《浙江外国语学院学报》，2017 年第 4 期. 第 82 至 88 页.

87. 周万西子.《论鲁迅〈孤独者〉与黑塞〈荒原狼〉中的孤独意识》. 载

于《宜春学院学报》，2017 年第 11 期．第 91 至 95 页．

88. 马志越，王铁丰．《黑塞〈荒原狼〉中的庄子思想探析》．载于《保定学院学报》，2018 年第 4 期．第 63 至 66 页．

89. 谢魏．《现代性与怀乡——黑塞的〈东方之旅〉解读》．载于《国外文学》，2018 年第 4 期．第 116 至 123 页．

90. 孟国锋．《隐匿的隐居叙事：赫尔曼·黑塞〈德米安〉中的社会型隐者形象分析》．载于《太原学院学报(社会科学版)》，2018 年第 5 期．第 69 至 72 页．

91. 吴华英，张璐．《认同危机与“失败的爱情”——以黑塞小说为例》．载于《重庆科技学院学报(社会科学版)》，2018 年第 6 期．第 81 至 84 页及第 103 页．

92. 陈敏．《治疗与自我世界的剖变——黑塞文学中的心理学实践》．载于《比较文学与跨文化研究》，2018 年第 2 期．第 102 至 109 页．

93. 陈敏．《〈荒原狼〉：传统市民性与现代性困顿中的自我救赎与升华》．载于《德语人文研究》，2018 年第 2 期．第 48 至 54 页．

94. 祝凤鸣．《赫尔曼·黑塞作品中的中国智慧及其启迪》．载于《江淮论坛》，2018 年第 6 期．第 183 至 187 页．

95. 孟国锋．《寻找精神导师与回归自我之路——赫尔曼·黑塞的隐居母题探源》．载于《中北大学学报(社会科学版)》，2019 年第 2 期．第 62 至 65 页及第 71 页．

96. 何心怡．《解析赫尔曼·黑塞小说中的性别叙事》．载于《名作欣赏》，2019 年第 14 期．第 49 至 52 页．

97. 黄霄翎．《黑塞的童话与另一种“浪漫”》．载于《书城》，2019 年第 7 期．第 78 至 84 页．

98. 莫亚萍．《“李白热”中的狄奥尼索斯——黑塞之传承与转型》．载于《南京师范大学文学院学报》，2019 年第 3 期．第 114 至 122 页．

附录三 Eine Aufgabe für Germanisten oder für interessierte Laien —Zur Hermann Hesse-Rezeption in China[①]

Ma Jian

(Peking-Universität)

„Wir müssen China, oder das, was es uns bedeutet, in uns selber finden und pflegen.“

—Hermann Hesse

Als der Organisator dieses Symposiums mich bat, heute hier einen Vortrag über die Hermann Hesse-Rezeption in China zu halten, fürchtete ich zunächst, eine Wiederholung zu unternehmen, da Professor Adrian Hsia in seinem Werk „Hermann Hesse und China“ bereits dem Publikum einen Aufsatz „Zur Rezeption Hermann Hesses in China“ sowie zwei Titellisten von den „ins Chinesiche übersetzten Werken Hesses“ und „Aufsätzen über Hermann Hesse in China“ ans Herz legte.[②] Als ich aber trotzdem die Materialien für den Vortrag recherchierte und vorbereitete, sah ich nach und nach ein, dass ich einerseits eine Ergänzung zu dem, was Professor Hsia angeführt hatte, liefern und andererseits noch über die jüngste Hesse-Rezeption im China der vergangenen sechs bis sieben Jahre, also seit der Jahrtausendwende, berichten kann.

---

① Vortrag an den 9. Silser Hesse-Tagen in Sils Maria im Juni 2008. Was hier den Ortsnamen China angeht, beschränke ich mich hauptsächlich auf die Volksrepublik China, also das Festland, nicht auf die Gebiete Taiwan und Hongkong.

② Siehe dazu Hsia, Adrian: Hermann Hesse und China. Darstellung, Materialien und Interpretationen. Erweiterte Neuausgabe 2002. Frankfurt a. M. 2002. S. 391-396. Im folgenden zitiert als Hsia.

Übersetzungsgeschichte und-stand von Hermann Hesses Werken in China

Wenn Professor Adrian Hsia in seinem Buch vermittelt, dass die erste chinesische Übersetzung von Hesses Werken auf das Jahr 1936 zurückzuführen ist, ① wird das zuerst durch das vom Germanistikprofessor Zhang Weilian (1902-2004) von der Nanjing Universität herausgegebene „Lexikon der deu-tschsprachigen Literatur" (Deyu wenxue cidian) bestätigt. Aber Herr Wei Maoping, Germanistikprofessor der Fremdsprachenhochschule Shanghai, hat in seinem Buch „Untersuchungen zur Übersetzungsgeschichte deutschsprachiger Literatur in China. Von der ausgehenden Qing-Dynastie bis 1949" (Deyu wenxue hanyishi kaobian. Wanqing he minguo shiqi) dieses Datum auf fünf Jahre vorher festgelegt. Seiner Recherche zufolge hat der Schriftsteller Duan Keqing (1899-1994) bereits im August 1931 seine Übersetzung von Hesses „Autoren-Abend" (Zuojia wanhui) unter dem Pseudonym Duan Baichun in der Zeitschrift „Kommentar moderner Literatur. Jg. 1. Bd. 4. " (Xiandai wenxue pinglun. 1 Juan 4 Qi) veröffentlicht. ② Dieser Veröffentlichung folgte die von Adrian Hsia erwähnte „erste" chinesische Übersetzung, die im Oktober 1936 vom Shangwu Verlag, einem der berühmtesten und relevantesten Verlage für Geistes- und Sozialwissenschaften in China, unter dem Titel „Schön ist die Jugend" (Qingchun shi meihao de) erschien und die gleichnamige Erzählung sowie die Erzählung „Der Zyklon" enthielt. ③ Der Übersetzer, der das Pseudonym Qi Wen benutzte, heißt eigentlich Zheng Chaolin (1901-1998) und war zuerst ein Marxist und ein frühes Mitglied der kommunistischen Partei Chinas und später Anhänger von Leon Trotski. Laut

---

① Hsia. S. 364.

② Wei, Maoping: Untersuchungen zur Übersetzungsgeschichte deutschsprachiger Literatur in China. Von der ausgehenden Qing-Dynastie bis 1949 (Deyu wenxue hanyishi kaobian. Wanqing he minguo shiqi). Shanghai 2004. S. 170 und 338. Im folgenden zitiert als Wei.

③ Ebd. sowie: Zhang, Weilian (Hrsg.): Lexikon der deutschsprachigen Literatur. Shanghai 1991. S. 596. Im folgenden zitiert als Lexikon der deutschsprachigen Literatur.

Wei Maoping hat der Übersetzer weder Vor-noch Nachwort zu seiner Übersetzung geschrieben und sie wahrscheinlich aus dem Englischen vorgenommen. Die nächste Hesse-Übersetzung ist acht Jahre später erschienen, als Song Hui im Jahr 1944 „Der Zyklon" noch einmal übersetzte und in seine „Auswahl deutschsprachiger Erzählungen" übernahm. Nachdem Hesse 1946 mit dem Nobelpreis für Literatur ausgezeichnet worden war, erregte er plötzlich großes Interesse der chinesischen Gelehrtenwelt. Aber die Zahl der Übersetzungen von seinen Werken ist immer noch vergleichsweise bescheiden. Tian Xing übersetzte ein Gedicht aus einer auf Esperanto veröffentlichen Zeitschrift und publizierte es 1947 in der „Jugendwelt. Jg. 2. Bd. 4." (Qingnianjie. Xin 2 Juan 4 hao). Der Titel des Gedichts lautet „Zuoye de ge", auf Deutsch „Das Lied von gestern Nacht", aber das deutsche Original ist leider nicht zu entziffern. Diesem Gedicht schlossen sich im selben Jahr noch zwei Prosaübertragungen vom selben Übersetzer an, deren Überschriften sich hier nur aus den Übersetzungen erschließen lassen können: ein Essay, „Platons Traum" (Bolatu de meng), erschien in der Zeitschrift „Frühling und Herbst von Literatur und Kunst. Jg. 4. Bd. 1." (Wenyi chunqiu. 4 Juan 1 Qi) und eine Erzählung, „Die verlorenen Sternchen" (Shiqu de xinger), in „Renaissance. Jg. 3. Bd. 3." (Wenyi fuxing. 3 Juan 3 Qi).① Und im selben Jahr wurde noch ein Gedichtband von deutschen Lyrikern veröffentlicht, welcher zwar nur ein Gedicht von Hermann Hesse enthält, das auf Chinesisch „Chunqingqu" heißt und eines von seinen Gedichten mit dem Titel „Frühling" sein könnte. Ausgerechnet diesen Titel macht der Übersetzer Lin Fan zum Titel des ganzen Bandes, was als besondere Hochachtung gelten kann.② Dies war der Übersetzungsstand von Hermann Hesses Werken vor der Gründung der Volksrepublik China im Jahre 1949.

① Diese Übersetzungen sind mir mittlerweile leider schwer zugänglich, deshalb kann ich die originalen Titel nicht herausfinden.

② Hierzu siehe Wei: S. 171.

Neben den zahlreichen Übertragungen von Hesses Romanen wie „Unterm Rad“, „Peter Camenzind“, „Demian“, „Siddhartha“, „Der Steppenwolf“, „Narziß und Goldmund“ sowie „Das Glasperlenspiel“, die alle in den 80er sowie 90er Jahren des 20. Jahrhunderts herauskamen,① sind meines Erachtens noch einige Anthologien von Hesses Werken in chinesischer Sprache auf jeden Fall erwähnenswert, welche alle nach Mitte der 90er Jahre erschienen und sich auf die Erzählungen, Prosa sowie Essays und Bücherrezensionen Hesses konzentrieren. Darunter seien vor allem die Übersetzungen von Frau Zhang Peifeng genannt, die als Forscherin am Institut für ausländische Literaturen der Akademie für Geisteswissenschaften Chinas gearbeitet hat und die Professor Adrian Hsia als „heute die prominenteste Hesse-Übersetzerin in China“② bezeichnet. Die eine Anthologie, die ausschließlich aus ihren Übersetzungen besteht, ist „ Hesses Prosa. Eine Auswahl“ (Heisai sanwen xuan) aus dem Jahr 1997.③ Übersetzt sind in diesem Buch u. a. die Titel: „ Lindenblüte “, „Aus Kinderzeiten“, „Der Zyklon“, „Die Stadt“, „Das Nachtpfauenauge“, „Autoren-Abend“, „Zum Gedächtnis“, „Über Gedichte“, „Vom Schicksal“ aus „Zarathustras Wiederkehr“, „Die Brücke“, „Gehöft“, „Klingsors letzter Sommer“ (Ausschnitte), „ Im presselschen Gartenhaus“, „ Der kleiner Weg“, „ Lebensansichten des Katers Murr“, „ Novalis“ sowie „Nachwort zu *Nova-lis. Dokumente seines Lebens und Sterbens* “, „Kurzgefasster Lebenslauf“, „Traumfährte. Eine Aufzeichung“, „ Beim Einzug in ein neues Haus“, „Mein Glaube“, „Besuch bei einem Dichter“, „Weihnachten mit zwei Kindergeschichten“, „Freund Peter“ sowie eine Reihe von Aphorismen und weitere. Die meisten Titel sind aus den gesammelten Werken Hesses übersetzt, aber noch einige finden sich in anderen Anthologien. Manche sind sogar den Hesse-Lesern und-Kennern nicht vertraut. Leicht erkennbar sind einerseits hinsicht-lich der Gattung das

---

① Siehe dazu ausführlich Hsia. S. 391f.

② Hsia. S. 369.

③ Zhang, Peifeng: Hesses Prosa. Eine Auswahl. Tianjin. 1997.

weitgehende Spektrum der Auswahl, das die Übersetzerin dem chinesischen Publikum anbietet: Von Kurzgeschichten über gedankenreiche Rezensionen und Betrachtungen bis hin zu feuilletonistischen Essays. Andererseits die vielfältigen Themen der Texte. Die Übersetzerin sucht, Hermann Hesse nicht bloß als einen ernsthaften und intelligenten Schriftsteller zu zeigen, sondern auch als einen Menschen zu erkennen zu geben, der alle menschlichen Gefühle und Triebe ebenso wie ein Durchschnittsmensch hat. Ein anderer Beitrag, den Frau Zhang für das Verständnis von Hermann Hesse in der chinesischen Leserwelt leistet, besteht darin, dass sie nach jedem Text einen Kommentar schreibt und dabei zum Beispiel die Hintergrundkenntnisse, die künstlerischen Eigenschaften sowie die allgemeinen Interpretationsinhalte vermittelt. Somit ist diese Anthologie nicht lediglich eine Auswahl von lite-rarischen Werken, sie verhilft den Lesern vielmehr zu einem weiteren und tieferen Begreifen von Hermann Hesse selbst und dessen literarischem Schaffen.

Die andere Auswahl von Übersetzungen, an der Frau Zhang Peifeng als Hauptübersetzerin ebenfalls teilnahm, wurde einmal im Jahr 1999① und einmal im Jahr 2007 beim Shanghai Yiwen Verlag (Verlag für literarische Übersetzungen Shanghai) publiziert, aber 2007 in der Kooperation mit ande-ren Übersetzern, vor allem Wang Kecheng und Pei Shengli. Diese Sammlungen haben denselben Inhalt, jedoch zwei unterschiedliche Titel:„Ausgewählte Erzählungen und Prosa Hesses“ (1999) und „Die Verlobung. Ausgewählte Erzählungen kürzeren und mittleren Umfangs von Hermann Hesse“ (2007). Neben den bekannten Werken wie „Klingsors letzter Sommer“, „Klein und Wagner“ und Überschneidungen mit der oben genannten Anthologie sind „Der Wolf“, „In der alten Sonne“, „Die Marmorsäge“, „Heumond“, „Der Lateinschüler“, „Das erste Abenteuer“, „Casanovas Bekehrung“, „Taedium vitae“, „Die Verlobung“, „Ladidel“, „Hans Dierlamms Lehrzeit“, „Emil Kolb“, „Robert Aghion“, „Der

① Siehe dazu Hsia. S. 373f.

Europäer", „Kinderseele", „Die Fremdenstadt im Süden", „Vom Steppenwolf" und „Unterbrochene Schulstunde" ins Chinesische übertragen.

Wenn Adrian Hsia in seinem Buch feststellt, dass „die Hauptwerke Hesses in chinesischer Sprache greifbar"① seien, dann hat er einerseits Recht, weil die meisten Schriften Hermann Hesses wirklich in einer der ältesten Sprache der Welt zu lesen sind, wenn man zwei von ihm in seine „Bibliographie übersetzter Werke Hesses" aufgenommene Werke hinzunimmt: Die von Xie Yingying, Frau Professor für Germanistik an der ersten Fremdsprachenhoch-schule Peking, und Ou Fan übersetzten „Lieder des Pilgers. Hermann Hesses ausgewählte Gedichte und Prosa" (Chaoshengzhe zhi ge - Heisai shige sanwen xuan)② und das von Dou Weiyi übersetzte „Tessin: Betrachtungen, Gedichte und Aquarelle des Autors" (Tiqinuo zhi ge - sanwen, shi yu hua).③ Trotzdem aber kommen immer noch neue Übertragungen dazu. Eben dieser Herr Ou Fan, der eigentlich Chen Jiading heißt, hat 2007 „Ausgewählte Gedichte von Hesse" (Heisai Shixuan) publiziert. Dieses Bändchen enthält 85 Gedichte.④ Samt der 213 Gedichte umfassenden Lyrik - Auswahl von Qian Chunqi im Jahr 1989,⑤ „dem", so die Hochschätzung von Professor Adrian Hsia, „wir über 50% der Übersetzungen der deutschen Lyrik ins Chinesische verdanken",⑥ sind - abgesehen von Überschneidungen zwischen den beiden Bänden - fast 300 Gedichte Hermann Hesses in China, in dem Land der hochentwickelten und unübertreffbaren Dichtkunst, zu lesen und zu genießen.

Es erheben sich nun zwei Fragen, wenn man den bisherigen

---

① Hsia. S. 374.

② Ebenda. S. 373f. und Xie, Yingying (Hrsg.): Lieder des Pilgers. Hermann Hesses ausgewählte Gedichte und Prosa (Chaoshengzhe zhi ge-Heisai shige sanwen xuan). Peking 2000.

③ Ebenda. S. 393.

④ Ou, Fan (Übers.): Ausgewählte Gedichte von Hesse. Peking 2007. Die ausführlichen Titel siehe Anhang 1.

⑤ Qian, Chunqi (Übers.): Lyrik-Auswahl Hesses. Tianjin 1989. Die ausführlichen Titel siehe Anhang 2.

⑥ Hsia. S. 374f.

Übersetzungsstand von Hesses Werken in China analysiert: Erstens, wie sieht die Identität der Übersetzer aus oder aus welchem Anlass haben sie Hesses Werke übersetzt? Und zweitens, wie ist die Qualität so vieler Übertragungen aus chinesischer Sicht einzuschätzen, da bekanntlich Chinesisch und Deutsch zwei Sprachen sind, die sich voneinander so stark unterscheiden?

Da ist es gleich zu erkennen, dass, um die erste Frage zu beleuchten, die meisten Übersetzerinnen und Übersetzer studierte Germanisten sind, d. h. sie, so Adrian Hsia, „kennen die Hintergründigkeit der deutschen Sprache und Literatur“. ① Besonders diejenigen, die in den 80er und 90er Jahren Hesses Werke direkt aus dem Deutschen übersetzten, zum Beispiel Frau Zhang Pei-fen, Professor Pan Zili (von der Fremdsprachenhochschule Tianjin, Übersetzer von *Unterm Rad*), Professor Zhao Dengrong und Professor Ni Cheng'en (von der Peking-Universität und Übersetzer von *Der Steppenwolf*), Herr Hu Qiding (Redakteur des Volksliteratur-Verlags und Übersetzer von *Peter Camenzind*, *Klingsors letzter Sommer*, *Gertrud* und *Roßhalde*), Professor Yang Wuneng (von der Sichuan-Universität und Übersetzer von *Narziß und Goldmund*) usw., sind alle Gelehrte, die sich mit deutschsprachiger Literatur befassen. Typische Ausnahmen sind jedoch die beiden Lyrik-Übersetzer, nämlich zwei Interessenten an der deutschen Literatur: Während Qian Chunqi, eigentlich Zahnarzt von Beruf, durch das Selbststudium Deutsch gelernt hat und schon seit Anfang der 60er Jahre freiberuflicher Übersetzer deutschsprachiger literarischer Werke ist, ② hat Ou Fan (eigentlich Chen Jiading), der mehr als zehn Jahre in Deutschland Mathematik und Physik studierte und danach an der Pädagogischen Hochschule der Hauptstadt Peking einen Lehrstuhl für Mathematik innehatte, lediglich ganz und gar aus Leidenschaft seine Übersetzungsleistungen hervorgebracht. Aber beide haben miteinander gemein, dass sie sich die deutsche Sprache selbständig

① Ebenda. S. 376.

② Siehe dazu ebenda. S. 364.

erwarben und die Übersetzungsarbeiten direkt aus dem Deutschen ausführten.

Kann man allerdings aufgrund dieses Zustandes die Auffassung vertreten, dass die Übertragungen von Hermann Hesses Werken wirklich das, was Hesse in deutscher Sprache verfasst hat, der chinesischen Leserwelt vermitteln können, selbst wenn sie alle aus dem deutschen Original stammen? Um sich mit dieser Frage auseinanderzusetzen, ist es hier notwendig, zweierlei *Communis opinio* aufzuführen: 1. Der Übersetzer, der vor allem die Werke eines bestimmten Schriftstellers übersetzt, sollte am besten auch Forscher sein, der sich mit diesem Schriftsteller und seinen Werken beschäftigt. Nur unter dieser Voraussetzung und Bedingung können der Schriftsteller und seine Werke möglichst „richtig und sinngetreu" verstanden werden, da der Übersetzer bzw. der Forscher, bevor er mit der Übersetzungsarbeit anfängt, trotz seiner eigenen Verständnisse sowohl den Schriftsteller gründlich kennt, d. h. Wissen um seinen Lebenslauf und zahlreiche Hintergrundkenntnisse über sein lite-rarisches Schaffen besitzt sowie bei Untersuchungen verschiedenste Sekundär- und Forschungsliteraturen zur Verfügung hat, als auch das zu übersetzende Werk in jenem Zusammenhang völlig zu verstehen und gar auf seine eigene Art und Weise und aus seiner eigenen Sicht zu interpretieren vermag. 2. Die Kriterien dafür, wie eine Übersetzung, egal ob literarisch oder nicht, am besten zu schaffen und für vorzüglich zu halten ist, über die man in China seit dem 18. Jahrhundert immer wieder heftig diskutiert, lauten dem berühmten Gelehr-ten und dem ersten Präsidenten der Peking-Universität Yan Fu (1853-1921) zufolge sinnwahrend, gewandt im Ausdruck und stilistisch gut (Xin, Da, Ya).① Offenbar bezieht sich das erste Kriterium auf das sprachlich richtige Verstehen und Begreifen des in der Fremdsprache verfassten Textes und die anderen zwei auf das Schreiben in der Muttersprache. Das erste setzen die anderen zwei

① Siehe dazu Yan, Fu (Übers.): *Evolution and ethics* von Thomas Henry Hexley (Tianyanlun). Peking 1981. S. 8.

voraus, denn von einer Übersetzung kann ohne das sinnwahrende Verständnis nicht die Rede sein. Dann wäre es nur eine Neuschöpfung. Eben in diesem Sinne ist das Sprachniveau, d. h. wie gut man eine Fremdsprache wie Deutsch beherrscht, von großer Bedeutung und spielt beim Übersetzen eine entscheidende Rolle.

Betrachtet man aus Sicht dieser beiden allgemein vertretenen Meinungen die bisherigen Übersetzungen von Hermann Hesses Werken in chinesischer Sprache, ist es gleich einzusehen, dass die meisten oben genannten Übersetzer, welche aus dem Deutschen heraus direkt übersetzen, keine Hesse-Spezialisten sind. Sie sind zwar studierte Germanisten, aber entweder als Redakteure oder als Hochschullehrer tätig. Auf der einen Seite übersetzen sie außer Hermann Hesse noch viele Werke anderer deutschsprachiger Schrift-steller ins Chinesische, auf der anderen Seite schreiben sie, abgesehen von Frau Zhang Peifen und Xie Yingying, fast kaum eine Abhandlung über Hesse. ① Trotzdem halten es diese Gelehrten für ihre pflichtschuldige Aufgabe, dem chinesischen Volk, genauer gesagt dem lesenden Publikum in China die deutschsprachige Literatur durch ihre Übersetzungen zu vermitteln. Dabei darf Hermann Hesse, einer der Nobelpreisträger für Literatur und einer der bedeutendsten deutschen und schweizerischen Schriftsteller unverkennbar keineswegs fehlen, er sollte vielmehr eine wichtige Stellung einnehmen. Ihre Leistungen und Beiträge sind in dieser Hinsicht auf keinen Fall geringzuschätzen, sondern verdienen Beachtung und Lob. Gleichzeitig sind ihre Schwächen jedoch auch offensichtlich zu erkennen: Da sie sich nicht eingehend mit Hesse und dessen Werken beschäftigen, drohen ihre Übersetzungen mindestens an manchen Stellen oberflächlich zu bleiben und sie unterliegen der Gefahr, eventuelle Irrtümer beim Verstehen zu begehen.

In diesem Zusammenhang hätte besonders Frau Zhang Peifen eigentlich die Priorität und wahrscheinlich auch die Autorität. Aber heißt

---

① Vergleich dazu Hsia: S. 391ff.

das, dass eben ihre Übersetzungen den oben genannten Kriterien entsprechen und sie gar zur Wirklichkeit werden lassen? Zum einen bin ich hier der Meinung, dass es einem als Beurteiler und Kritiker eigentlich leichter fällt, Schwächen und Irrtümer in den Arbeiten von anderen herauszustellen, als dass man selbst eine Übertragungsleistung hervorbringt. Fehler sind manchmal nicht zu vermeiden. Dafür muss man eine „tolerante und großzügige“ Haltung einnehmen. Doch zum anderen lässt es sich keineswegs verleugnen, dass Leser eines fremdsprachigen Werkes, besonders diejenigen, die es nicht bloß einfach le-sen, sondern sich vielmehr als Forscher damit beschäftigen, im negativen Sinne beeinflusst und gar verführt werden können, falls etwas in dessen Übersetzung nicht stimmt. Um das zu veranschaulichen, führe ich hier ein Beispiel an - die chinesische Übersetzung von Hesses *Siddhartha*. Schon beim Übersetzen, genau gesagt beim Verstehen des Titels sind in den zwei mittlerweile in China lesbaren Übersetzungen, einer von Frau Zhang Peifen, einer von Meng De (anscheinend ein Pseudonym, dessen Träger schwer herauszufinden ist) ein Irrtum leicht erkennbar - Hermann Hesse nennt die Hauptfigur des Romans, den Bramanensohn deshalb Siddhartha, weil dieser Name eben der weltliche Name vom Buddha ist, bevor er Mönch wird. Gotama Siddhartha heißt er, wenn er noch Sohn eines Königs ist, und die chinesische Übersetzung dieses Namens lautet gewohnheitsgemäß Qiaodamo Xidaduo. Diese ist jedem Schüler bekannt, da sie im Geschichtslehrbuch der Mittelschule geschrieben steht. Das Kapitel „Gotama“, in dessen Zentrum das Gespräch zwischen Siddhartha und Buddha steht, spielt eine inhaltlich ent-scheidende und aufschlussreiche Rolle: Siddhartha erkennt einerseits, dass ein Mensch wie Gotama Siddhartha die von ihm angestrebte Erlösung bereits verwirklicht habe und realisieren könne, dass andererseits er selbst nach diesem Gespräch durch sein erstes Erwachen seinen eigenen Weg zur Vollendung geht. Deswegen sollte die chinesische Übertragung des Titels Xidaduo heißen, aber die beiden Übersetzer scheinen dies alles überhaupt nicht gewusst zu haben und geben dann dem Protagonisten einen aus chinesischer Sicht eher europäisch und kurios klingenden Namen *Xitehaerta*. Frau Zhang ihrerseits aber ist sich dem Schein nach dieses Irrtums nicht bewusst, denn in ihrem jüngsten Buch *Hesse-Studie* ist er immer noch nicht korrigiert.① Darüber hin-aus nimmt das eingangs erwähnte „Lexikon der deutschsprachigen Literatur" vom Jahr 1991 diese Fehlübersetzung auch in Kauf.② Nur die von Herrn Gao Zhongfu und Frau Ning Ying aus der Akademie für Geistes- und Sozialwissenschaften Chinas verfasste *Deutsche Literarturgeschichte im 20. Jahrhundert* (20 Shiji Deguo wenxueshi) vermittelt diesen Roman mit der richtigen Übersetzung.③

Abgesehen vom diesem falsch übertragenen Titel, wie ist die Übersetzung des Textes einzuschätzen? Wer *Siddhartha* mehrmals liest, weiß sicherlich, dass bereits der Abschnitt im ersten Kapitel *Der Sohn des Bramanen* eine ent-scheidende Rolle für den ganzen Roman spielt, es enthält nämlich eine Reihe von Fragen, die Siddhartha an sich selbst stellt:

> War es wirklich Prajapati, der die Welt erschaffen hat? War es nicht der Atman, Er, der Einzige, der Alleine? Waren nicht die Götter Gestaltungen, erschaffen wie ich und du, der Zeit untertan, vergänglich? [...] Und wo war Atman zu finden, wo wohnte Er, wo schlug Sein ewiges Herz, wo anders als im eigenen Ich, im Innersten, im Unzerstörbaren, das ein jeder in sich trug? Aber wo, wo war dies Ich, dies Innerste, dies Letzte? Es war nicht Fleisch und Bein, es war nicht Denken noch Bewusstsein, so lehrten die Weisesten. Wo, wo also war es? Dorthin zu dringen, zum Ich, zu mir, zum Atman-gab es

① Siehe dazu Zhang, Peifen: Hesse-Studie (Heisai yanjiu). Shanghai 2006. S. 122ff.

② Lexikon der deutschsprachigen Literatur. S. 262.

③ Gao, Zhongfu und Ning, Ying: Deutsche Literaturgeschichte im 20. Jahrhundert. Qingdao 1998. S. 63ff.

einen andern Weg, der zu suchen sich lohnte?①

Will man diesen Abschnitt richtig übersetzen, muss man ihn auf zweierlei Ebenen verstehen: sowohl sprachlich, also formal, als auch inhaltlich. Sprachlich sind offenbar die Relativsätze und Appositionen hier wichtig. Aber für einen studierten Germanisten sind sie eigentlich leicht verständlich: Während mit „das Ich", „ das Innerste ", „ das Unzerstörbare" und „das Letzte" dasselbe gemeint ist, vertreten dies alles die Pronomen „das" und „es". Inhaltlich steht der Begriff „Atman" aus der indischen Philosophie im Zentrum und könnte dem Übersetzer Schwierigkeiten bereiten. Doch falls man diesen Begriff in betroffenen Sekundär- und Forschungsliteraturen nachschlägt, weiß man, dass Atman laut der indischen Philosophie ein grundlegender Begriff sei und dass er den ewigen Kern des Menschen überhaupt darstelle, somit sich als das Wort „Selbst" übersetzen lasse und allen Aktivitäten des Menschen zu Grunde liege. Er ist Teil der Ganzheit vom Brahman und kann sich damit identifizie-ren, während das letztere den Sinn der ewigen, unendlichen und höchsten Substanz in sich birgt. So gibt sich ein vierfaches Verhältnis zu erkennen: Brahman - Atman - Ich des Einzelmenschen - mir (jeder Einzelmensch), was gleichsam als ein Schlüssel auf den weiteren Verlauf der Handlung des Romans hindeutet. Aber selbst beim Verstehen und Übersetzen dieses anscheinend einfachen Abschnitts haben die beiden Übersetzer Fehler begangen, welche den Lesern, die Deutsch nicht können, anderes als das Original mitteilen. Darüber hinaus habe ich vor kurzem gehört, dass eine neue Übersetzung in diesem Jahr erscheinen wird, deren Übersetzer Yang Yugong heißt, und bekam bei einer zufälligen Gelegenheit einen Teil dessen Manuskripts, einschließlich dieses Abschnitts, zu lesen. Aber bedauerlicherweise war ich am Anfang äußerst enttäuscht und überrascht darüber, weil, wenn man es mit dem

① Hesse, Hermann: Siddhartha. Eine indische Dichtung. Frankfurt a. M. 1974. S. 9.

Original vergleicht, zahlreiche Fehler vorkommen. Es machte mir große Sorgen, als ich dachte, dass bald eine solche leichtsinnig „geschruppte“ Übertragung auch den chinesischen Lesern präsentiert werden würde. Allerdings fühlte ich mich als Germanist später einigermaßen beruhigt, nachdem ich erfahren habe, dass dieser Herr Yang eigentlich Anglist ist, sich wahrscheinlich für die deutsche Literatur oder insbesondere Hermann Hesse interessiert und deswegen *Siddhartha* aus der englischen Übersetzung ins Chinesische übersetzt. Darum ist an der Qualität seiner Übersetzung nichts wirklich erstaunlich.

Dass ich so viel über die Übersetzungen diskutiere, hat nur einen Zweck: Deutlich zu machen, dass eine vorzügliche Übersetzung nur gelingen kann, wenn der Übersetzer Meister einer Fremdsprache ist, sorgfältige und verantwortungsvolle Arbeitsmoral hat, über ein hohes Niveau der Muttersprache verfügt und großes Interesse an einem Schriftsteller zeigt.

Da die Übersetzungsgeschichte von Hesses Werken einen so vielfältigen Stand offenbart, ist es vorstellbar, dass der Forschungsstand über Hermann Hesse sowie dessen Werke und Schriften ebenfalls lebendig und aufschlussreich sein kann.

Forschungsgeschichte und-stand von Hermann Hesse und dessen Werken und Schriften in China

Was Professor Adrian Hsia in seinem Buch über den Forschungsstand über Hesse und dessen Werke von vor allem den zwei letzten Jahrzehnten des 20. Jahrhunderts berichtet,[①] lässt sich aus heutiger Sicht als das zweite Stadium der Hermann Hesse-Forschung in China betrachten, wo sich die Forschungs-ergebnisse mit dem Hervortreten von zahlreichen Übertragungen hauptsächlich im Rahmen der Nacherzählung und Kommentierung bewegen, denn diese Forschungsgeschichte kann sich bis jetzt

① Siehe dazu ausführlich Hsia: S. 384ff.

in groben Zügen in drei Epochen gliedern: Während gleich der Übersetzungsgeschichte von Hesses Werken die Zeiten vor der Gründung der Volksrepublik China im Jahr 1949 die erste Epoche bilden, deren Charakteristika darin bestehen, dass, weil damals die meisten Werke Hermann Hesses noch nicht ins Chinesische übersetzt worden sind, er nur als ein bedeutender deutscher, schweizerischer sowie europäischer Gegenwartsschriftsteller die Aufmerksamkeit in erster Linie der Gelehrtenwelt erweckte (d. h. von der richtigen Erforschung konnte noch nicht die Rede sein), erschienen und erscheinen selbst in den ersten Jahren dieses Jahrhunderts in China zahlreiche Forschungsarbeiten, sei es Abhandlung, sei es Dissertation oder Magisterarbeit über Hermann Hesse und dessen Werke und Schriften, was ein drittes Stadium der Hesse-Forschung in China darstellt. Im folgenden gehe ich intensiv auf diese beiden Epochen ein.

Was die erste Epoche angeht, ist außer der eingangs erwähnten Studie von Professor Wei Maoping „Untersuchungen zur Übersetzungsgeschichte deutschsprachiger Literatur in China. Von der ausgehenden Qing-Dynastie bis 1949" die Studie von Professor Zhang Hong vom Institut für die chinesische Sprache und Literatur der Pädagogischen Universität Huadong in Shanghai, dessen Aufsatz über *Der Steppenwolf* auch von Professor Hsia besprochen wird① und dessen Forschungsgebiet eigentlich die Komparatistik ist, und seiner Doktorandin Zhan Chunhua beachtenswert. Deren Ergebnis erschien 2005 in „Komparatistik in China" (Zhongguo bijiao wenxue) Band 2 mit dem Titel „Nachträge zum Übertragungs- und Vermittlungsstand von Hesse in China vor der Gründung der Volksrepublik China" (Heisai zai jiefangqian zhongguo yijie de buyi).② Ihrer Recherche zufolge wurde Hermann Hesse im Jahr 1922 zum ersten Mal in

① Siehe dazu Hsia S. 384.

② Zhan Chunhua, Zhang Hong: Nachträge zum Übertragungs- und Vermittlungsstand von Hesse in China vor der Gründung der Volksrepublik China. In: Komparatistik in China. 2005 Band 2. S. 162-171. Shanghai 2005. Die folgenden Informationen verdanke ich den beiden. Im folgenden zitiert als Zhan und Zhang.

China vorgestellt, indem der Aufsatz „Die neuere deutsche Lite - ratur" von Filippov ins Chinesische übersetzt und in der *Monatsschrift erzählender Dichtung Jg.* 13. *Bd.* 8 (Xiaoshuo yuebao. 13 Juan 8 Hao) veröffentlicht wurde. Dort werde Hesse vor dem zeitlichen Hintergrund nach dem Ersten Weltkrieg vermittelt und in die Gruppe von Schriftstellern eingestuft, die sich mit den vom Krieg ausgelösten ernstlichen Folgen und negativen Wirkungen konfrontiert sehen. In derselben Zeitschrift traten jeweils Hesses *Der Steppenwolf* im Jahr 1930 (Jg. 21. Bd. 1) und *Narziß und Goldmund* im Jahr 1931 (Jg. 22. Bd. 9) über die Vermittlung durch Zhao Jingshen (1902-1985) ins Blickfeld chinesischer Leser. Auch im eingangs erwähnten *Kommentar moderner Literatur* erschienen im dritten Band die Rezension von Wang Chouran über *Narziß und Goldmund* und im vierten Band die von Duan Keqing übersetzte *Hesses Lebensbeschreibung mit kritischer Würdigung*.

Bereits zu dieser Zeit begann man in China, deutsche Literaturgeschichten zu verfassen, wobei Hermann Hesse in manchen Versionen als einer der wichtigsten Schriftsteller Eingang fand. Zwei Beispiele hierzu lassen sich anführen: 1926 veröffentlichte Zhonghua Shuju den von Zhang Chuanpu verfassten *Grundriss der deutschen Literaturgeschichte* (Deguo wenxueshi dagang) von 133 Seiten. Während im fünften Kapitel von der neuen Sachlichkeit von der zweiten Hälfte des 19. Jahrhunderts bis zum 20. Jahrhundert die Rede ist, wird Hesse mit seinen bis 1919 publizierten Werken wie *Unterm Rad*, *Gertrud*, *Diesseits* und anderen vorgestellt. Auch Yu Xiangsen, der sich zu jener Zeit intensiv mit der deutschen Literatur auseinandersetzte, besprach Hesse und seine Werke in verschiedenen Büchern. Zum einen schätzt er Hesse in *Moderne Literaturströmungen in Deutschland* (Xiandai deguo wenxue sichao)① bei der Kommentierung seiner Erzählungen so ein, dass er ein ruhiger, stoischer Erzähler vollkommen mit deutschem Geist sei. Er wisse insbesonde-

① Zhan und Zhang. S. 164f.

re sauber und bewusst die Änderungen des Gemützustandes zu beschreiben und alles Geringfügige in der Umgebung reibungslos und ganz lebenswahr zum Ausdruck zu bringen. Zum anderen betrachtet er Hesse in seiner 1933 beim Shangwu Verlag erschienenen *Deutsche Literaturgeschichte*[①](von 171 Seiten) als Vertreter des Impressionismus. In seinem Kommentar in diesem Buch werden viele bedeutende Werke, sowohl Romane, Erzählungen als auch Essays hochgeschätzt.

Eine weitere wichtige Sekundärliteratur über Hermann Hesse vor der Gründung der Volksrepublik war die von Bi Shutang (1900 - 1983) verfasste *Biographie Hesses*, die im Dezember 1943 in *Wissenschaften-China und Deutschland* (Zhongde xuezhi) publiziert wurde. Von Bedeutung sind die umfassende Beschreibung sowohl von Hesses familiärem Hintergrund, seinem Lebenslauf als auch von der Zuordnung der Stilart seiner Werke und künstlerischen Charakteristika. Angesichts des damaligen Falls, wo eine richtige Übersetzung von Hesses Werken noch kaum anzutreffen war, verhalf diese Biographie dem chinesischen Publikum sehr, einen relativ umfangreichen Überblick über diesen deutschen Schriftsteller zu gewinnen.

Wie oben bereits ausgeführt, erlebt die Hesse - Forschung in China seit Be-ginn des neuen Jahrtausends einen stürmischen Aufschwung und bildet somit eine neue, noch andauernde Epoche. Nach meiner unvollständigen Statistik lassen sich seit 8 Jahren mehr als 20 Forschungsarbeiten,[②] seien es Monographien, Biographie, Abhandlungen oder wissenschaftliche Essays, in der Öffentlichkeit verfolgen, darüber hinaus kommen noch ein paar unpublizierte Magisterarbeiten sowie Dissertationen dazu. Einerseits muss man erkennen, dass ohne die Bemühungen von den Germanisten um die zahlreichen Übersetzungen und die Sekundärliteraturen in den 80er und 90er Jahren des 20. Jahrhunderts, also in dem zweiten Stadium, dies überhaupt nicht vorstellbar wäre.

① Ebd. S. 165f.

② Die ausführlichen Titel siehe Anhang 3.

Eben auf dieser soliden Grundlage hat Hermann Hesse in dem Kreis der chinesischen Literaturwissenschaft einen vergleichsweise hohen Be - kanntschaftsgrad erreicht, wodurch sich die Möglichkeit anbot, sich eingehender mit diesem Schriftsteller auseinanderzusetzen. Sowohl die Themen sind vielfältiger geworden, als auch die Forschugsmethoden und Beobachtungsaspekte mehrdimensionaler. Während einige Aufsätze sich jeweils intensiv mit einem bestimmten Werk Hesses, beispielsweise *Unterm Rad*, *Der Steppenwolf*, *Narziß und Goldmund*, befassen, wobei sowohl die künstlerischen Charakteristika als auch die geistigen Eigenschaften von Hesses Werken und Schriften die Forschungsgegenstände bilden, konzentriert sich ein großer Teil der Forschungserfolge vor allem auf zwei Themen: die Polarität und Duplizität in Hesses Denken und Werken zum einen und Hesses China - Rezeption zum anderen, also zwei schon längst häufig diskutierte Themen: Beim ersteren handelt es sich um eine gedankliche Lücke von Chinesen und beim letzteren darum, in wiefern Hesse und sein literarisches Schaffen von China, von der chinesischen Kultur und insbesondere von chinesischen Philosophien und Religionen beeinflusst und sogar geprägt wurden, da bekanntlich Hermann Hesse sich selbst zeitlebens mit fernöstlichen Kulturen beschäftigt hat, und hier nicht nur mit indischem, sondern recht intensiv auch mit chinesischem Gedankengut. Dabei lassen sich zwei Besonderheiten deutlich einsehen:

1. Die Auswirkungen der chinesischen Kultur, besonders der chinesischen philosophischen Strömungen auf Hermann Hesse, werden in vielen Arbeiten erheblich übertrieben, d. h. man achtet zu sehr auf die sogenannten chinesi-schen Elemente und Faktoren bei Hermann Hesse. Es ist auf der einen Seite leicht zu verstehen, dass man gegenüber einem Schriftsteller wie Hermann Hesse, der zu China im Vergleich zu den meisten abendländischen Schriftstellern so ein „ungewöhnliches“ Verhältnis hat und der in vielen seinen Schriften China, sowohl in seiner Kultur als auch in seinen Menschen, hochschätzend und begeistert darstellt, als Chinese ein sympathisches Gefühl hat. Doch auf der anderen Seite darf man

Hesse, der überhaupt kein chinesisches Wort sprach und nur die Übersetzungen von chinesischen literarischen und philosophischen Schriften las, nicht die eigenen Verständnisse der chinesischen philosophischen Gedanken aufzwingen, als ob Hesse Chinese wäre, zumal solch philosophisches Denken wie die Lehren von Laotze und Konfuzius selbst in China immer noch Meinungsverschiedheiten und Debatten auslöst. Das entspricht gerade einem chinesischen Idiom: „Wegen eines Blättchens vor dem Auge sieht man den Taishan-Berg nicht". Eben aus diesem Grund werden Hesse als ein deutschsprachiger Schriftsteller mit dem europäischen Kulturhintergrund und seine Werke als Erfolge der abendländischen Literatur übersehen.

2. Die Zitate in den vielen Arbeiten geben deutlich zu erkennen, dass die meisten Verfasser keine studierten Germanisten sind, weil in den Anmerkung-en eher die oben besprochenen Übersetzungen zitiert sind, d. h. sie meistern die deutsche Sprache nicht, können sie aber eventuell gelernt haben. Außerdem sind sie beruflich jeweils am Institut für die chinesische Literatur einer Universität oder Hochschule angestellt und ihre Forschungsrichtung ist normalerweise Komparatistik. So lässt sich feststellen, dass diese Forscher zum einen nicht in der Lage sind, das Original von Hermann Hesses Schriften zu lesen und zunächst sprachlich richtig zu verstehen und sich dann damit eingehend auseinanderzusetzen, sondern sie können nur an den Übersetzungen in chinesischer Sprache, also dem Stoff aus zweiter Hand, arbeiten. Zum anderen werden sie, wie oben bereits nachgewiesen, leicht von den Übersetzungen geprägt und kommen dann eventuell zu ungenauen und sogar zu irrtümlichen Ergebnissen und Schlussfolgerungen. Aber im Gegensatz dazu können sie durch ihr Denken den Forschungshorizont kontinuierlich erweitern.

Nur eine Tatsache lässt sich keineswegs verleugnen, dass so viele Forscher in China, darunter nicht bloß Germanisten und Literaturwissenschaftler, sondern auch Psychologen und Redakteure an Hermann Hesse und dessen Werken und Schriften interessiert sind. Sind sie wirklich davon fasziniert und glauben, dass China mittlerweile eben eine solche Literatur benötigt? Oder interessiert er sie, nur weil Hesse einmal Nobelpreisträger für Literatur war? Oder weil man als Akademiker sich jedenfalls ein Thema aussuchen muss, damit man einen akademischen Grad erwirbt, also Forschung um der Forschung willen? Wie dem auch sei! Offenbar spielt der Spracherwerb bei der Literaturforschung eine wichtige Rolle. Aber obwohl man in China an fast 100 Hochschulen Germanistik als Hauptfach studieren kann, gehört die Hermann Hesse-Forschung überhaupt nicht mehr nur zu der Aufgabe von Germa-nisten. Wie alle wissen, kann sich die echt schöne Literatur bewähren. Wäre es in diesem Sinne nicht schön, wenn Hermann Hesse das Interesse von mehr und mehr Chinesen erweckte, ohne einen Weltkrieg und seine x-malige Renaissance abzuwarten?

Anhang 1: Die von Ou Fan übersetzten Gedichttitel in „Ausgewählte Gedichte von Hesse"

1. Einem Freunde mit dem Gedichtbuch; 2. Dorfabend; 3. Jugendflucht; 4. Frühling; 5. Spätblau; 6. Über die Felder; 7. Die Birke; 8. Elisabeth; 9. In der Nacht; 10. Im Norden; 11. Schwarzwald; 12. Fremde Stadt; 13. Tempel; 14. Einsame Nacht; 15. Handwerksburs-chenpenne; 16. Nachtgang; 17. Der Brief; 18. Gondel; 19. Im Nebel; 20. Manchmal; 21. Februarabend; 22. Nacht; 23. Sommers Ende; 24. Glück; 25. Berge in der Nacht; 26. An eine chinesische Sängerin; 27. Schicksal; 28. Der Blütenzweig; 29. Ode an Hölderlin; 30. In einer Sammlung ägyptischer Bildwerke; 31. An die Melancholie; 32. Weiße Rose in der Dämmerung; 33. Meinem Bruder; 34. Reiselied; 35. Keine Rast; 36. Friede *Oktober* 1914; 37. Neues Erleben; 38. Tag im Gebirg; 39. An die Freunde in schwerer Zeit; 40. Schicksalstage; 41. Blume, Baum, Vogel; 42. Verlorenheit; 43. Im vierten Kriegsjahr; 44. Weg nach innen; 45. Regenzeit; 46. Bücher; 47. Voll Blüten; 48. Bruder Tod; 49. Gestutzte Eiche; 50. Gang im Spätherbst; 51. Vergänglichkeit; 52. Paradies-Traum; 53. Der Pilger;

54. Das Lied von Abels Tod; 55. September; 56. Blauer Schmetterling; 57. Ich weiß von solchen; 58. Bei der Nachricht von Tod eines Freundes; 59. Zu Jugendbildnissen; 60. Altern; 61. Höhe des Sommers; 62. Rückgedenken; 63. Besinnung; 64. Leben einer Blume; 65. Widmungsverse zu einem Gedichtbuch; 66. Doch heimlich dürsten wir; 67. Flötenspiel; 68. Spätsommer; 69. Beim Wiederlesen von „Heumond" und „Schön ist die Jugend"; 70. Im Schloss Bremgarten; 71. Oktober 1944; 72. Aufhorchen; 73. Dem Frieden entgegen *Für die Waffenstillstandfest des Radio Basel*; 74. Wache Nacht; 75. Skizzenblatt; 76. Herbstgeruch; 77. Märzsonne; 78. Der alte Mann und seine Hände; 79. Uralte Buddha-Figur in einer japanischen Waldschlucht verwitternd; 80. Kleiner Knabe; 81. Müder Abend; 82. Junger Novize im Zen-Kloster; 83. Nachts im April notiert; 84. Kleiner Gesang; 85. Knarren eines geknickten Astes.

Anhang 2: Die von Qian Chunqi übersetzten Gedichttitel in „Ly-rik-Auswahl Hermann Hesses"

Einem Freunde mit dem Gedichtbuch

Aus den Jahren 1895-1898: Chopin; Die Blutbuche; Teich; Dorfabend; Weil ich dich liebe; Eleanor; Jugendflucht; Dunkle Augen; Ein Traum pocht an die Pforte mir.

Aus den Jahren 1899-1902: Porträt; Aus zwei Tälern; Frühling; Nocturne; Spätblau; Der Tod ging nachts; Über die Felder ...; Die frühe Stunde; Die Birke; Der schwarze Ritter; Valse Brillante; Elisabeth; Mon Rêve Familier; Vorwurf; Im Norden; Schwarzwald; Der Kreuzgang von Santo Stefano; Ravenna; Landstreicherherberge; Die Zypressen von San Clemente; Meiner Liebe; Philosophie; Das ist mein Leid; Fremde Stadt; Gleichnisse; Heimkehr; Der Abenteuer; Spät auf der Straße; Traum; Er ging im Dunkel; Und jede Nacht derselbe Traum; Gebet der Schiffer; Einsame Nacht; Handwerksburschenpenne; Hochgebirgswinter; Chioggia; Dunkelste Stunden; Meiner Mutter; Der Brief; Sternklare Nacht; Weiße Wolken.

Aus den Jahren 1903-1910：Ähren im Sturm；Schönes Heute；Gondel；Sommerabend；Abends auf der Brücke；Zunachten；Manchmal；Ankunft in Venedig；Hochgebirgsabend；Im Nebel；Abendgespräch；Traum von der Mutter；Dem Ziel entgegen；Vorfrühling；Im Leide；Frühling；Nacht；Windiger Tag im Juni；Morgen；Spruch；Nachtgefühl；Sommernacht；Julikinder；Der Dichter；Sommers Ende；Mittag im September；Glück；Trost；Spaziergang；Allein.

Aus den Jahren 1911-1918：Reiselied；Gegenüber von Afrika；Abend auf dem Roten Meer；Fluss im Urwald；Nachtfest der Chinesen in Singapore；Bei Nacht；An eine chinesische Sängerin；Abschied vom Urwald；Böse Zeit；Auf Wanderung；Schicksal；Der Blütenzweig；Elegie im September；Ski-Rast；Zusammenhang；Ode an Hölderlin；Regentage；Herbsttag；Die Kindheit；Inspiration；Im Grase liegend；Wie sind die Tage ...；Ländlicher Friedhof；Der Künstler；Der Schmetterling；In einer Sammlung ägyptischer Bildwerke；An die Melancholie；Enzianblüte；Alpenpass；Die ersten Blüten；Jugendgarten；Weiße Rose in der Dämmerung；Meinem Bruder；Gute Stunden；Beides gilt mir Einerlei；Beim Schlafengehen；Frühlingstag；Feierliche Abendmusik；Bhagavad Gita；Friede；Das Mädchen sitzt daheim und singt；Frühling；Tag im Gebirg；An die Freunde in schwerer Zeit；Schicksalstage；Beim Wiederlesen des Maler Nolten；Blume，Baum，Vogel；Frühling im Locarno；Verlorener Klang；Voll Blüten；Erschütterung；Einsamer Abend；Im vierten Kriegsjahr；Gedächtnis der Mutter；Weg in die Einsamkeit；Bekenntnis；Weg nach innen；Bücher；Bei Arcegno；Abends；Bruder Tod；Die Welt unser Traum；Aus der Kindheit her；Angst in der Nacht.

Aus den Jahren 1919-1928：Vergänglichkeiten；Verzückung；Herbst；Alle Tode；Erster Schnee；Häuser，Felder，Gartenzaun；Rebhügel，See und Berge；Gestutzte Eiche；Wintertag；Südlicher Sommer；Liebeslied；Der Kranke；März；Liebeslied；Krankheit；Media in vita；Traum von dir；An meine Schwester；Irgendwo；Einem Mädchen；Steppenwolf；Die Unsterbl-ichen；Krank im Hotelzimmer；Besuch；Brief von einer Redaktion.

Aus den Jahren 1929-1941: Lampions in der Sommernacht; Verfrühter Herbst; Sommerabend vor einem Tessiner Waldkeller; Gedenken an den Sommer Klingsors; Das Lied von Abels Tod; Jesus und die Armen; Blauer Schmetterling; September; Liebe Schmerzen; Für Ninon; Ich weiß von solchen ...; Auf den Tod eines kleinen Kindes; Bei der Nachricht vom Tod eines Freundes; Karfreitag; Beim Einzug in ein neues Haus; Sprache des Frühlings; Die Morgenlandfahrt; Blumen nach einem Unwetter; Hundstage; Nächtlicher Regen; Höhe des Sommers; Welkes Blatt; Besinnung; Widmungsverse zu einem Gedichtbuch; Klage; Doch heimlich dürsten wir ...; Seifenblasen; Nach dem Lesen in der Summa contra Gentiles; Nach einem Begräbnis; Chinesisch; Der letzte Glasperlenspieler; Mit der Eintrittskarte zur Zauberflöte; Flötenspiel; Stufen.

Aus den Jahren 1944-1962: Leb wohl, Frau Welt; Im Schloss Bremgarten; Oktober 1944; Traurigkeit; Erinnerung; Dem Frieden entgegen; Wache Nacht; In Sand geschrieben; Knarren eines geknickten Astes.

Anhang 3: Publizierte Forschungsarbeiten über Hermann Hesse und dessen Werke und Schriften seit 2002 in China

2002

- Fang, Housheng: Über die Erlösung in „Narziß und Goldmund" (Luetan „Naerqisi he Geerdemeng" de jiushu zhuti). In: Fachzeitschrift der Fremd-sprachenhochschule (Sichuan waiyu xueyuan xuebao). 2002 Band 7. Chongqing. S. 46-49.
- Song, Jian: Tiefsinn in Sinnbildern-Über das Thema und die künstlerischen Eigenschaften von Hesses *Der Steppenwolf* (Yu shenyi yu xiangzheng zhizhong-qianxi Heisai „Huangyuanlang" de zhuti neihan jiqi yishu tese). In: Begutachtung von Meisterwerken (Mingzuo xinshang). 2002 Band 6. Taiyuan. S. 83-87.

2003

- Li, Shiqi: Hesse, ein großer Weise in der menschlichen Kulturgeschichte (Renlei wenhuashi shang weida de zhizhe Heisai). In: Fachzeitschrift der Hebei Universität (Hebei daxue xuebao). 2003 Band 4. Baoding. S. 132-134.

2004

- Cao, Xia: Über die daoistischen Gedanken in Hesses Romanschaffen (Lun Heisai xiaoshuo chuangzuo zhong de daojia sixiang). In: Fachzeitschrift der sozialistischen Hochschule Hunan (Hunan shehui zhuyi xueyuan xuebao). 2004 Band 2. Changsha. S. 113-115.
- Cao, Xia: Über die daoistischen Gedanken in Hesses Romanen, ein Versuch (Shixi Heisai xiaoshuo zhong de daojia sixiang). In: Fachzeitschrift der technischen Hochschule Hefei (Hefei gongye daxue xuebao). 2004 Band 5. Hefei. S. 123-127.
- Liao, Jun: Zwiespalt und Einheit, Gegensätze und Integration-Über die Entfaltung der Polarität in Hermann Hesses Werken. (Fenlie yu tongyi, duili yu ronghe-qianxi He'erman Heisai zuopin zhong shuangjixingzhuti de fazhan). In: Fachzeitschrift der Fremdsprachenhochschule Sichuan (Sichuan waiyu xueyuan xuebao). 2004 Band 1. Chongqing. S. 74-77.
- Lin, Guoliang: Erhabenheit und Schwäche des Geistesübersteigers-Über Hesses *Das Glasperlenspiel* aus buddhistischer Sicht (Jingshen chaoyuezhe de chonggao yu cuiruo-cong fojiao sixiang kan Heisai de „boliqiu youxi“). In: Sozialwissenschaften (Shehui kexue). 2004 Band 2. Shanghai. S. 112-116.

2005

- Du, Wei: Andere Pilgerfahrten-Vielfache Interpretationen von *Narziß und Goldmund* (Butong de chaoshenglu- „Naerqisi yu Geerdemeng“ de duochong jiedu). In: Fachzeitschrift der pädagogischen Hochschule Yuxi (Yuxi shifan xueyuan xuebao). 2005 Band 8. Yuxi. S. 23-26.
- Luo, Yong: Hesse und China (Heisai yu zhongguo). In: Sichuan Literatur (Sichuan wenxue). 2005 Band 4. Chengdu. S. 57-61.
- Xia, Guangwu: Popularität Hesses in Amerika („Heisai re“ zai

Meiguo). In: Kommentare ausländischer Literaturen (Waiguo wenxue pinglun). 2005 Band 3. Peking. S. 83-91.

- Zhang, Hong und Zhan, Chunhua: Nachträge zum Übertragungs-und Vermittlungsstand von Hesse in China vor der Gründung der Volksrepublik China (Heisai zai jiefangqian zhongguo yijie de buyi). In: Komparatistik in China (Zhongguo bijiao wenxue). 2005 Band 2. Shanghai. S. 162-171.
- Zhang, Hong und Gu Meilong: Annäherung zum „magischen Theater" und „Glasperlenspiel"-über Hesse-Forschungen von 1949-2003 in China. (Zoujin „Moshuju" he „Boliqiu youxi"-1949-2003 nian zhongguo Heisai yanjiu shuping). In: Fachzeitschrift der pädagogischen Hochschule Hangzhou (Hangzhou shifan xueyuan xuebao). 2005 Band 6. Hangzhou. S. 99-103.

2006

- Yi, Shuihan: Fadenrolle der Zeit-Vertikal-und Horizontalschnitt von Hesses *Der Steppenwolf* (Shijian de xiantuan-Heisai „Huangyuanlang" de zongpou yu hengqie). In: Ausländische Literaturen (Guowai wenxue). 2006 Band 4. Peking. S. 92-101.
- Zhan, Chunhua: Kreative Übernahme der chinesischen Kultur in Hesses erzählender Dichtung (Heisai xiaoshuo dui zhongguo wenhua de chuangzao-xing xishou). In: Orientalisches Forum (Dongfang luntan). 2006 Band 1. Qingdao. S. 32-37.
- Zhan, Chunhua: Hesse und Daoismus (Heisai yu daojia). In: Fachzeits-chrift der Tongji Universität (Tongji daxue xuebao). 2006 Band 4. Shanghai. S. 49-55.
- Zhang, Peifen: Hesse-Studie (Heisai yanjiu). Shanghai 2006.
- Zhu, Feng: Eine Interpretation von Einsamkeit-Über das Thema von Hesses *Der Steppenwolf* (Guanyu gudu de yizhong quanshi-Heisai xiaoshuo „Huangyuanlang" zhuti chutan). In: Fachzeitschrift der pädagogischen Hochschule Kaifeng (Kaifeng jiaoyu xueyuan xuebao). 2006 Band 2. Kaifeng. S. 4f.

2007

- Liu, Xiaolu: Der Steppenwolf-Existenz und Ruinierung des Menschen in der Doppelklemme („Huangyuanlang“: Shuangchong kunjing zhong ren de shengcun yu huimie). In: Anhui Literatur (Anhui Wenxue). 2007 Band 6. Hefei. S. 41f.
- Zhan, Chunhua: Die konfuzianische Kultur im Blickfeld Hermann Hesses und deren Aufschlüsse (He'erman Haisai shiye zhong de ruijia wenhua jiqi qishi). In: Fachzeitschrift der Tongji Universität (Tongji daxue xuebao). 2007 Band 4. Shanghai. S. 27-32.
- Zhang, Hong: Hesses „Weg nach innen“ und orientalische Weisheiten (Heisai de „Tongxiang neizai“ zhilu yu dongfang zhihui). In: Kommentare ausländischer Literaturen (Waiguo wenxue pinglun). 2007 Band 3. Peking. S. 83-90.
- Zhang, Meng: Der Steppenwolf-Gegenseitige Interpretation der Romane von Lu Xun und Hesse („Huangyuanlang“: Lu Xun xiaoshuo yu Heisai xiaoshuo huchan). In: Monatsschrift von Lu Xun-Forschung (Lu Xun yanjiuyuekan). 2007 Band 5. Peking. S. 76-81.
- Zhang, Min und Shen, Heyong: Hesse und Psychoanalyse (Heisai yu xinli fenxi). In: Wissenschaftliche Forschungen (Xueshu yanjiu). 2007 Band 4. Guangzhou. S. 44-48.

2008

- Fu Tianhai: Interpretation von Hermann Hesses humanistischer Gemütsstimmung am Beispiel „Unterm Rad“ (Cong „Lunxia“ jiedu He'erman Heisai de rendao zhuyi qinghuai). In: Fachzeitschrift der technischen Hochschule Chongqing (Chongqing keji xueyuan xuebao). 2008 Band 3. Chongqing. S. 150f.
- Wang, Binbin: Hesse Biographie (Heisai zhuan). Shanghai 2008.
- Xia, Guangwu: Über die Korrespondenzen zwischen Hesse und Thomas Mann und Romand Rolland (Guanyu Heisai yu Tuomasi Man ji Luoman Luolan zhijian de jiaowang). In: Fachzeitschrift der Nanjing Xiaozhuang Hochschule (Nanjing xiaozhuang xueyuan xuebao). 2008

Band 1. Nanjing. S. 69-74.

- Zhang, Hong: Hesse und Ästhetizismus (Heisai yu shenmeizhuyi). In: Fachzeitschrift der Zhejiang Universität (Zhejiang daxue xuebao). 2008 Band 1. Hangzhou. S. 98-105.
- Fang, Housheng: Nochmal über den aufschlussreichen Sinn der Psychoanalyse-am Beispiel von Zweigs und Hesses Erzählungen. In: Sozialwissenschaften der inneren Mogolei (Neimenggu shehui kexue). Huhhot. Band 3. S. 68-71.
- Wu, Huaying: Selbstrettung in der Verfallzeit-Hesses tragisch — humorvolle Anschauung in „Der Steppenwolf". In: Fachzeitschrift der technischen Hochschule für Ackerbau und Forstwirtschaft des Nordwestens (Xibei nonglin keji daxue xuebao). Yangling. Band 5. S. 137-140.
- Sun, Chunfeng: Ende mit Verwandlung: die unvollendete Verwandlung von Puppe in Schmetterling-Über das Aufwachsen in Hermann Hesses „Unterm Rad". In: Fachzeitschrift des Hengshui Instituts (Hengshui xueyuan xuebao). Hengshui. Band 6. S. 40ff.

参考文献

赫尔曼·黑塞原著

1. Hesse, Hermann. Gesammelte Werke in 12 Bänden. Frankfurt am Main, 1987.

2. Ders. Ausgewählte Briefe. Erweiterte Ausgabe. Zusammengestellt von Hermann und Ninon Hesse. Frankfurt am Main, 1974.

3. Ders. Gesammelte Briefe. Erster Band 1895-1921. In Zusammenarbeit mit Heiner Hesse. Hrsg. von Ursula und Volker Michels. Frankfurt am Main, 1973.

4. Ders. Gesammelte Briefe. Zweiter Band 1922-1935. In Zusammenarbeit mit Heiner Hesse. Hrsg. von Ursula und Volker Michels. Frankfurt am Main, 1979.

5. Ders. Gesammelte Briefe. Dritter Band 1936-1948. In Zusammenarbeit mit Heiner Hesse. Hrsg. von Ursula und Volker Michels. Frankfurt am Main, 1982.

6. Ders. Gesammelte Briefe. Vierter Band 1949-1962. In Zusammenarbeit mit Heiner Hesse und Ursula Michels. Hrsg. von Volker Michels. Frankfurt am Main, 1986.

7. Ders. Aus Indien. Aufzeichnungen, Tagebücher, Gedichte, Betrachtungen und Erzählungen. Neu zusammengestellt und ergänzt von Volker Michels. Frankfurt am Main, 1980.

8. Ders. Die Gedichte. Neu eingerichtet sowie um eine Auswahl der nachgelassenen Gedichte Hermann Hesses und um ein Nachwort erweitert von Volker Michels. Frankfurt am Main, 1992; Fünfte Auflage, 1998.

9. Ders. Die Welt der Bücher. Betrachtungen und Aufsätze zur Literatur. Zusammengestellt von Volker Michels. Frankfurt am Main, 1977.

10. Ders. Mein Glaube. Auswahl und Nachwort von Siegfried Unseld. Frankfurt am Main, 1971.

关于赫尔曼·黑塞及其作品的研究性文献

1. Freedman, Ralph. Hermann Hesse. Autor der Krisis. Eine Biographie. Die Originalausgabe erschien 1978 bei Pantheon Books, New York unter dem Titel *Hermann Hesse, Pilgrim of Crisis*. Aus dem Ame-rikanischen von Ursula Michels-Wenz. Frankfurt am Main, 1999.

2. Hsia, Adrian. Hermann Hesse und China. Darstellung, Materialien und Interpretationen. Erste Auflage, 1981; Erweiterte Neuausgabe, 2002. Frankfurt am Main, 2002.

3. Ma, Jian. Stufen des Ich-Seins. Untersuchungen zur„Ich“-Problematik bei Hermann Hesse im europäisch-ostasiatischen Kontext. Berlin, 2007.

4. Michels, Volker (Hrsg.). Materialien zu Hermann Hesses„Das Glasperlenspiel“. Erster Band. Texte von Hermann Hesse. Frankfurt am Main, 1973.

5. Michels, Volker (Hrsg.). Materialien zu Hermann Hesses„Siddhartha“. Band I. Frankfurt am Main, 1976.

6. Mileck, Jesoph. Hermann Hesse. Dichter, Sucher, Bekenner. Biographie. Titel der amerikanischen Original-ausgabe: *Hermann Hesse: Life and Art*. 1978 bei The Regents of the University of California. Die deutsche Erstausgabe erschien 1979 im C. Bertelsmann Verlag, München. Aus dem Amerikanischen von Jutta und Theodor A. Knust. Frankfurt am Main, 1987.

7. Hermann Hesse. Sein Leben in Bildern und Texten. Herausgegeben von Volker Michels. Mit einem Vorwort von Hans Mayer. Gestaltet von Willy Fleckhaus. Frankfurt am Main, 1987.

其他参考文献

1. Handbuch philosphischer Grundbegriffe. Herausgegeben von Hermann Krings, Hans Michael Baumgartner und Christoph Wild. Studienausgabe. München, 1973.

2. Metzler Philosophie Lexikon. Begriffe und Definitionen. 2. erweiterte und aktualisierte Auflage. Hrsg. Von Peter Prechtl und Franz-Peter Burkard. Stuttgart, Weimar, 1999.

3. Philosophisches Wörterbuch. Begründet von Heinrich Schmidt. Achtzehnte Auflage neu bearbeitet von Georgi Schischkoff. Stuttgart, 1969.

4. Laotse. Tao Te King. Das Buch vom Sinn und Leben. Übersetzt und mit einem

Kommentar von Richard Wilhelm. Erweiterte Neuausgabe. München, 1998.

5. Liä Dsi. Das wahre Buch vom quellenden Urgrund. Die Lehren der Philosophen Liä Yü Kou und Yang Dschu. Aus dem Chinesischen übertragen und erläutert von Richard Wilhelm. München, 1996.

6. Jaspers, Karl. Der philosophische Glaube. Frankfurt am Main und Hamburg, 1958.

7. Saner, Hans. Karl Jaspers in Selbstzeugnissen und Bilddokumenten. rowohlts mono-graphien. Hrsg. von Kurt Kusenberg. Reinbek bei Hamburg, 1970.

8. Bi-Yän-Lu. Meister Yüan-wu's Niederschrift von Smaragdenen Feldwand. Verdeutscht und erläutert von Wilhelm Gundert. München, 1960.

9. I Ging. Text und Materialien. Aus dem Chinesischen übersetzt von Richard Wilhelm. München, 1973.

10. Jaspers, Karl. Vom Ursprung und Ziel der Geschichte. Fünfte Auflage in der Fischer-Bücherei. Bd. 91. Frankfurt am Main/Hamburg, 1955.

11. Dschuang Dsi. Das wahre Buch vom südlichen Blütenland. Aus dem Chinesischen übertragen und erläutert von Richard Wilhelm. München, 1969.

12. Frank, Manfred und Haverkamp, Anselm (Hrsg.). Individualität. München, 1988.

13. Goethe, Johann Wolfgang. Faust. Texte. Herausgegeben von Albrecht Schöne. Frankfurt am Main, 1999.

14. Schiller, Friedrich. Schillers Werke. Zwanzigster Band. Philosophische Schriften. Erster Teil. Unter Mitwirkung von Helmut Koopmann herausgegeben von Benno von Wiese. Weimar, 2001.

15. 张世英.《天人之际——中西哲学的困惑与选择》. 北京：人民出版社，2007.

16.《基督教词典》. 文庸，乐峰，王继武主编. 北京：商务印书馆，2005.

17.《歌德谈话录》. 爱克曼辑录，朱光潜译. 北京：人民文学出版社，1991.

18.《德国文学史》(第二卷). 范大灿主编，范大灿著. 南京：译林出版社，2006.

19.《列子译注》. 严北溟，严捷译注. 上海：上海古籍出版社，2006.

20. 冯友兰.《三松堂全集》. 郑州：河南人民出版社，2000.

21.《老子全译》. 沙子海，徐子宏译注. 贵阳：贵州人民出版社，1989.

22.《中国哲学大纲》. 张岱年著. 北京：中国社会科学出版社，1982.

23.《周易全译》. 徐子宏译注. 贵阳：贵州人民出版社，1991.

24. 约翰·沃尔夫冈·歌德.《浮士德》. 绿原译. 北京：人民文学出版社，1994.

25. 弗里德里希·席勒.《审美教育书简》. 冯至，范大灿译. 北京：北京大学出版社，1985.

26.《圆悟克勤禅师——碧岩录·心要·语录》. 弘学，李清禾，蒲正信整理. 成都：四川出版集团巴蜀书社，2006.

27.《吕氏春秋全译》. 廖名春，陈兴安译注. 成都：四川出版集团巴蜀书社，2004.